© fineBooks Verlag Alexander Broicher Berlin 2018
All rights reserved.

Satz und Gestaltung: Guido Klütsch nach Entwürfen von
Mathias Brandt und Tina Henschel
Cover-Foto: Nikk Martin, Samara Insel

Autoren-Foto: Andreas Riedel

Lektorat: Markus Lorenz
Herstellung und internationaler Vertrieb: fineBooks Alexander Broicher

Die Deutsche Nationalbibliothek verzeichnet diese Publikation in der
Deutschen Nationalbibliografie.
Dieses Buch ist ebenfalls als E-Book erhältlich.

Printed in Germany auf FSC-zertifiziertem Papier

ISBN 978-3-9819493-5-3

Besuchen Sie uns auf Facebook www.fb.me/fineBooksVerlag
oder senden Sie uns eine Nachricht über m.me/fineBooksVerlag

Carsten Regel
Alexander Broicher

SED, LSD und ein Hippie-Mädchen

Roman

*fine*BOOKS

1

Im Konferenzraum der SED hatten sich vierzig geladene Parteimitglieder versammelt. Als plötzlich das Licht ausging, blieben die Anwesenden artig stumm. In dem Saal war es sekundenlang stockfinster. Nur das schwache Surren des Super-8-Filmprojektors war zu hören, der schließlich einen weißen Lichtstrahl an die kahle Wand warf. Auf dem hellen Quadrat von der Größe einer Schultafel erschienen nun brandaktuelle Stummfilm-Aufnahmen der Westberliner Studentenunruhen. Die Monate Mai und Juni 1967 hatten für die Presse ergiebiges Material produziert. Alles hatte damit begonnen, dass mitten auf dem Prachtboulevard Kurfürstendamm Hunderte aufgebrachter junger Leute demonstrierten, streng abgeschirmt von der Polizei und begafft von Tausenden Schaulustigen. Die Jugend hielt den Spießbürgern selbstgemalte Schilder vor die Nasen, auf denen sowohl politische Parolen als auch bewusster Nonsens geschrieben standen. Neben Botschaften wie »USA raus aus Vietnam« oder »Make love not war« waren schräge Statements wie »Keine Macht für niemand« oder »High wollen wir leben« zu lesen.

Auch bei den linientreuen Sozialisten in der Ostberliner SED-Zentrale sorgten diese Plakate für Verunsicherung. Gebannt starrten die Parteigrößen auf die Schwarzweißbilder von Studenten, die, zu Pulks zusammengerottet und untergehakt, den Straßenverkehr im Westteil der Stadt lahmlegten. Ab und an hüpfte die gesamte Meute: Männer mit Zottelbärten, langen Haaren, verwaschenen Jeans und Hemden voller Kaffeeflecken; Frauen mit kurzen Röcken, Batik-Shirts und fettigen Frisuren. Aus einigen Häusern warfen empörte Bürger Tomaten und Mandarinen auf den Protestzug unten auf der Straße.

Die beiden jungen Volkspolizisten, die den Ausgang des Konferenzsaals bewachten, konnten nicht fassen, was sie dort an kapitalistischer Dekadenz mitansehen mussten. Südfrüchte waren in der DDR absolute Mangelware, nur wenige kamen in den Genuss von frischem Obst. Wie diese Filmaufnahmen bewiesen, warf die westliche Bevölkerung Lebensmittel aus dem Fenster, um ihre Verachtung zu demonstrieren. Angewidert blickten sich die Brüder Rainer und Lutz Kramer an. Sie schüttelten die Köpfe.

Es folgten Schnappschüsse vom Staatsbesuch des Schahs von Persien, zu dem sich reihenweise Studenten zu einer Kundgebung zusammengefunden hatten. Sie forderten die Freilassung von politischen Gefangenen im Iran. Während selbiges Regime im Rathaus Schöneberg von der lokalen Politik ehrenvoll empfangen wurde, ließ der Schah draußen seine Schlägertruppen mit Holzlatten auf wehrlose Demonstranten einprügeln. Unabhängig vom Geschlecht wurden Männer und Frauen gleichberechtigt von der persischen Miliz niedergeknüppelt. Die Berliner Polizei hielt sich dezent zurück, obwohl mitten in der Stadt ein fremder Geheimdienst auf deutsche Staatsangehörige einschlug. Das heizte die ohnehin bereits wütende Stimmung unter den Kommilitonen der Freien Universität auf. Noch am selben Abend zogen sie mit zahllosen Sympathisanten zur Deutschen Oper, um dort gegen den feierlichen Empfang des iranischen Despoten zu protestieren. Diesmal griffen die Polizisten ein. Sie kesselten die Studenten ein, um von allen Seiten auf sie einknüppeln zu können. Am Ende dieser Aktion lag ein Demonstrant in seinem Blut – er war grundlos erschossen worden.

»Nazi-Methoden«, zischte Lutz seinem älteren Bruder zu.

»Ich bin so stolz, ein Antifaschist zu sein«, nickte Rainer zustimmend. Beide hatten ihren Wehrdienst bei der Nationalen Volksarmee bereits hinter sich gebracht, waren jedoch nicht am Todesstreifen eingesetzt worden. Sie mussten nicht an der Mauer dienen, nicht bei den Selbstschussanlagen, mit denen die DDR ihre Bürger an einem illegalen Grenzübertritt in den Westen hinderte.

Nach der Filmvorführung ging das Licht wieder an und ein Oberst vom Zentralkomitee der SED schritt zum Kopfende des Saals. Ein gemütlich wirkender Mann von einiger Körperfülle und mit rosiger Gesichtshaut, dessen Uniform ihn als hochdekorierten Sozialisten und Kämpfer für das Vaterland auswies. Seit der Ostfront hatte er nie wieder als Soldat an einem Krieg teilgenommen, doch auch im Friedenseinsatz konnte man sich militärische Orden verdienen – und die trug er stolz auf der Brust. Sein mächtiges Organ prädestinierte ihn zum Redner.

»Liebe Genossen«, intonierte er, fast wie ein Operntenor, »wir haben es soeben mit eigenen Augen gesehen: Der Kapitalismus befindet sich im letzten Gefecht!«

Wie auf Bestellung jubelte das Publikum, als hätte der allen gemeinsame Lieblings-Fußballverein gerade ein Tor geschossen. Man nahm sich gegenseitig in die Arme, applaudierte, reckte triumphal die geballten Fäuste gen Himmel und feierte den sich anbahnenden Sieg über den Klassenfeind. Auch die Brüder Kramer klatschten Beifall und klopften sich gegenseitig zuversichtlich auf die Schultern.

Der Oberst gab durch Gestikulieren zu verstehen, dass er seine propagandistische Festrede fortsetzen wollte, woraufhin wieder andächtige Ruhe einkehrte. »Der Kapitalismus ist eine faule Banane mit vergammelter Schale. Es ist der Sozialismus, der die Saat für eine bessere Welt gelegt hat!«, rief er den Parteifreunden enthusiastisch zu. »Und nun ernten wir die Früchte dafür!«

Bei dem kämpferisch ausgerufenen letzten Satz sprangen die Genossen von den ungepolsterten Holzstühlen auf und johlten lauthals.

Rainer nutzte den Lärm und schob seinen Kopf dicht ans linke Ohr seines Bruders heran. »Auf mich wartet in einer Stunde auch mein Früchtchen«, flüsterte er voller Vorfreude. »Die zuckersüße Marianne. Auf dem Parkplatz vom Drogeriemarkt.« Rainer zwinkerte Lutz zu, aber der blieb stumm. Er nickte nur kühl und richtete wie beiläufig den Kragen seiner Uniform.

»Während sich die Westjugend gegenseitig die Köpfe einschlägt, repräsentiert unsere Jugend den Fortschritt«, fuhr der Oberst fort. »Daher möchte ich euch zwei Repräsentanten der Werktätigen vorstellen: zwei junge Menschen, die die Welt verändern wollen! Zwei Volkspolizisten im Dienste unseres Landes: Rainer und Lutz Kramer!«

Der Oberst deutete zur Doppeltür am Ende des Saals, vor der die beiden Wache standen. Alle Anwesenden drehten sich zu ihnen um. Die Brüder starrten erst die Menge, dann sich gegenseitig verdutzt an, bevor ihr Blick zum Oberst wanderte, der sie mit großer Geste zu sich heranwinkte. Lutz fing sich als Erster und schubste seinen Bruder, damit er sich in Bewegung setzte. Eigentlich hatte Rainer geplant, auf der Rückbank des Volkspolizei-Autos, versteckt auf einem Rastplatz am Waldrand, mit seiner Freundin herumzufummeln – stattdessen musste er nun mal wieder der Partei zur Verfügung stehen. Entsprechend war seine Laune, mit der er die vielen Huldigungen der Genossen entgegennahm.

Der Oberst begrüßte die Brüder mit einem Händedruck und einem Lächeln, anschließend bedeutete er dem Publikum, den Applaus nun einzustellen. Ruhe kehrte ein. Bevor er weitersprach, sandte der Oberst einen verklärten Blick zur meterhohen Decke des ehemaligen Reichsluftfahrt-Ministeriums empor.

»Nach dem Vorbild der kosmischen Streitkräfte der Sowjetunion, die den Weltraum bereits erobert haben, werden wir von der SED die Weltrevolution jetzt auf deutschem Boden vorantreiben«, verkündete er mit bebender Stimme und erhielt ordnungsgemäß den Beifall seiner Parteifreunde.

»Diese beiden jungen Menschen werden mit einem Geheimauftrag in den Kampf gegen die Imperialisten ziehen.« Bei diesen Worten zog er die beiden Brüder zu sich heran ins Rampenlicht. Mit väterlicher Geste legte er den verdutzten Volkspolizisten je einen Arm um die Schultern und setzte eine siegesgewisse Miene auf – ganz im Gegensatz zu Rainer und Lutz, die sich noch nie so unwohl in ihrer Haut gefühlt hatten wie in diesem Moment.

»Was für ein Geheimauftrag?«, fragte Lutz verständnislos, doch es ging im Trubel unter. Denn in diesem Augenblick öffneten sich beide Flügeltüren und sechs gelernte Kellner aus dem Interhotel *Berolina* betraten den Saal mit je einem Tablett voller Sektgläser, die den Gästen zur Feier des Tages gereicht wurden. Der Oberst ordnete an, dass auch den Brüdern Getränke gereicht würden, damit man mit ihnen anstoßen könne.

»Auf unseren Sieg bei der Volkskammerwahl!«, proklamierte er.

»Aber die Volkskammerwahl ist doch erst morgen«, warf Rainer ein.

Der Oberst lächelte. Das offizielle Endergebnis der Wahlen stand bereits seit Wochen fest. Es wurde vom

Zentralkomitee der SED in einer internen Sitzung festgelegt: Was auch immer die Auszählung der Stimmzettel tatsächlich ergab, die Partei würde mit 99,93 Prozent haushoch gewinnen. Denn das anhaltende Wirtschaftswunder im Westen war der Bevölkerung im Osten nicht verborgen geblieben, und darum musste ein großer Sieg für den Sozialismus her, der sich beim Volk propagandistisch ausschlachten ließ. Deswegen musste jeder Bürger zur Wahl erscheinen. Wer nicht kam, der wurde von der Volkspolizei geholt und persönlich in die Kabine geführt, wo er sein Kreuzchen zu machen hatte. Schließlich war die DDR eine »Demokratische Republik«, wie sich das 1949 gegründete Land stolz nannte.

Rainer und Lutz durften nur einen Sekt trinken, denn sie hatten am nächsten Tag Dienst in ihrer Heimatstadt Ostberlin, wo sie im Bezirk Pankow in Uniform vor einer flachen Baracke standen, die als Wahllokal diente. Der lehmige Putz des maroden Gebäudes war von derselben Farbe wie der Himmel über der Hauptstadt. Grau und ungemütlich war es dort, drinnen empfing einen kaltes Neonlicht, das die aschfahlen Gesichter der Beamten und Helfer besonders gespenstisch wirken ließ. Die beiden Vopos registrierten jeden Bürger in Listen, die gegen Nachmittag kontrolliert und mit einer Reihe von Namen abgeglichen wurden: Namen von Personen, die als abtrünnig galten.

»Gregor Schleicher, wohnhaft am Ossietzkyplatz«, teilte der Wahlleiter den Brüdern Kramer einen dieser Staatsfeinde mit. Lutz salutierte, indes Rainer die Autoschlüssel aus der vorderen Hosentasche fischte und sich auf den Weg zum Dienstwagen machte, einem tschechischen Lada mit weiß-grünen Streifen.

Rainer startete den Motor, als Lutz einstieg und seine Mütze für den Einsatz vorschriftsmäßig gerade rückte. Noch ein rascher Kontrollblick in den Rückspiegel. Lutz legte den Sicherheitsgurt an und betrachtete seinen anderthalb Jahre älteren Bruder, der das Auto übers Kopfsteinpflaster lenkte.

»Meinst du, das ist jetzt der Geheimauftrag?«

»Glaube ich nicht«, zuckte Rainer mit den Achseln. »Natürlich handelt es sich um einen Feind des Sozialismus, aber wir müssen ihn ja nur in die Wahlkabine schleppen, damit er seinen Zettel ordnungsgemäß ausfüllt. Klingt nicht nach Weltrevolution, oder?«

»Was können die denn mit uns vorhaben?« Lutz war mulmig zumute.

»Keine Ahnung. Aber wir stehen das gemeinsam durch.«

Lutz nickte. Er fühlte sich schon wieder besser. »Und wie geht es Marianne so?«, wechselte er abrupt das Thema.

»Sie findet, dass wir zueinander passen.«

Lutz hörte das nicht gern, und Rainer wusste es. Daher schwiegen beide bis zur nächsten roten Ampel.

»Sie meldet sich kaum noch bei mir«, klagte Lutz. Und fügte hinzu: »Seitdem du sie mir ausgespannt hast.«

»Zum hundertsten Mal: Ich habe sie dir nicht ausgespannt.«

»Wie nennst du das denn sonst?«

»Du warst mit ihr nur gut befreundet. Du warst aber

nie mit ihr zusammen. Deswegen brauchte ich sie dir gar nicht auszuspannen«, erläuterte Rainer ihm wie einem Lehrling.

»Ich kannte sie vor dir! Fast zwei Jahre habe ich um sie geworben. Aber dann kamst du. Wie lange hat es gedauert, bis ihr ein Paar geworden seid?«

»Zwei Wochen«, antwortete Rainer, der gerade zum Ossietzkyplatz einbog und sich nach den betreffenden Hausnummern orientierte. Lutz war noch immer gekränkt, obwohl Marianne schon seit Monaten mit seinem Bruder zusammen war. »Weißt du, wie oft ich sie in die Mokka-Milch-Eisbar ausgeführt habe? Weißt du, was da ein Getränk kostet?« Noch immer trauerte er seinem Ersparten nach.

Rainer parkte den Wagen und stellte den Motor ab. Er sah Lutz in die Augen. »Ich geb dir mal einen brüderlichen Rat: Hör auf mit deinen Fünfjahresplänen bei Frauen! So lange wartet keine. Und Abmarsch!«

Die Volkspolizisten klingelten bei Schleicher im zweiten Stock. Niemand machte auf. Also hebelte Lutz die Haustür kurzerhand mit einem Dietrich auf. Sie stapften die Treppe hoch und horchten an der Wohnungstür des Abweichlers. Rainer vernahm etwas. Anhaltendes Kichern. Von einer Frau.

Gregor Schleicher, der Mieter der Wohnung, verfügte über eine Badewanne, in der man gut zu zweit planschen konnte. Das nutzte er gerne aus. Heute badete er mit einer vollbusigen Blondine, die ihre Haare hochgesteckt hatte, damit sie nicht nass wurden. Allerdings lehnte sie nicht mit dem Rücken an Gregors Brust, sondern sie hockte auf seinem Schoß und streckte ihm ihre pralle Oberweite ins Gesicht. »Da, Towarischtsch, da!«, juchzte sie.

Die Sowjetschöne und der ostdeutsche Krankenpfleger vögelten, was das Zeug hielt, so dass eine Menge Wasser über den Wannenrand auf den Boden geschwappt war.

Eigentlich hatte der neunundzwanzigjährige Gregor Schleicher Biologie studieren wollen, aber aufgrund des Personalnotstands in mehreren Kliniken war ihm das untersagt worden und er musste eine Ausbildung im Hospital absolvieren. Anstatt naturwissenschaftliche Forschung zu betreiben, brachte er nun den Patienten das Frühstück und machte ihre Betten.

Im zackigen Ton der Volkspolizei unterbrach Rainer den bunten Nachmittag im Badezimmer. »Was treiben Sie denn da?«

Die Djéwushka kreischte vor Schreck und fluchte auf Russisch, während sich Schleicher umdrehte und die beiden Vopos erblickte. In seinem unbeholfenen Schul-Russisch forderte Lutz die nackte Frau auf, sich anzuziehen.

Rainer konzentrierte sich auf den Mann. »Was soll das hier?«, fragte er in streng dienstlichem Tonfall.

»Na, das sehen Sie doch! Ich vertiefe gerade unsere deutsch-sowjetischen Beziehungen.« Schleicher gab sich kooperativ.

»Aber nicht am Tag der Volkskammerwahl!«, konterte Rainer.

Schlagfertig deutete Schleicher auf seine Sexualpartnerin, die sich immer noch nicht wieder bekleidet hatte. »Ich wollte schon längst da gewesen sein, aber dann habe ich überraschend Besuch gekriegt. Die Dame ist aus dem fernen Kiew nach Berlin gekommen. 1399 Kilometer ist sie gereist.«

»Das ist vorbildlich«, sagte Lutz. »Sie hingegen haben nicht einmal die zwei Kilometer zum Wahllokal geschafft.«

»Ach, ich bin sehr zufrieden mit der Partei«, log Schleicher. »Alle Kandidaten auf der Einheitsliste haben meine volle Zustimmung.«

»Genau das hätten wir von Ihnen gerne schriftlich«, erklärte Rainer.

»Und zwar dalli«, bekräftigte Lutz. Dann salutierte er der Blondine. »Do swidanje«, sagte er förmlich, nachdem sie ihren Busen mit den Händen bedeckt hatte.

Für DDR-Bürger, die politische Orientierung brauchten, hing über dem Wahllokal ein Laken, auf dem eine richtungsweisende Parole prangte: ES LEBE DIE WELTREVOLUTION UND DIE SED.

Rainer und Lutz führten Gregor Schleicher in die spartanisch eingerichtete Baracke. Auf einigen Camping-Tischen waren Pappwände als Sichtblenden aufgestellt. Gleich hinter dem Eingangsbereich saßen vier Wahlhelfer an einem Bürotisch, um die Unterlagen zu verwalten. Gegen Vorlage seines Personalausweises erhielt Gregor Schleicher den Wahlzettel und erledigte missmutig seine Bürgerpflicht. Er stopfte das ausgefüllte Papier in eine Urne und traf am Ausgang erneut auf die beiden Volkspolizisten.

»War das nötig – gleich die Miliz zu schicken?«, beschwerte er sich.

»Sie sind vom Wahlkreisamt ausdrücklich aufgefordert worden, pünktlich zu erscheinen«, wies Lutz ihn mechanisch auf sein Versäumnis hin.

»Also, wenn ihr die Wahl hättet, mit wem würdet ihr denn lieber einen Sonntag verbringen?« Mit sarkastischem Blick musterte Schleicher die beiden Brüder. »Mit einer vollschlanken Genossin oder mit dem ollen Staatsratsvorsitzenden?«

»Subjekte wie Sie sollte man ausbürgern und zur Strafe in den Westen abschieben!«, wünschte ihm Lutz die Pest an den Hals.

»Au ja!«, frohlockte Schleicher, verdrückte sich dann aber eilig, bevor ihn die Vopos noch wegen Defätismus verhafteten.

2

Rainer lenkte den Dienstwagen durch Lichtenberg in Richtung Friedrichsfelde, wo der Wiederaufbau der im Zweiten Weltkrieg verursachten Zerstörungen voranschritt. Der Wohnungsbau war oberste Maxime für die Partei, und darum saß auch nicht Rainers jüngerer Bruder auf dem Beifahrersitz, sondern der Oberst vom Zentralkomitee der SED. Lutz hatte zwar die ganze Rückbank für sich, kauerte jedoch zwischen den Vordersitzen.

Oberst Dombrowsky wirkte ruhig. Er war sich seiner Autorität bewusst. »Mit dem gestrigen Sieg bei der Volkskammerwahl wird der Führungsanspruch der Partei in der Verfassung unseres Landes verankert«, sagte er zufrieden. »Und zwar für alle Zeiten.«

Er verwies auf die Neubau-Siedlung, die aktuell aus den Ruinen des Dritten Reichs auferstand. Rainer parkte das Auto inmitten dieser erdrückenden Betonlandschaft – architektonische Tristesse, so weit das Auge reichte.

»Ist unsere Hauptstadt nicht schön?«, schwärmte der Oberst, als er inmitten der gigantischen sozialistischen Bunker aus dem Wagen stieg. Eingemauert von den riesigen Wohnblocks, standen die drei und blickten hoch hinaus auf die zehnstöckigen Neubauten. Stolz betrachtete Dombrowsky das Werk. »Moderne Waben für eine Armee namenloser, aber fleißiger Bienchen.«

»Da oben hätte ich gerne ein Zimmer«, sagte Rainer, »mit Blick über die ganze Siedlung und noch viel weiter.« Er wies auf die Dachetagen.

Lutz pflichtete ihm bei. »Ja, Herr Oberst, das wäre auch im Dienst hilfreich. Ein hervorragender Aussichtsposten, um für Recht und Ordnung zu sorgen.«

»Nun«, erwiderte der Oberst zur Überraschung der Brüder, »lassen wir Recht und Ordnung mal einen Moment beiseite. Denn die Partei will, dass Sie genau das Gegenteil tun! Sie beide erhalten offiziell den Geheimauftrag, das totale Chaos anzurichten.«

Rainer und Lutz starrten sich entgeistert an. Als wären sie einem hochrangigen Agenten der Amerikaner in die Hände gefallen, der sie zum Umsturz in der DDR anstiften wollte.

»Aber wir wollen doch unser Vaterland nicht ins Elend stürzen!«, protestierte Lutz.

»Das kann die Partei nicht von uns verlangen!«, rebellierte Rainer.

Dombrowsky schmunzelte und pflanzte sich in breitbeiniger Pose vor seinen beiden Untergebenen auf.

»Keine Sorge. Hiermit teile ich Ihnen mit, dass Sie mit sofortiger Wirkung nach Westberlin versetzt werden.«

»Wie? Versetzt?«, stammelte Lutz.

»Das heißt, wir müssen rüber?« Rainer konnte es nicht fassen.

»Jawoll. Verdeckter Einsatz hinter den feindlichen Linien«, konkretisierte Oberst Dombrowsky.

Rainer nahm seine Dienstmütze vom Kopf und fuhr sich durch die Haare. Lutz nahm erschrocken die Hände vor den Mund. »Aber das geht nicht«, teilte er seinem Vorgesetzten mit.

»Warum denn das nicht?«, entgegnete der Oberst barsch.

»Na, weil wir in der Brigade gerade den Tag der Sowjetarmee vorbereiten, nicht wahr?« Lutz blickte hilfesuchend zu seinem älteren Bruder.

»Ja, das kann ich bestätigen«, sagte Rainer, zu Dombrowsky gewandt. »Wir sind da unabkömmlich.«

»Der Tag zur Feier der Sowjetarmee ist selbstverständlich für uns alle ein Ehrentag, aber die Weltrevolution geht nun mal vor.« Der Oberst blieb unnachgiebig.

Mutig trat Lutz einen Schritt näher an den hochdekorierten Funktionär heran. »Westberlin hat zwei Millionen Einwohner. Und wir, wir sind doch nur zu zweit.« Noch wollte er die Hoffnung nicht aufgeben, dass die Parteiführung ihre Pläne korrigieren würde.

»In Westberlin bekommen Sie Verstärkung«, versprach der Oberst siegesgewiss. »Dort werdet ihr zu dritt sein!«

»Und wer ist dieser dritte Mann?«, wollte Rainer wissen.

»Natürlich unser bester Geheimagent dort«, entgegnete Dombrowsky. »Seinen Berichten zufolge steht die dekadente westliche Kultur unmittelbar vor dem Zusammenbruch. Ihr braucht sie nur noch umzustoßen.«

Stumm lenkte Rainer den Volkspolizeiwagen auf ein von roten Backsteinbauten bestandenes Werksgelände. Auch Lutz hatte seit einer Stunde kein Wort mehr gesprochen. Der Oberst wies Rainer an, den Wagen direkt vor dem Aufgang C zu parken. VEB CHEMIE stand auf einem Schild neben der Stahltür, die ins Gebäude führte.

Dombrowsky zückte einen Schlüssel und ging vor den beiden Brüdern hinein, die ihm durchs karge Treppenhaus in den ersten Stock folgten. Dort schloss er eine dunkle Tür auf, die er hinter ihnen sorgfältig wieder zusperrte. Die drei marschierten einen langen Flur hinunter, an dessen Ende ihnen ein etwa 60-jähriger Mann in weißem Kittel entgegentrat. Der Oberst begrüßte den Mann respektvoll mit der Anrede »Herr Professor«. Anschließend stellte er ihm die Brüder Kramer vor. Nach jeweils einem förmlichen Händedruck wandte sich der schmächtige Gelehrte wieder dem Besuch aus der Parteiführung zu.

»Ganz bald schlägt sie nun, die große Stunde der sozialistischen Weltrevolution.« Auch der Professor war beseelt von der Zukunft. Mit einer einladenden Handbewegung bat er seine Gäste, ihm zu folgen.

Das Labor des Professors befand sich in einem Raum mit gekachelten Wänden. Mehrere Industrieschreibtische standen als Arbeitsflächen zur Verfügung, in Metallregalen lagerten Flaschen, die mit chemischen Formeln beschriftet waren. Dazu gab es mehrere Bunsenbrenner und reichlich Reagenzgläser, Schutzbrillen und Atemmasken. Rainer und Lutz bestaunten die hervorragende Ausstattung, die sie aus ihrem Schulunterricht so nicht kannten. Der Professor hatte sogar einen mit der Hauswand verschraubten Safe, nicht größer als ein Schuhkarton, aber massiv. Er öffnete ihn mit einem Spezialschlüssel und holte eine Tupperware heraus, die er dem Oberst feierlich überreichen wollte. Der jedoch winkte dankend ab und ließ dem Gelehrten den Vortritt. Rainer und Lutz wurde allmählich übel, denn es lag ein beißender Geruch in der Luft. Der Professor entfernte den Deckel von der Tupperware und gab den Blick auf seine Briefmarkensammlung frei. Jedenfalls hielten die Brüder Kramer das, was sie sahen, für eine Art Briefmarkensammlung. Mit einer Pinzette entnahm der Professor dem Plastikgefäß vorsichtig eine der Marken und hielt sie wie eine Rarität in die Höhe.

»Meine Herren«, belehrte er die Anwesenden, »dieses unscheinbare Blättchen ist die Eintrittskarte zum Paradies. Oder zur Hölle.«

Mit ruhiger Hand führte er den staunenden Volkspolizisten sein Schätzchen vor, bis er schließlich die Bombe platzen ließ. »Die Rückseite der Briefmarke ist getränkt mit Lyserg-Säure-Diethylamid, einem psychedelischen Pharmazeutikum, besser bekannt als LSD.«

Abrupt ruckten die Brüder mit den Köpfen zurück, um auf keinen Fall mit diesem Teufelszeug in Berührung zu kommen.

»LSD!« Lutz begriff langsam, was ihm hier vorgeführt wurde.

Mahnend erhob der Professor einen Zeigefinger. »Wenn Sie diese Marke anlecken, um sie auf einen Brief zu kleben, explodieren in kürzester Zeit grelle Farben vor Ihrem inneren Auge.«

Da wischte sich selbst der Oberst mit einem Taschentuch etwas Schweiß von der Stirn. »Das ist ja Wahnsinn«, sagte er beeindruckt.

»Ob man davon wahnsinnig wird, hängt von der Dosierung ab«, korrigierte ihn der Professor, der bereits seit 1943 mit dieser Substanz aus beruflichen Gründen zu tun hatte.

Rainer und Lutz waren froh, als sie das Labor endlich verlassen durften. Sie begleiteten Dombrowsky und den Professor in einen anderen Trakt des weitläufigen Gebäudes. Der Wissenschaftler referierte währenddessen über sein Fachgebiet.

»LSD wurde ursprünglich zur Geburtshilfe entwickelt«, erklärte er seinen Zuhörern. »Ab zweihundertfünfzig Mikrogramm hat es Frauen von ihrer Frigidität geheilt.«

Die Schritte der Männer hallten laut durch den Flur, so dass der Oberst lieber nachfragte. »Wollen Sie damit andeuten, dass gehemmte Frauen der Vergangenheit angehören?«

»Jawohl, mein Oberst! Wir vom VEB Chemie bauen erneut am modernen Gesellschaftssystem.« Der Professor deutete auf eine Tür, für die er einen sperrigen Schlüssel am Hosenbund trug. Er öffnete sie und gab den Blick frei auf ein dahinter befindliches Zellengitter, wie in einem Gefängnis. »Überzeugen Sie sich selbst!« Mit einer knappen Handbewegung wies er auf den trostlosen Raum hinter den Gitterstäben. Dort hockte eine junge Frau mit ungepflegten braunen Haaren auf dem Boden, neben ihr eine schmale Pritsche und bemaltes Papier. Zeichnungen wie von dreijährigen Kindern.

»Diese Genossin war stets eine überzeugte Friedensaktivistin«, erläuterte der Professor. »Allerdings eher in ehelichen Fragen.« Er legte eine der präparierten Briefmarken auf die Ladefläche eines kleinen Spielzeug-LKWs, den er durch die Gitter der Probandin in der Zelle zuschob. Die Frau fixierte mit dem Blick das auf sie zurollende Modellfahrzeug. Sie stoppte es mit ihrem nackten Fuß, dessen Sohle dreckig war.

Rainer und Lutz beobachteten die Reaktionen der eingesperrten Probandin, als stünden sie im Zoo vor dem Gehege eines exotischen Tieres. Ganz langsam nahm die Frau das vermeintliche Postwertzeichen und leckte es an. Zuerst das Bild, dann die mit LSD getränkte Rückseite. Sie klebte die Marke auf ihr bemaltes Blatt.

»Dürfen wir mal hineingehen und uns die junge Frau aus der Nähe ansehen?«, flüsterte Lutz dem Professor zu.

»Oh, nein! Das wäre ohne Wärter viel zu gefährlich«, maßregelte der Gelehrte diesen jugendlichen Leichtsinn.

»Den Anweisungen des Herrn Professors ist hier unbedingt Folge zu leisten«, bekräftige der Oberst mit einem strengen Blick. Die Brüder antworteten mit artigem Nicken.

»Oh, mein Gott!«, rief die Zelleninsassin mit einem Mal. Ganz abrupt ging ihr Ausruf über in ein lustvolles Stöhnen, erst leise, dann immer lauter. Lutz schluckte, denn so etwas hatte er noch nie bei einer Frau erlebt. Rainer hingegen bemerkte, wie das beginnende Schauspiel ihn anheizte. Am liebsten wäre er zu der anscheinend willigen Genossin hineingegangen und hätte sich mit ihr vergnügt. Doch das behielt er für sich.

Mit unterkühltem Blick sah der Professor auf seine Armbanduhr und wartete noch einige Sekunden ab, dann schaute er pünktlich zu seiner Gefangenen, die nun enthemmt und willenlos auf dem Boden herumzappelte. Mit dem Becken vollführte sie ekstatische Bewegungen, bis ihr gesamter Körper zu vibrieren schien. Ihr Stöhnen gipfelte in einem animalischen Grunzen. Stolz blickte der Professor in die Runde. »Ja, wir vom VEB Chemie verstehen unser Handwerk.«

Der Oberst grinste, ohne seine Augen von dem Versuchskaninchen zu wenden. »Mit dieser Wunderdroge können wir die Geburtenrate unseres Landes steigern«, konstatierte er zufrieden.

»In zwanzig Jahren könnten wir doppelt so viele Werktätige wie der Klassenfeind haben«, frohlockte auch Lutz.

»Das ist gut möglich«, pflichtete ihm der Chemiker bei. »Aber LSD ist auch ein Halluzinogen. Es greift das Sprachzentrum an und führt zu ernsten Angstzuständen. Seelische Zusammenbrüche sind die unausweichliche Folge.«

»Genau deswegen ist es perfekt geeignet, um dem Klassenfeind im westlichen Ausland den tödlichen Stoß zu versetzen«, sagte Dombrowsky, ganz militärischer Stratege.

Der Professor geleitete seine drei Gäste zu einer Doppeltür schräg gegenüber, die er mit einem weiteren Schlüssel öffnete. Dahinter befand sich erneut ein Gefängnisgitter. Die Zelle war wesentlich größer, in ihr hauste ein halbes Dutzend erbärmlicher Gestalten. Rainer und Lutz brauchten einige Momente, um den Anblick zu verdauen. Sechs Kretins, die groteske Fratzen zogen oder sich am Kopf kratzten, als wären sie von einer Kolonie Läuse befallen. Statt Zwangsjacken wie in einer Irrenanstalt trugen sie Windeln. Es roch nach Erbrochenem.

»Freiwillige wissenschaftliche Experimente im Namen des Sozialismus«, schwärmte Lutz. »Welch tapfere Genossen!«

»Das? Ach, das sind nur Dissidenten«, klärte ihn der Oberst auf.

»Wie? Dissidenten?« Rainer blickte irritiert in die Runde.

»Na, Leute mit seltsamen Ideen im Kopf«, belehrte ihn der Professor.

»So wie die kapitalistische Bevölkerung von Westberlin, die wir sicherheitshalber eingemauert haben«, fügte der Oberst stolz hinzu. Er schnipste mit den Fingern, woraufhin der Professor ein flaches Päckchen aus der Seitentasche seines Kittels zog. Es sah aus wie eine handelsübliche Packung Kaugummis. Er legte es auf die flache Hand, damit alle es gut sehen konnten.

»Damit werden wir die Revanchisten endgültig besiegen!«, rief Oberst Dombrowsky mit blitzenden Augen.

»Mit Kaugummis?« Rainer hob skeptisch die Brauen.

»Mein junger Freund«, sagte Dombrowsky väterlich, »die West-Jugend ist ganz versessen auf Kaugummis.«

Der Professor räusperte sich kurz, um die Aufmerksamkeit auf sich zu lenken. »Es sieht aus wie Kaugummi. Es schmeckt wie Kaugummi. Aber in Wirklichkeit ist es hochdosiertes LSD aus unserem Labor.« Genüsslich strich der Gelehrte diesen Triumph der Wissenschaft heraus, den er offensichtlich als Höhepunkt seiner persönlichen Laufbahn betrachtete.

Rainer und Lutz waren baff. Denn auch sie liebten Kaugummis. Plötzlich ergab der Plan für sie einen Sinn. Und der Oberst spürte, dass er seine zwei frisch gebackenen Agenten nun an der Angel hatte.

»Mit dieser neuen Wunderdroge schicken wir ganz Westberlin in die Irrenanstalt«, grinste er die Brüder Kramer diabolisch an.

Der Professor warf das Päckchen den Dissidenten in der Sammelzelle zu. Hysterisch lachend stürzten sich mehrere von ihnen darauf. Sie rissen das Papier ab und steckten sich die grauen Streifen in den Mund.

»Ja, wir werden aus Westberlin einen einzigen Affenkäfig machen«, prognostizierte Dombrowsky. »Dann wollen wir mal sehen, ob sie dort immer noch genug Bananen für alle haben!«

3

Die Kramers hatten sich in der Küche ihrer Zweiraumwohnung versammelt, die sie zu viert bewohnten. Eng zusammengerückt saß die gesamte Familie an dem kleinen Esstisch, um noch ein wenig Platz für ihren Gast zu schaffen. Oberst Dombrowsky suchte gerade die benachbarte Toilette auf, deren Spülung man durch die Wand hinter dem Esstisch laut vernehmen konnte.

Der Vater sah seine Söhne sorgenvoll an. »In den Westen?«, sagte er kopfschüttelnd. Rainer und Lutz zuckten fatalistisch mit den Schultern.

Der SED-Funktionär kehrte vom WC zurück, blieb jedoch mitten im Raum stehen, um die Arbeiterfamilie zu mustern. Die Mutter lehnte mit beiden Ellenbogen auf dem Tisch und hatte ihre Hände vor dem Mund. Sie nahm all ihren Mut zusammen und blickte dem Oberst in die Augen.

»Sie schicken meine Söhne zu diesen Radaubrüdern? Die Westberliner Polizei hat gerade einen Studenten erschossen. In den Hinterkopf!« Ihre Stimme klang vorwurfsvoll. Jetzt schon, bevor ihre Söhne die Reise überhaupt angetreten hatten, lagen bei ihr die Nerven blank.

Lutz ergriff ihre Hand. »Mach dir keine Sorgen. Ich werde notfalls von meiner Dienstwaffe Gebrauch machen.«

Dombrowsky trat an den Tisch heran. »Frau Kramer, Ihre Söhne werden auf eine Mission geschickt, die man vielleicht eines Tages mit der bemannten Raumfahrt in einem Atemzug nennen wird. Mit einem Juri Gagarin!«, erhob er die Stimme wie ein begeisterter Sportreporter.

»Schicken Sie meine Kinder gerne ins Weltall«, eiferte sich Frau Kramer, »aber doch nicht zu diesen Verrückten nach Westberlin!«

Herr Kramer bat den Oberst mit einer Handbewegung, ihr etwas Zeit zu lassen. Er kannte seine Frau und wusste, dass sie anfangs stets sehr emotional reagierte, bevor sich ihre Aufregung allmählich legte. Dombrowsky nickte ihm zu. Er lehnte sich mit beiden Händen und seinem gesamten Körpergewicht auf die schmale Tischplatte. Bei seinen folgenden Worten bemühte er sich ersichtlich um einen milderen Ton.

»Während Ihre Söhne dem Sozialismus zum Sieg verhelfen, haben Sie beide hier monatelang 13 Quadratmeter mehr Wohnfläche für sich.«

Herr Kramer griff diesen angepriesenen Vorteil dankbar auf und wandte sich an seine Frau. »Hast du das gehört? 13 Quadratmeter mehr! Ich hab doch immer zu dir gesagt: Der Sozialismus breitet sich unaufhaltsam aus.«

»Wir kehren als Helden zurück!«, rief Lutz voller Begeisterung. »Und dann kriegen wir endlich eine größere Wohnung zugeteilt, oder?« Zuversichtlich sah er den Oberst an.

Doch der nahm sich zuerst Rainer vor, der sich bisher erstaunlich zurückhaltend benommen hatte, was Dombrowsky, dem erfahrenen NVA-Oberst, längst aufgefallen war. »Wer dem Sozialismus nicht mit ganzem Herzen zum Endsieg verhelfen will, für den hat die Partei sogar eine eigene Wohnung: in Bautzen!« Mit diesem drastischen Hinweis stellte Dombrowsky unmissverständlich klar, dass er von den Brüdern Kramer bedingungslose Treue erwartete.

»Niemand hat die Absicht, dem Vaterland untreu zu werden«, versicherte Vater Kramer reflexartig.

»Das würde ich Ihnen auch nicht empfehlen.« Der Oberst reckte sich und nahm nun wieder eine gerade, militärische Körperhaltung an. »Denn sollte auch nur einer von den beiden Helden stiften gehen, dann besorgen wir der ganzen Familie eine neue Unterkunft. Mit Gardinen, und zwar schwedischen!«

»Was ist denn los mit dir?«, fragte Vater Kramer seinen ältesten Sohn, nachdem der Oberst die Wohnung verlassen hatte.

Rainer war maulfaul und wandte sich ab, blickte scheinbar zum Fenster hinaus. Doch so leicht ließ sich der Vater nicht abspeisen. Als er sich zu Rainer gesellte, zog er das rechte Bein nach. »Sonst will doch die junge Generation immer so viel reden. Jetzt stelle ich mal eine Frage.«

»Na ja, monatelang ohne meine Freundin«, antwortete Rainer mürrisch, »das wird sie nicht sonderlich schick finden. Und ich auch nicht.«

Der Vater war beruhigt, dass es sich nur um ein Mädchen handelte. In diesem Augenblick betraten Lutz und die Mutter das Wohnzimmer. Frau Kramer setzte sich auf die Couch, die den Eltern nachts als Schlafsofa diente.

»Was für ein unangenehmer Typ«, beklagte sie sich über den SED-Oberst. »Und ständig dieser zackige Kasernenhof-Ton.«

»Aber in einer Sache hat er recht«, widersprach ihr ihr Mann. »Immerhin sind es unsere Söhne, die vom Vaterland auserwählt wurden, in einen heldenhaften Kampf zu ziehen.«

»Pah«, erwiderte sie mit ihrem Mutterinstinkt. »Außerdem erinnere ich mich, dass du auch schon mal fürs Vaterland in einen Krieg marschiert bist. Den ganzen weiten Rückweg von der Front bist du dann aber nur noch gehumpelt.«

»Das ist ja wohl was anderes!«, empörte er sich. »Unsere Söhne gehen freiwillig. Mich haben damals die Faschisten gezwungen, die Sowjetunion zu überfallen.«

»Wollen wir hoffen, dass das in Moskau keiner weiß.« Sie wähnte sich bereits vom KGB ausspioniert und in einen Gulag ins ferne und eiskalte Sibirien abtransportiert.

»Bevor ich nur einen Schuss abgeben konnte, wurde ich durch einen Granatsplitter schwer verwundet«, erzählte Vater Kramer mal wieder.

Rainer und Lutz sahen einander betreten an. Sie mochten es nicht, wenn sich ihre Eltern stritten.

»Gott sei Dank bist du überhaupt nachhause gekommen«, sagte Lutz.

»Und das werden wir auch tun«, versicherte Rainer.

Die Mutter schluckte. »Versprecht mir, dass ihr heil und gesund zurückkommt.«

»Natürlich«, beruhigte Lutz sie. »Wir sind geschult an unseren Handfeuerwaffen.«

»Wir haben Filmaufnahmen gesehen«, fügte Rainer hinzu. »Die meisten West-Studenten sind nur mit Farbbeuteln bewaffnet.« Die klare Überlegenheit der sozialistischen Truppen gegenüber der völlig kampfuntauglichen Ausrüstung des Klassenfeinds litt für ihn keinen Zweifel.

»Du weißt, was Bertolt Brecht schrieb?«, fragte Lutz seinen älteren Bruder, als sie ohne die Eltern wieder im Dienstwagen saßen. »Der Einzelne hat zwei Augen. Aber die Partei hat tausend Augen.«

Rainer lenkte den Wagen gemächlich durch den Bezirk. »Dann weißt du sicher auch, wie das Gedicht weitergeht?«, stellte er Lutz auf die Probe, antwortete aber dann doch selbst. »Die Partei kann nicht vernichtet werden, aber der Einzelne kann vernichtet werden.«

»Du meinst, die Partei würde unsere lieben Eltern verhaften und einsperren?«, fragte Lutz besorgt.

»Ja. Wenn wir beide in Westberlin versagen, dann sind wir alle geliefert.«

»Das würde aber den Tatbestand der Nötigung erfüllen!«, empörte sich Lutz. »Das sollte ein so hoher Dienstgrad doch wohl wissen.«

»Und du solltest wissen, dass für das Zentralkomitee der SED andere Gesetze herrschen als für normale Bürger wie uns.« Im Gegensatz zu seinem jüngeren Bruder hatte Rainer einen einigermaßen unverstellten Blick auf den real existierenden Sozialismus.

Lutz schaute verwundert durch die Windschutzscheibe. »Wo fährst du denn hin? Das ist nicht der Weg zur Dienststelle.«

»Na, ich muss doch Marianne Bescheid sagen.«

Der Name durchzuckte Lutz wie ein kleiner Stromschlag. »Nee, bitte, ich will sie nicht sehen.«

»Dann wartest du eben im Auto.«

»Dreh um! Marianne wird sicher schriftlich benachrichtigt werden, dass wir uns in einem Einsatz fürs Vaterland befinden.«

Rainer ließ sich nicht umstimmen. »Ein Schreiben von der Partei ist ja nett, ich möchte es ihr aber lieber persönlich mitteilen.«

Marianne ließ die Kundschaft in der Drogerie Schlange stehen. Sie saß zwar noch hinter der Kasse, hatte sich jedoch zur anderen Seite weggedreht, um Rainer unter vier Augen Vorwürfe zu machen. »Du lässt mich hier allein zurück!«

»Nicht so laut!«, mahnte er seine Freundin.

Marianne kam vergünstigt an das Haarspray, das hier verkauft wurde, und machte davon reichlich Gebrauch. Ihr Haar war hoch aufgebauscht.

»Wie lange wirst du weg sein?«

»Weiß ich nicht.«

»Na, das ist ja schlau.« Sie ahnte, dass sie nun auch sexuell in einer Mangelwirtschaft würde leben müssen. »Aber dann bring mir wenigstens Nylons mit.«

»Du willst die Strumpfhosen vom Klassenfeind tragen?«, flüsterte er im Stil eines Geheimagenten.

»Du kannst sie mir ja fix wieder ausziehen«, zwinkerte sie zurück.

Rainer gab er ihr einen Kuss auf den Mund. Er war fast an der Ladentür, als ihm Marianne vor allen Leuten noch nachrief: »Aber Abschiedssex schaffen wir schon noch, oder?«

Rainer winkte und signalisierte, dass es wohl klappen würde.

Der Kostümfundus befand sich in einem Theater mitten im Scheunenviertel, einem klobigen Zementbau aus dem Jahre 1914. Hier lebte damals das Lumpenproletariat und sollte auch etwas Kultur mitbekommen, daher nannte man das Theater »Volksbühne«. Direkt gegenüber stand das Karl-Liebknecht-Haus, vor dem sich Ende der Zwanzigerjahre KPD-Anhänger und Nationalsozialisten blutige Schlachten lieferten.

Rainer und Lutz wurden in einen Saal geführt, der voller Kleider war. Aus allen Jahrhunderten und Gesellschaftsschichten hingen hier reihenweise Kostüme an langen Stangen, vom Boden bis zur Decke. Eine Mitarbeiterin hatte knallbunte Hosen mit Schlag, schrille Hemden und Fransenjacken herausgesucht, die mal für ein Theaterstück über verwahrloste Jugendliche in der BRD benötigt worden waren.

»Das trägt die Westjugend?«, fragte Oberst Dombrowsky verunsichert.

»Vorwiegend studentische Kreise«, bestätigte die Frau. Sie legte ihm ein kapitalistisches Modemagazin vor und schlug mehrere Seiten mit Farbfotos auf. Da waren Mannequins abgebildet, die in zeitgemäßer Kleidung posierten.

»Richtige Affenkostüme sind das«, sagte der Oberst angewidert.

Auch die Brüder Kramer waren nicht begeistert von der Aussicht, so unter die Leute treten zu müssen. »Na, ich hoffe, wir werden im Kofferraum von einem Auto rübergeschmuggelt. So will ich hier nicht auf die Straße gehen.« Lutz war um seinen Ruf besorgt. Wenn er keine Uniform anhatte, trug er am liebsten Stoffhosen und dazu Pullover. Rainer bevorzugte Ost-Jeans und Hemden.

»Wie kommen wir denn nach Westen?«, fühlte er beim Oberst vor.

»So wie wir unsere Spione immer einschleusen«, entgegnete Dombrowsky, als handelte es sich um die normalste Sache der Welt. »Ihr steigt Bahnhof Friedrichstraße in die S-Bahn und fahrt ein paar Stationen.«

»Bis wohin?«, unterbrach Lutz ihn.

»Möglichst raus aus der Sowjetischen Besatzungszone und rein in den amerikanischen Sektor.« Der Oberst wurde nun schnippischer.

»Von der Friedrichstraße fährt eine Linie zum Bahnhof Zoo«, sagte Rainer.

»Dort steigt ihr aus und mischt euch unter die imperialistische Bevölkerung«, nickte Dombrowsky.

Die Kostümbildnerin überreichte den Brüdern Kramer mehrere miteinander kombinierbare Kleidungsstücke zur Anprobe. Farblich sahen die Stoffe aus, als könne man Pralinen in sie einwickeln.

»Darin sieht man ja aus wie ein Papagei!«, rief Lutz entrüstet.

»Die stecken uns doch gleich in den Zoo«, fürchtete Rainer.

»Das sind ja wohl nur ein paar Meter vom Bahnhof Zoo«, fügte sein Bruder hinzu. »Und da kommen wir immerhin an.«

»Unsinn!«, polterte der Oberst. »Raus aus euren anständigen Klamotten! Und zwar zack-zack!«

»So geht ihr nicht auf die Straße! Nicht meine Söhne!«, ereiferte sich Frau Kramer, als sie ihre Kinder sah. Sie standen mitten im Tränenpalast, vor den Schaltern zur Abfertigung der Transitreisenden.

»Das trägt man drüben.« Rainer versuchte sein grelles Outfit herunterzuspielen.

»Es sind die dekadenten Symbole eines untergehenden Volkes«, versicherte Lutz ihr treuherzig. Er trug eine türkisfarbene Schlaghose.

»Richtig peinlich ist das«, sagte die Mutter vorwurfsvoll an den Oberst gewandt. Dann blickte sie ihren Mann an. »Sag du doch auch mal was.«

»Kommt heil zurück«, wandte sich der Vater an seine Söhne, »aber ohne diesen Firlefanz, den könnt ihr drüben lassen.«

Die Kramers umarmten sich, während Dombrowsky Blickkontakt zu einem der NVA-Grenzer suchte. Die beiden Männer nickten einander zu.

Die Eltern winkten beim Weggehen und verließen das Gebäude, in dem sich DDR-Bürger von ihren Verwandten und Bekannten aus dem Westen verabschieden durften, bevor diese zurück in den von Amerikanern, Briten und Franzosen besetzten Teil der Stadt fuhren.

Dombrowsky überreichte den Brüdern abgegriffene Papiere.

»Das sind eure Studentenausweise, selbstverständlich gefälscht.«

Rainer und Lutz betrachteten ihre schwarzweißen Passbilder auf den Kärtchen.

»Offiziell studiert ihr bereits im zwölften Semester auf Lehramt, das ist unauffällig, solche Penner gibt es dort haufenweise«, erläuterte der Oberst die Strategie der SED. Dann händigte er ihnen einen Rucksack aus Wildleder aus, in dem sich die Pakete mit den Kaugummis befanden. Neugierig guckte Rainer hinein.

Das Design der Packungen war einer berühmten amerikanischen Marke nachempfunden.

»Geben Sie fein acht auf unsere Care-Pakete! Und nicht davon naschen!«, mahnte Dombrowsky.

»Auf gar keinen Fall«, versicherte Lutz ernsthaft.

»Ein Foto und die Adresse eurer Kontaktperson habt ihr. Ihr geht jetzt zu dem Grenzoffizier dort drüben.« Der

Oberst deutete auf den NVA-Soldaten. »Er wird euch an unseren Kontrollen vorbeiführen. Auf dem Bahnsteig löst ihr als Erstes gültige Fahrscheine für die fünf Stationen, und dann meldet ihr euch, wenn ihr angekommen seid.«

Rainer und Lutz salutierten. Um sich Mut zu machen, umarmten sie einander. Rainer war nervöser als vor seinem ersten Sex. Lutz fühlte sich unruhiger als vor seinem ersten Zeltlager bei den Jungpionieren. Und damals hatte er nur für zwei Wochen von zuhause weggemusst.

Herausgeputzt, wie sie waren, hielten sich Rainer und Lutz sicherheitshalber nahe den Türen des S-Bahn-Waggons auf. Während sie aus dem Fenster blickten und erste Eindrücke von Westberlin gewannen, starrten viele Fahrgäste die zwei bunten Gestalten an. Die Mehrheit der Leute hier trug Einheitskleidung: die Männer hauptsächlich Mäntel, Hosen und Sakkos in gedeckten Farben, die Frauen meist knielange Röcke, dunkle Strumpfhosen, zugeknöpfte Blousons und biedere Damenhüte.

Die Reichsbahn rumpelte durch eine Parklandschaft mit dichtem Baumbewuchs. Lutz sah neugierig hinaus. »Meinst du, wir sind schon drüben?«, flüsterte er seinem Bruder zu.

»Nun kiek sich eena diese Gammler an!«, schallte es laut aus einem entfernteren Teil des Waggons zu ihnen herüber.

»Dit sind bestimmt echte Radaubrüder«, sekundierte eine Frau dem Rufer.

»Wir sind drüben«, murmelte Rainer.

»Studentenpack!«, rief ein anderer. »Arbeitsscheues Gesindel!«

Rainer blickte nach vorne, um festzustellen, wie weit die nächste Haltestelle noch entfernt war. »Wir steigen auf jeden Fall bei der erstbesten Gelegenheit aus«, sagte er leise.

»Sobald wir in den Bahnhof einfahren, springen wir ab«, erwiderte sein jüngerer Bruder, ebenfalls mit gedämpfter Stimme.

»Ins Arbeitslager gehört ihr«, sagte ein Rentner laut und vernehmlich.

»Euch fehlt eine Tracht Prügel!« Nun stand ein wohlgenährter Mann mit Schweinskopf nur einen Meter vor ihnen.

Lutz reckte eine geballte Faust. Nicht zum Zuschlagen, sondern als politischen Gruß. »Es lebe der Kapitalismus!«, skandierte er fahrig, in der Hoffnung, so zur Deeskalation der bedrohlichen Lage beizutragen.

»Sag mal, nimmst du Halbstarker etwa Drogen?« Der bullige Kerl baute sich vor Lutz auf.

»Nein, niemals«, stammelte Lutz wahrheitsgemäß. Es half nichts. Der Mann verpasste ihm eine Ohrfeige. Als er auch mit der anderen Hand ausholte, nahm Rainer den Schläger von hinten in den Polizeigriff und drehte ihm den Arm auf den Rücken, so dass der Typ vor Schmerz schrie.

»Aua! Verflucht! Loslassen!«

Rainer ließ nicht los und guckte nach vorn, wie weit der Bahnsteig noch entfernt war. Der Zug hatte sein Tempo bereits verlangsamt und rollte in die Station ein.

»Mach auf!«, rief Rainer. Lutz riss die schweren Türen auf und hielt ihren Fluchtweg offen.

Rainer stieß den schweinsköpfigen Angreifer in den Gang, wo dieser zu Boden ging. Mehrere Leute sprangen von ihren Sitzen auf, aber die Brüder Kramer hechteten aus dem Waggon, bevor sie von der Meute gestellt werden konnten. Sie landeten zwar auf ihren Beinen, rempelten dabei aber wartende Fahrgäste an. Ohne sich zu entschuldigen, flitzten die beiden zur Treppe und machten sich in ihren hochhackigen Flower-Power-Stiefeln aus dem Staub.

Erst als sie mitten im Wald angelangt waren, bremsten sie den Sprint, den sie mitsamt ihrem Gepäck unternommen hatten. An den Bahnhof Tiergarten grenzte eine weitläufige Grünanlage, in der man sich gut verstecken konnte. Beide holten tief Luft. »Scheiße, wo sind wir hier?«, keuchte Lutz, der völlig die Orientierung verloren hatte.

Rainer zog einen Stadtplan aus dem Wildlederbeutel und faltete ihn auseinander. »Eine Station zu früh. Zoo ist erst die nächste«, sagte er, immer noch außer Atem.

»Ich glaube, wir sind von da drüben in den Park rein.« Lutz deutete in eine Richtung, aus der sie Verkehrslärm hören konnten.

»Das müsste die Straße des 17. Juni sein«, vermutete Rainer anhand seiner Unterlagen.

»Die wird sofort nach der Machtübernahme umbenannt«, mutmaßte sein jüngerer Bruder streng ideologisch.

»Wir müssen uns links halten«, sagte Rainer, »dann sollten wir nach zwei Kilometern auf dem Kurfürstendamm sein. Da können wir uns unters Volk mischen.«

»Ich habe die Schnauze voll von diesem Volk!«, meckerte Lutz. »Diese Faschisten lynchen uns doch glatt. Lass uns lieber Nebenstraßen nehmen.« Sein älterer Bruder machte eine zustimmende Geste.

Nach 55 Minuten Fußmarsch durch möglichst menschenleere Gegenden langten die beiden Ostberliner im Stadtteil Wilmersdorf vor einem Mietshaus an, das von außen an eine Kaserne erinnerte. Eine mit Lehm verputzte Fassade, nur drei Stockwerke hoch, aber wenigstens gab es Balkone. Rainer kontrollierte die Namen auf der Klingelleiste.

»Volltreffer«, sagte er und drückte bei *Michalke* auf einen runden weißen Knopf, der aussah wie eine Kopfschmerztablette. Es passierte nichts.

»Vielleicht ist die Stromzufuhr kaputt.« Lutz ging von seiner eigenen Erfahrung des Lebens in der DDR aus. Dort waren ständig Dinge nicht intakt, aber dann versuchte man eben, sich selbst zu helfen. Und so hebelte er die Haustür mit Polizeiroutine und einem kleinen Taschenmesser auf, das er immer bei sich trug.

Die Brüder machten im Treppenhaus kein Licht an und schlichen ins zweite Stockwerk zu ihrem Kontaktmann Michalke, an dessen Wohnungstür ein Zettel geklebt war. »Bin unten bei B. Müller«, lasen die beiden im Halbdunkel.

»Hoffentlich gibt es bei Müller was zu essen. Ich habe Hunger«, sagte Lutz.

Mit knurrendem Magen klopften sie eine Etage tiefer an die Wohnungstür. Nichts rührte sich. Entschlossen klingelte Rainer gleich mehrmals. Es half. Eine splitterfasernackte Studentin öffnete ihnen. Sie musterte die beiden Neuankömmlinge.

»Nicht so eilig, ich war nur mal eben auf der Toilette«, sagte sie. Dann wandte sie sich um und verschwand im Flur. Die Brüder starrten auf ihren wackelnden Hintern.

»Meinst du, wir stören den Genossen gerade bei was?« Lutz fühlte sich durch die aparte junge Frau mächtig eingeschüchtert.

»Ist mir egal. Wir brauchen ja nur den Schlüssel für oben.« Mit einer Kopfbewegung bedeutete Rainer, ihm zu folgen. Immer dem Gekicher nach, das sie zunehmend lauter vernahmen.

Im Wohnzimmer von B. Müller wälzten sich etwa ein Dutzend nackter Leiber übereinander. Das ganze Mobiliar hatten die Studenten beiseite geräumt, damit sie Platz hatten für ihr Gelage. Auf dem blanken Parkettfußboden wurde heftig geknutscht, gefummelt und gevögelt. So etwas hatten Rainer und Lutz noch nie gesehen. Regungslos standen sie mit ihrem Gepäck in der Tür und starrten auf das wüste Treiben vor ihren Augen.

»Was machen die denn da?«, fragte Lutz fassungslos.

»Na, ich würde sagen, das ganze Kollektiv bumst miteinander«, klärte ihn sein älterer Bruder auf.

Diese Einschätzung hatte einiges für sich. Ja, die beiden Ost-Agenten waren mitten in eine ausschweifende Gruppensex-Orgie geraten.

»Unzucht innerhalb der Kolonne«, stammelte Lutz. »Davon hat uns die Partei keine Bilder gezeigt.«

»Das war auch besser so. Bloß, wie sollen wir in diesem Riesenhaufen Fleisch unsere Kontaktperson identifizieren?« Rainer sorgte sich um die praktische Seite des Problems.

Lutz versuchte sich in dem Gewühl von Pobacken, Beinen und Busen zu orientieren. »Wir wissen ja nicht mal, wie der Genosse zurzeit aussieht! Das Foto von ihm war ja mehrere Jahre alt.«

Rainer stellte seine Tasche ab und zog seine Stiefel aus. Lutz dachte sich noch nichts dabei, bis sein Bruder auch seine Hose aufknöpfte.

»Was machst du denn da?«

»Ich ziehe mich aus.«

»Warum das denn?«

»Weil wir mitmachen müssen.«

»Wie? Mitmachen? Du meinst mitbumsen?«

»Selbstverständlich.«

»Aber du kannst doch Marianne nicht betrügen! Sie ist deine feste Freundin.«

Rainer verdrehte die Augen. »Das ist hier dienstlich. Wir müssen mitbumsen. Sonst fallen wir gleich unangenehm auf.«

»Nee, ohne mich!«

Rainer entledigte sich seines gelben Hemdes und stand mit freiem Oberkörper da. »Stell dich nicht so an! Das ist wie beim FKK-Baden. Nur eben ohne Strand und Wasser.«

Lutz wurde nervös. Er verzog das Gesicht, kriegte feuchte Hände und atmete tief aus. »Hör mal, ich muss dir da was gestehen«, druckste er herum.

Rainer stieg aus der Unterhose und war nun komplett einsatzbereit.

»Ja, ich weiß, du hast noch nie mit einem Mädchen geschlafen.«

Lutz, dem sein Bruder gerade die Last der peinlichen Beichte abgenommen hatte, lief rot an.

»Wir müssen hier möglichst schnell Anschluss finden«, sagte Rainer, indem er vorgab, nur an den Auftrag der Partei zu denken. »Das ist die Gelegenheit, um gleich Leute kennenzulernen.«

Lutz weigerte sich trotzdem. »Ich hab mir das erste Mal anders vorgestellt. Ich mit einer Frau allein. Verstehst du?«

Verständnisvoll legte ihm Rainer die Hand auf die Schulter. »Das glaube ich dir, aber denk einfach an Karl Marx.«

»Was? Ich soll bei meinem ersten Sex an einen alten Mann mit grauem Vollbart denken?«

»Nicht an sein Gesicht. Nur an seine weisen Worte:

Der Mensch erlangt seine Würde im Kollektiv. Erst in der Gemeinschaft entwickelt er sein wahres Wesen.«

Lutz wusste, dass er sich dem Manifest nicht widersetzen konnte, und legte seine Reisetasche ab. Rainer griente zufrieden. Doch sein jüngerer Bruder erhob mahnend den Zeigefinger. »Wir bleiben auf jeden Fall in Sichtweite. Wenn du unsere Kontaktperson ausfindig gemacht hast, gib mir ein Zeichen.«

»Ich wedele dir mit meinem Ding zu«, versicherte ihm Rainer. »Und übrigens: Wehe, du tatschst mich in dem Durcheinander an!«

Lutz nickte seinem Bruder zu, der sich hinkniete und Zugang zu der Gruppe suchte. Rainer krabbelte von der Seite an eine junge Frau heran. Lutz öffnete derweil seine Hose und zog sich langsam aus. Rainer sah der Blondine in die Augen, die kurzentschlossen ihre ungeschminkten Lippen auf seine presste. Er riss die Augen weit auf, denn sie blies ihm dabei den Rauch eines Joints in die Lungen. Gezwungenermaßen inhalierte er und hustete den Haschqualm wieder aus. Das amüsierte die hübsche Studentin. Lange Haare verbargen ihre kleinen Brüste, und bevor er sie fragen konnte, was er da eingeatmet hatte, drehte sie sich um und robbte weg zu einem anderen Männerkörper. Rainer schaute auf ihre Pobacken, die wie ein leckerer Apfel geformt waren, als ihn schon zwei weitere Arme von hinten umklammerten. Frauenarme. Sie gehörten zu einer Rothaarigen, die sein Ohrläppchen beknabberte und dabei kiekste. Mit einem artistischen Schlenker manövrierte sie sich auf seinen Schoß, so dass er sie von vorne sehen konnte. Sie ließ ihn an ihren Nippeln saugen und bewegte ihren Unterleib vor und zurück, bis sein Schwanz hart genug war, dass er ihn zum Einsatz bringen konnte.

Lutz beobachtete, wie das Hippiegirl ihre Beine um seinen Bruder schlang. Er war nun nackt bis auf die Socken – die ließ er an, weil er schnell kalte Füße bekam. Ungelenk kniete er am Rand der Masse ineinander verwobener Körper und guckte nur in die Gesichter der Männer, von denen er sich Hinweise auf den Agenten versprach.

Rainer kriegte einen selbst gebauten Stummel in den Mund gesteckt und zog daran. Dann nahm die Rothaarige ihm den Joint wieder aus dem Mund und rauchte ihn zu Ende.

»Was haben deine Eltern im Dritten Reich getan?«, fragte sie den ihr völlig unbekannten Rainer lasziv, während sie den Rauch zwischen ihren Lippen hervorsprudeln ließ.

»Ähm, wir sind Antifaschisten«, antwortete Rainer linientreu.

»Oh, wow! Das ist toll!« Sie freute sich geradezu kindlich. »Sex mit einem Faschisten, das hätte ich mir nie verziehen.«

Trotz dieser politisch einwandfreien Kopulation gab sie ihm nun einen Abschiedskuss und kletterte von ihm herunter.

Lutz kroch derweil wie ein Reptil über den Fußboden und bemühte sich, mit Teilnehmern der Veranstaltung wenigstens Blickkontakt aufzunehmen. Er hatte noch keine passende Stelle gefunden, an der er in die Runde hätte eindringen können. Bis direkt vor seinen Augen zwei männliche Füße auftauchten. Er blickte an den behaarten Beinen empor und am Geschlechtsteil vorbei eilig nach oben. In ein streng dreinblickendes Gesicht. Der Typ bedeutete ihm, aufzustehen. Lutz folgte der Anweisung. Beide sahen sich in die Augen.

»Du bist Genosse Kramer«, flüsterte ihm der akkurat gescheitelte Politkommissar Michalke zu.

Lutz nickte.

»Wo ist dein Bruder?«

Lutz deutete dezent auf den Haufen kopulierender Studenten. Beide entdeckten Rainer, der erneut mit der aparten Blondine knutschte. Erneut blies sie ihm Haschrauch in den Mund. Und nun entfaltete die Droge ihre Wirkung. Rainer war völlig berauscht von dem Mädchen, die ihre dünnen Haare wie einen Vorhang von ihren zierlichen Brüsten wegschob. Er wähnte sich im Paradies, traute sich aber nicht, den zauberhaften Busen zu berühren. Stattdessen betete er ihn wie eine Götzenstatue an. Ehrfurchtsvoll verharrten seine Hände ein paar Zentimeter vor den zarten Rundungen.

Vier starke Arme hoben Rainer aus dem Gewühl heraus, so dass er den Eindruck hatte, eine himmlische Kraft befähige ihn, durch den Raum zu gleiten wie ein ferner Planet am Firmament. »Ich kann fliegen«, sagte er voller Überzeugung, mehr zu sich selbst als zu den anderen.

Im Flur setzten Lutz und Michalke den bedröhnten Volkspolizisten auf dem Boden ab. Eine unsanfte Landung, die Rainer nicht davon abbrachte, sich wie eine menschliche Rakete im Weltall zu fühlen. Schließlich war der Mond noch unerforscht, da konnte es schon mal hart und kühl unter dem nackten Hintern werden.

Mit seinen 35 Jahren hatte Michalke schon viel gesehen, trotzdem bestaunte er die grellen Klamotten, die die Brüder vor dem Wohnzimmer abgelegt hatten. »Trägt man das jetzt in Ostberlin?«

»Das ist der letzte Schrei aus den westlichen Modemagazinen«, entgegnete Lutz.

»Aha.« Der gut durchtrainierte Agent nahm ein Handtuch aus dem Badezimmer, dessen Tür ausgehängt war und den Blick auf die Toilettenschüssel freigab. Er wickelte sich das weiße Frottee um die Hüften. »Zieh dir wenigstens eine Hose an, wenn wir ins Treppenhaus gehen.«

Lutz salutierte ordnungsgemäß vor dem Vorgesetzten.

Die beiden legten den bekifften Rainer auf dem Sofa ab, wo er von überirdischen Erscheinungen fabulierte. »Ein wunderschönes Mädchen hat mir Rauch in die Lungen geblasen. Ihr göttlicher Atem hat mich erweckt. Und mich schweben lassen.«

Lutz sah den Kontaktmann an. »Hat mein Bruder aus Versehen von unseren Kaugummis genascht?«

»Glaube ich nicht. Das klingt eher nach Marihuana.«

»Heißt so das Mädchen, das ihn geküsst hat?«

»Nein. Das ist die Substanz, die er eingeatmet hat.«

»Oh mein Gott!«, rief Lutz bestürzt. »Heißt das, mein armer Bruder ist jetzt drogenabhängig?«

»Höchstens bis morgen früh«, winkte der Politkommissar ab. »Gib mir mal den Stoff.«

Michalke verstaute die Kaugummipackungen im Kühlschrank.

»LSD muss man luftdicht lagern. Es zersetzt sich bei Wärme oder Feuchtigkeit. Kapiert?«

Lutz kam aus dem Staunen nicht mehr heraus und nickte nur. Da entdeckte er im Kühlschrank einen Becher Joghurt. Michalke, der das bemerkt hatte, griff wortlos nach dem Becher.

»Schlaf dich gut aus«, riet er dem verdutzten Lutz mit vollem Mund. »Morgen Abend wird es spät. Da haben wir unseren ersten Einsatz an der Front. Und zwar in einer echten Drogenhöhle!«

Rainer träumte nicht, da wummerte tatsächlich eine
Faust gegen die Tür und holte ihn aus dem Schlaf. Er war
noch nicht ganz wach und musste sich erst orientieren,
aber die Lautstärke der Schläge klang nach der Polizei.
Es gab keinen Türspion, durch den er hätte gucken können, also öffnete er, ohne zu wissen, was ihn erwartete.
Es war das Hippie-Mädchen.

Letzte Nacht hatte er Sex mit ihr gehabt. Daran erinnerte Rainer sich sehr wohl. Nur, dass sie heute ganz
artig ein gestreiftes Kleid trug.

»Kannst du mir helfen?«, stieß sie hektisch hervor.

»Brauchst du Kaugummis?«

»Nein! Meine Klotür!«

»Aha. Haben wir die?«

»Blödsinn! Die ist im Keller. Hilf mir tragen. Und beeil dich, meine Eltern kommen gleich!«

Die Gänge im Untergeschoss waren eng, die Tür ziemlich sperrig. Gemeinsam manövrierten sie das schwere Ding ins Treppenhaus.

»Wie kommt man denn auf die Idee, seine Klotür auszuhängen?«, fragte Rainer keuchend.

»Na hör mal!«, empörte sich die Blondine. »Privatsphäre ist total spießbürgerlich! Die Kommune 1 hat auch keine Klotür.«

»Was für eine Kommune?« Rainer hatte wirklich keine Ahnung.

»Bist wohl nicht von hier«, mutmaßte sie.

»Doch. Bin halt aus einem anderen Stadtteil«, entgegnete er ausweichend.

»Verfluchte Scheiße!«, zischte die junge Frau plötzlich.

»Hast du dich gestoßen?«

»Nein! Meine Eltern sind schon da!« Sie deutete auf die Haustür.

Durch das geriffelte Glas, das neben dem Türrahmen über eine Breite von zehn Zentimetern verlief, konnte Rainer schemenhaft Personen erkennen. Das Hippie-Mädchen knabberte an den Fingernägeln. »Erzähl jetzt bloß nichts über freie Liebe und Drogen, kapiert? Wenn dich mein Vater darauf anspricht, sag einfach, das sei alles Teufelszeug, das du völlig ablehnst!«

»Total abartig und satanisch ist das«, bekräftigte er, um ihr seinen Beistand zu signalisieren.

Die beiden lehnten die Tür gegen die Wand. Dann öffnete sie den Eltern. Die Mutter hatte Gebäck dabei, eingewickelt in bedrucktes Konditorei-Papier. Der Vater gab seiner Tochter förmlich die Hand, blickte aber sofort über ihre Schulter zu dem jungen Mann, der, nur mit Jeans und Feinripp-Unterhemd bekleidet, hinter ihr stand und recht ungepflegt wirkte.

»Wer sind Sie denn?«, fragte er misstrauisch.

»Das ist ein Nachbar«, antwortete seine Tochter.

»Ich bin Rainer.« Er streckte dem Vater eine Hand zur Begrüßung hin, doch die Geste wurde ignoriert. Also hielt er die Hand der attraktiven jungen Frau entgegen, die lächelnd einschlug.

»Ich bin die Barbara. Barbara Müller.«

»Können Sie sich keine anständigen Anziehsachen leisten? Uns hier ohne Hemd und Krawatte gegenüberzutreten!« Der Vater schien entsetzt angesichts solcher mangelnden Umgangsformen.

»Wir waren zusammen im Keller, da habe ich mir nur schnell was übergezogen«, rechtfertigte sich Rainer.

»Aha! Und was haben Sie da unten mit meiner Tochter getrieben?« Der Vater vermutete wohl gleich das Schlimmste.

»Wir haben aufgeräumt«, sagte Barbara rasch, offenbar bemüht, keinen falschen Verdacht aufkommen zu lassen.

»Na, dann habt ihr euch den Kuchen ja redlich verdient«, lenkte die Mutter bewusst versöhnlich ein.

Der Vater ließ Rainer und Barbara die Tür allein hochschleppen, denn er war mit der Inspektion des Zimmers seiner Tochter beschäftigt. Die wenigen Möbel waren an die Wände gerückt und standen windschief in der Gegend.

»Hier sieht es ja aus wie bei den Hottentotten!« Seinem Gesicht war deutlich anzusehen, dass er ganz und gar nicht begeistert war, wie seine einzige Tochter hier hauste.

»Ich wollte durchwischen, bevor ihr kommt«, log sie die Eltern an.

»Naja, so wird das aber nichts mit Kaffeetrinken«, sagte die Mutter enttäuscht.

»Wir rücken das Sofa um und stellen den Tisch dazu, dann geht das schon.« Rainer war sichtlich bemüht, den Familienfrieden zu retten und ein paar Pluspunkte bei den älteren Herrschaften zu sammeln.

»So setze ich mich mit dem Burschen nicht an einen Tisch! Ziehen Sie sich was Ordentliches an«, machte ihn der Vater mit den gesellschaftlichen Gepflogenheiten im Westen bekannt.

Barbara signalisierte Rainer, dass er sich, um Ärger zu vermeiden, wohl besser den Weisungen ihres Vaters fügen solle. Dann bat sie ihn, beim Tisch mit anzupacken. Sie bugsierten ihn in die Mitte des Raumes, und die Mutter stellte den Kuchen, den sie aus einer Papierumhüllung befreite, darauf ab.

»Gut, dass ich ein Stück mehr gekauft habe«, sagte sie erfreut.

»Das ist Rhabarberkuchen«, maulte Barbara. »Ihr wisst doch, dass ich den nicht mag.«

»Hier wird gegessen, was auf den Tisch kommt!«, fuhr ihr Vater ihr über den Mund.

»Ich koche dann mal Kaffee«, sagte die Mutter und verschwand in der Küche.

Rainer räusperte sich unbehaglich. »Ich gehe mich mal umziehen.«

Mit dem purpurfarbenen Hemd, in dem er wenige Minuten später zum Kuchenessen erschien, war Barbaras Vater überhaupt nicht einverstanden. »Sagen Sie mal, junger Mann, wo kommen Sie eigentlich her? Wo läuft man denn so rum?«

»Hans, nun lass doch«, versuchte seine Frau abzuwiegeln. »So sind eben die jungen Leute heutzutage.« Sie wollte Ruhe und Frieden am Tisch.

»Ja, wo kommst du eigentlich her?« Mit dieser Frage brachte ausgerechnet Barbara Rainer ins Schwitzen. Er hatte sich leichtsinnigerweise keine Biografie zurechtgelegt. Zwar kannte er einige westliche Bezirke, jedoch keine Straßennamen, außer dem Kurfürstendamm. Und der Straße des 17. Juni. Aber an dieser langen Ausfallstraße wohnte keiner.

»Ich bin Student«, sagte Rainer. Und dann rutschte es ihm heraus: »Aus Hohenschönhausen.«

»Aha. Klingt malerisch«, meinte die Mutter. »Ist das im Schwarzwald oder so?«

Da platzte es aus dem Vater heraus: »Nee! Das ist in der Zone!«

»Du kommst aus Ostberlin?« Barbara blickte ihn überrascht an.

»Ich bin drüben geboren«, gab Rainer zu Protokoll.

Er blickte in drei Gesichter, die ihn misstrauisch musterten, als wäre er ein Geheimagent aus dem Osten, der in den Westen geschmuggelt worden war, um jede Menge Unheil anzurichten. Was ja im Prinzip auch der Wahrheit entsprach.

»Bist du etwa ein Spion? So wie dieser Rudi Dutschke?« Nun verhörte ihn der Vater unverblümt.

»Wer soll das denn sein?« Rainer hatte tatsächlich keine Ahnung.

»Rudi Dutschke ist unser Studentenführer«, klärte ihn Barbara ehrfurchtsvoll auf. Sie bewunderte den charismatischen Redner.

»Hört, hört!«, polterte ihr Vater. »Deutschland hat wieder einen Führer!«

»Dutschke kämpft engagiert für eine bessere Welt!«, rief Barbara kämpferisch. Sie ließ sich nicht die Butter vom Brot nehmen, und Rainer imponierte das an ihr.

»Dass ich nicht lache«, winkte ihr Vater ab. Er putzte sich mit der Serviette Rhabarber-Kuchenreste vom Mund ab, bevor er mit dem berühmten Außerparlamentarier kurzen Prozess machte. »Den hat die SED hergeschickt, um bei uns einen Aufstand anzuzetteln. Dieser Rädelsführer soll doch hier nur die Jugend aufhetzen. Und ausgerechnet bei meiner Tochter ist ihm das gelungen!«

»Da wird einem ja schlecht!« Barbara schob ihren Teller mit dem nur zaghaft angeknabberten Stück Kuchen, den sie eh nicht mochte, zur Seite.

»Den isst du auf!«, befahl der Vater.

Barbara verschränkte trotzig die Arme vor ihrer Brust. Was Rainer schade fand, der bisher einen freien Blick auf ihren süßen Busen gehabt hatte. Einen Büstenhalter unter dem Kleid trug sie nämlich nicht. Nun konnte er nur noch zwei Ellenbogen anstarren.

»Ich kann ihn ja aufessen«, bot Rainer diplomatisch an.

»Na, das wundert mich nicht.« Der Vater, der sich schon von Verrätern umgeben wähnte, verschränkte die Arme vor der Brust. »Habt nichts zu fressen in eurem Kommunismus. Aber um euch den Bauch vollzuschlagen, kommt ihr gerne rüber!«

»Die Partei bekämpft den aktuellen Versorgungsnotstand mit einer Geflügeloffensive«, konterte Rainer. Ein waschechter Sozialist wie er konnte das nicht auf sich und seinem Vaterland sitzen lassen.

»Jetzt wird mir schlecht«, sagte der Vater und stand auf.

»Wir haben noch nicht aufgegessen«, protestierte seine Frau. »Wo willst du denn hin?«

»Aufs Klo! Woanders hat man hier ja nicht seinen Frieden.«

Barbara sah Rainer entsetzt an, denn die WC-Tür stand ja noch im Flur. Rainer reagierte gedankenschnell. »Das geht leider nicht!«, rief er.

»Aha! Und warum bitteschön nicht?«

»Die Spülung ist kaputt«, schwindelte Rainer. Das schien ihm am naheliegendsten.

Barbara nickte ihrem Vater bestätigend zu. Aber der zuckte nur mit den Schultern. »Kein Problem«, sagte er, »ich bin Installateur.« Und schon war er auf dem Weg zum Badezimmer.

»Ist doch in Ordnung, der Donnerbalken«, sagte der Vater kopfschüttelnd, nachdem er den Spülkasten inspiziert hatte. Rainer war ihm gefolgt und versuchte, den Schaden zu begrenzen.

»Gestern klemmte da was.«

Der ältere Herr wandte sich dem jungen Kommunisten zu.

»So, und nun zisch mal ab, ich will die Tür zumachen.«

Rainer kam der Aufforderung nicht nach. Seine einzige Bewegung spielte sich im Gesicht ab: er verzog den Mund.

»Tja, das wird nicht so einfach«, sagte er gedehnt.

Barbaras Vater überlegte einen Moment, dem Rotarsch aus dem Osten ein Paar warme Ohren zu verpassen. Als erzieherische Maßnahme. So wie sein Vater es mit ihm gemacht hatte. Doch er, der Arbeitersohn, erinnerte sich daran, dass er sich vorgenommen hatte, es bei den eigenen Kindern besser zu machen. Obwohl er diesem linken Drecksack am liebsten die sozialistischen Flausen mit einer ordentlichen Abreibung ausgetrieben hätte. Er schob Rainer beiseite und bemerkte, dass die Toilettentür ausgehängt war. Zuvor war ihm das in seinem Eifer nicht aufgefallen. Nun packte er den jungen Mann am Arm und zerrte ihn zur Badewanne.

»Pass mal gut auf! Ich weiß ganz genau, was hier gespielt wird«, machte er Rainer unmissverständlich klar.

»Aber ich habe von diesem Dutschke noch nie gehört«, verteidigte Rainer sich.

»Du lässt schön die Finger von meiner Tochter! Verstanden?«

»Natürlich! Ich kenne sie doch erst seit gestern.« Das war die nackte Wahrheit.

»Ich werde Barbara meinem zukünftigen Schwiegersohn in einem unberührten Zustand übergeben. Und das wirst nicht du sein!« Der Hausherr schob sich ganz dicht an den in seinen Augen inakzeptablen Studenten heran.

»Hören Sie, ich bin auch gegen freie Liebe und Sex vor der Ehe.« Rainer bemühte sich, einen besseren Eindruck zu hinterlassen.

»Sex vor der Ehe! Wäre ja noch schöner!« Barbaras Vater empörte sich über diesen gottlosen Gedanken.

»Undenkbar, so eine Blasphemie!«, bekräftigte Rainer mit betont kirchlicher Frömmigkeit.

»Und irgendwelche sozialistischen Parolen will ich in dieser Wohnung auch nicht hören! Das ist ein anständiges Haus!«

»Herr Müller, ich versichere Ihnen ausdrücklich: Politik spielt in dieser Wohnung überhaupt keine Rolle.« Mit diesen Worten orientierte sich Rainer konsequent an dem, was er hier in der Studentenbude letzte Nacht miterlebt hatte.

Gerd Michalke war vor anderthalb Jahren rübergeschmuggelt worden. Zuvor hatte er zwei Semester an der Militärpolitischen Hochschule der DDR studiert. Dann war er zur HVA gewechselt, der Hauptverwaltung Aufklärung, dem Auslandsnachrichtendienst der Stasi. Diese Abteilung arbeitete vor allem an der Sabotage der westlichen Nachbarstaaten. Michalkes Aufgabe als ihr direkter Kommandant war, die Brüder Kramer auch im Feindesland marxistisch-leninistisch zu führen sowie die Einhaltung der Sitten und der Parteiräson zu gewährleisten. Hauptsächlich ging es dabei um die Umsetzung der politischen Ziele des Staatsratsvorsitzenden Walter Ulbricht: die Durchsetzung der sozialistischen Volksmacht, gegen die jeglicher Widerstand zu brechen war. Gerne auch gewaltsam. Schließlich waren die Gegner imperialistische Kriegshetzer.

»Mann! Wo haben Sie denn gesteckt?« Michalke stauchte Rainer zusammen, als dieser vom Kuchenessen mit den Müllers in die konspirative Wohnung zurückkehrte.

Ehe Rainer antworten konnte, nahm Lutz ihn in den Arm. »Ich hab mir solche Sorgen gemacht! Dachte schon, du irrst hier in Unterhosen im Drogenrausch durch die Gegend.«

Rainer schüttelte den Kopf. Er war angezogen und hatte höchstens ein wenig Koffein im Blut. »Ich war bei der Nachbarin. Die mich gestern mit ihren Zigaretten apathisch gemacht hat.«

»Man sagt angetörnt«, korrigierte ihn Michalke. »Aber noch besser ist ›stoned‹.«

»Was ist denn ›stoned‹?« Lutz war des Englischen nicht mächtig.

»Na, man ist von dem Stoff wie versteinert. Und die Studenten hassen zwar die amerikanische Besatzungsmacht, aber trotzdem benutzen sie gerne deren Ausdrücke.«

Die Brüder Kramer sahen sich an und nickten gelehrig. Michalke hatte sich über Rainers Eskapaden wieder beruhigt. »Bevor wir heute Abend in diesen wüsten Tanzschuppen gehen, müsst ihr ein paar Standardbegriffe draufhaben. Wisst ihr, was ›high‹ bedeutet?«

»Ein Hai ist ein Meeresraubtier.«

»Auch das. Aber jener Begriff, den ich meine, kommt aus dem Englischen und bedeutet ›hoch‹. Weil man nach dem Genuss von Marihuana einen euphorischen Zustand erreichen kann. Das bezeichnet die Westjugend als ›high‹. Kapiert?«

»Ja.«

»Vom LSD wird man sogar ›voll high‹.«

»Voll-Hai«, wiederholten die beiden Undercover-Agenten.

»Deswegen sind wir hier. Wir wollen diese Kapitalistenschweine auf einen Trip schicken.«

»Was ist denn ein Trip?«, fragte Rainer unbedarft.

»Das ist die Reise in den Wahnsinn«, erklärte Michalke ernst.

»Und was war das gestern Abend für ein Trip in dieser Bude da unten?« Nun schien Rainer den Politkommissar ins Volkspolizeiverhör zu nehmen.

»Das war nur Gruppensex«, winkte der Kontaktmann ab.

»Warum haben Sie nicht hier auf uns gewartet?«, fragte Lutz vorwurfsvoll.

»Ausgeschlossen«, wehrte Michalke ab. »Beim Gruppensex herrscht Gruppenzwang. Mitmachen ist Pflicht, sonst macht man sich verdächtig.«

»Siehst du«, wandte sich Rainer seinem jüngeren Bruder zu. »Habe ich dir doch gesagt. Mitbumsen gehört zu unserem Auftrag.«

Lutz zuckte fatalistisch mit den Schultern. So hatte er sich seine Geheimdiensttätigkeit fürs Vaterland nicht vorgestellt. Nicht genug, dass er nun in einer westlichen Überflussgesellschaft lebte, jetzt sollte er auch noch Sex mit den Klassenfeindinnen haben. Am liebsten hätte er sich gleich wieder in die S-Bahn gesetzt und wäre zurückgefahren in die vertraute Mangelwirtschaft.

Michalke drückte Rainer eine Einkaufstüte in die Hand. Von einer Boutique. Darin befanden sich modische Hippieklamotten, die auf Naturleder basierten. Eine braune Wildlederjacke und eine Hose, wie US-Cowboys sie zum Reiten trugen. Mit weitem Schlag.

»Für den Einsatz heute Nacht«, erläuterte Michalke.

»Wir waren extra in einem Konsumtempel.« Aus Lutz sprach die pure Verachtung.

»Und was ist mit unseren bunten Affenkostümen?«, fragte Rainer.

»In dem Aufzug wirst du sofort verhaftet«, sagte Michalke kopfschüttelnd. Immerhin hatte er schon 18 Monate Erfahrung mit Westberlin. »Dann kontrollieren die deine Papiere ganz genau. Wir müssen viel unauffälliger agieren. – So, ich muss jetzt was erledigen. Verlasst die Wohnung nicht. Bin zwei Stunden weg, danach essen wir zusammen.« Mit einem förmlichen Händedruck verabschiedete er sich von den beiden Vopos.

Der Teufelsberg stellte keine natürliche Erhebung dar, sondern war nach dem Krieg aus über 25 Millionen Kubikmetern Trümmerschutt entstanden. Auf Westberlins höchstem Berg überwucherten nun Gras und wilde Pflanzen die zerbombten Andenken ans Dritte Reich. Von hier oben hatte man eine schöne Aussicht über die ganze

Stadt, vom nahen Funkturm bis hin zum Alexanderplatz im Ostteil, wo sich der Fernsehturm im Bau befand. Es war der perfekte Ort für eine Abhörstation, von der man bis in die Sowjetunion lauschen konnte. Das US-Army-Gelände war militärisches Sperrgebiet, aber unterhalb des futuristisch anmutenden Gebäudekomplexes gab es eine für die Öffentlichkeit zugängliche Grünfläche. Michalke ließ seinen Blick in die Ferne schweifen. Wie zufällig zündete sich ein Mann im beigefarbenen Trenchcoat neben ihm eine Zigarette an.

»Und Sie wollen mir allen Ernstes weismachen, dass die SED hier mit zwei Geheimagenten eine Millionenstadt auf den Kopf stellen will?«, fragte der Mann, ein Mitarbeiter des Bundesnachrichtendienstes.

»Hören Sie, Offizier 9-11, ich habe erstklassige Informationen zu verkaufen. Sie erhalten von mir alles, was Sie brauchen: Namen, Passpapiere der beiden, Aufenthaltsort und die Einsatzpläne.«

Der etwa fünfzigjährige Offizier 9-11 war seit Gründung des BND vor zwölf Jahren für den Dienst tätig. Er hatte in dieser Zeit gelernt, Scheiße von Gold zu unterscheiden. Das hier klang einerseits zu aberwitzig, um es glaubhaft zu finden, andererseits irre genug, dass es wahr sein konnte. Nachdenklich inhalierte er den Zigarettenrauch.

»Sie müssen schon konkreter werden, wenn wir ins Geschäft kommen wollen. Was haben die zwei hier vor?«

»Dafür ist es noch zu früh. Die Operation befindet sich gerade im Aufbau. Aber währenddessen können Sie etwas für mich tun.«

»Aha. Um was geht es?«

»Sie waren doch in der Organisation Gehlen tätig.«

Offizier 9-11 rückte die schmale Hutkrempe über seiner Stirn gerade. »Wer behauptet das?«

»Wir haben auch Leute, die damals für die Gruppe gearbeitet haben. Mittlerweile sind einige davon bei der Staatssicherheit gelandet. Wir verfügen über Bildmaterial aus der Zeit.«

»Die Organisation wurde direkt nach dem Krieg gegründet. Das ist ewig her. Sie müssen mich verwechseln.«

»Es ist die Brandnarbe neben Ihrem rechten Auge. Die hatten Sie offenkundig schon immer. Auch auf unseren Fotos.«

»Verstehe. Ist bei Luftangriffen auf Berlin passiert. Durch den Funkenflug. Plötzlich hatte ich was Heißes im Gesicht. Schwein gehabt, dass es mich nur an der Seite getroffen hat.«

»Plaudern wir doch weiter über Ihre Vergangenheit. Über Ihre Mitarbeit in der Abteilung für Befragungswesen.«

»Die Organisation wurde 1956 aufgelöst. Sie existiert nicht mehr.«

»Was mich interessiert, ist, dass Sie von Beginn an dabei waren. Gehlen hat damals mit seinen Helfern fünfzig volle Kisten mit Unterlagen über die NSDAP in Sicherheit gebracht. Später dienten sie ihm als Archiv. Es sind viele brisante Akten dabei. Eine davon brauche ich. Und Sie besorgen mir diese Akte.«

»Die meisten davon lagern in Pullach. In der Zentrale. Im Keller. Besser bewacht als die innerdeutschen Grenzanlagen der DDR.«

»Bestechen Sie jemanden dort. Es geht nur um ein Blatt Papier.«

»Wozu brauchen Sie es?«

»Das geht Sie einen feuchten Dreck an.«

»Und was, wenn das mit diesen zwei Agenten nur erfunden ist?«

»Hoppla! Trauen Sie mir etwa nicht?«

»Das ist das Problem mit Doppelagenten: sie füttern einen mit Halbwahrheiten.«

»Keine Sorge. Ich liefere Ihnen die Brüder auf dem Silbertablett.«

6

Den Mund weit aufgerissen, setzte das rothaarige Hippie-Mädchen zu einem ekstatischen Schrei an, der nur von der Musik überdröhnt wurde. Ihr Gesicht war in purpurfarbenes Licht getaucht, das die gesamte Disko beherrschte. Vierzig bis fünfzig Studenten schüttelten ihre langen Haare zum Sound der Flower-Power-Bewegung. Sie warfen die Arme in die Luft wie bei einem epileptischen Anfall, denn diese Generation hatte sich vom Zwang der elterlichen Standardtänze befreit. Und es spielte auch keine Band, sondern die Songs kamen vom Band. Oder dem Plattenspieler. Ein Discjockey kümmerte sich darum. Er trug einen blonden Topfschnitt, nach dem Vorbild der Beat-Gruppen. Auch er hielt seine Frisur in unablässig schüttelnder Bewegung.

Das *Purple Haze* war der neue heiße Schuppen Westberlins. Eine ehemalige Autowerkstatt, die zur Diskothek umfunktioniert worden war. Wo einst die Senke mit der Hebebühne gewesen war, befand sich nun die Tanzfläche. Rund um die massiven Mess- und Tankgeräte hatte man die Bar gebaut. Obwohl der Raum acht Meter hoch war, hielten sich dunstige Schwaden hartnäckig. Fast alle der knapp zweihundert Gäste rauchten, Zigaretten oder Joints. Gerade die jüngeren Frauen durften oft nur heimlich rauchen, ihrer Eltern wegen. Und meistens hatten sie nicht genug Taschengeld, um sich eigene Schachteln zu kaufen. Sie waren darauf angewiesen, bei den Männern zu schnorren. Rainer verteilte freigiebig Zigaretten an süße Studentinnen – und gab ihnen nach dieser vertrauensbildenden Maßnahme Kaugummis als Geschenk obendrauf. Binnen anderthalb Stunden war nahezu der halbe Laden auf LSD.

Lutz war wie berauscht. »Wir werden den Klassenfeind in den Wahnsinn treiben! Sie werden so enden wie die Dissidenten im VEB Chemie. Als sabbernde Idioten.«

Die Brüder Kramer hatten sich bei einer Sitzgruppe platziert, in der die jungen Leute auf Dutzenden von Kissen auf dem Boden hockten. Durch Ölscheiben-Projektionen erhielt die ganze Ecke eine psychedelische Atmosphäre. Ständig wechselten die Motive und Farben, so dass man auch ohne Drogen schon fast high wurde. Oder stoned. Denn es war die Kiffer-Corner, in der die Agenten saßen. Rainer beugte sich zu seinem Bruder vor.

»Was hältst du von unserem Politkommissar?«

»Oh! Da müssen wir aufpassen. Das ist ein Hundertprozentiger.«

»Ja, den Eindruck habe ich auch. Ein Genosse durch und durch.«

»Von dem können wir uns noch eine Scheibe abschnei-den.« Der, von dem die Rede war, kam gerade mit zwei Gläsern Wasser und einem Gin Tonic für sich vom Tresen zurück. Lutz nahm Blickkontakt mit ihm auf.

»Auf die Weltrevolution!«, prostete er den Brüdern zu. Denn die fand bereits direkt vor seinen Augen statt. Einige der Hippie-Girls gingen nicht mehr an ihnen vorbei, sie schwebten wie Engel in Zeitlupe durch den Raum. Dröhnende Hammondorgeln ließen die Sinne explodieren. Die wirren Gesichtsausdrücke variierten zwischen totaler Ekstase und fortgeschrittenem Schwachsinn. Manche der jungen Leute zuckten am ganzen Körper, wie nach heftigen Stromschlägen. Auch Barbara Müller bewegte sich gleich einem Blumenkind auf Acid – mit der Biegsamkeit einer Balletttänzerin und rudernden Armen, als würde ein gigantischer Sog sie ins Reich des Übersinnlichen hinüberziehen. Rainer behielt sie im Blick. Und auch den ungewaschenen Typen mit der Fransenjacke, der seine Hüfte an sie presste und mit ihr schwofte.

»Seht ihr den langhaarigen Gammler da? Den Blonden?« Michalke deutete mit den Augen auf den Gammler, der Barbara antanzte. »Das ist unsere Konkurrenz. Er verkauft Marihuana. Manfred heißt er. Eine ganz zwielichtige Gestalt ist das.«

Manfred hatte eine schmale Lederschnur um den Hals, mit einem Cowboyhut, der ihm hinten im Nacken saß. Wenn er dealte, trug er diesen Original-Western-Hut auf dem Kopf, damit man ihn in der Menge sofort erkannte und mit ihm ins Geschäft kommen konnte, aber jetzt feierte er gerade. Mit einem Longdrink in der Hand und einem Arm um Barbaras Hüfte geschlungen. Rainer verspürte zwar Eifersucht, gelangte jedoch zu dem Schluss, es müsse wohl an seinem unfreiwilligen Haschisch-Konsum während der Gruppensex-Orgie liegen, dass er so bezaubert von diesem Hippie-Mädchen war. Schließlich schien sie jeden Abend einen neuen Freund zu haben.

Im Bett dachte Rainer an Marianne. Niemals hatte sie bei ihm diese Art von intensiven Gefühlen ausgelöst. Sie war nett. Mehr aber auch nicht. Sehr einfach in ihren Ansprüchen, was im Osten nicht das Schlechteste war. Dort wuchsen die Bäume nicht in den Himmel. Mit ein paar Nylonstrümpfen war sie schon glücklich zu machen. Rainer nahm sich vor, auf jeden Fall Nylons zu besorgen. Allerdings hatte er keine Ahnung von Kleidergrößen, er musste Marianne also anrufen, um kein Geld für etwas auszugeben, was am Ende nicht passte. Im Wohnzimmer stand ein Telefonapparat, von dem aus würde er morgen zuerst seine Eltern und danach Marianne anrufen. Sicherlich machten sich alle längst Sorgen, weil sie seit 30 Stunden nichts von ihm gehört hatten. Dabei hatte er viel zu berichten. Dass er bekifft war und mit zwei Studentinnen gebumst hatte. Aber das durfte er als Geheimagent nicht weitererzählen.

Der Kurfürstendamm war bei Tag voller Menschen. Vor allem voller Konsumenten. Ein Geschäft reihte sich an das nächste. Es waren jedoch nicht die mit Produkten dekorierten Schaufenster, die die Brüder Kramer beeindruckten, es war diese Masse an prall gefüllten Einkaufstüten aus den Warenhäusern, die die Bürger mit sich schleppten. Wie ihr Vater tonnenweise Kohlen am Tag trug, so mühten sich die Westberliner beim Einkaufen ab.

»Kann es sein, dass hier alle schon irre sind?«, fragte Lutz.

»Sieht fast so aus«, entgegnete sein älterer Bruder.

»Wolltest du nicht für Marianne neue Strumpfhosen besorgen?«

»Woher weißt *du* das denn?«

»Sie hat es mir erzählt. Ich war nochmal bei ihr in der Drogerie.«

»Aha. Und was habt ihr noch so besprochen?«

»Sie hat mich gebeten, dass ich auf dich aufpasse. Dass du keinen Blödsinn anstellst.«

»Verstehe. Aber du weißt auch, dass alles, was wir hier so treiben, der strengsten Geheimhaltung unterliegt!«

Lutz musste fast lachen. Er schüttelte den Kopf. »Eigentlich ist das hier das Paradies für dich, oder? Du kannst fremdgehen, und das im Namen des Fortschritts und für unser Vaterland.«

»Mein Gott, zuhause ist immer alles stark reglementiert. Das hier ist für mich ein bisschen wie Urlaub.«

»Urlaub? Die Weltrevolution ist doch kein Ferienlager!«

»Was willst du denn? Es läuft doch super! Unsere Kaugummis sind nahezu ausverkauft. Der Genosse Politkommissar hat schon nachbestellt. Es soll für die nächste Lieferung produziert werden.«

»Toll! Und wie lange wird das dauern? Monate? Jahre?« Umzingelt von Kaufsüchtigen, ahnte Lutz, dass der Nachschub ausbleiben und damit ihr Auftrag an der real existierenden sozialistischen Mangelwirtschaft scheitern würde.

Abends guckten die drei Geheimagenten, ganz linientreu, Ost-Fernsehen. Im *Schwarzen Kanal* auf DDR 1 wurde über den sozialistischen Studentenkongress berichtet, bei dem Rudi Dutschke über ein Mikrofon die Anwesenden mit »Ho-Ho-Ho-Chi-Minh«-Rufen aufpeitschte, bis der ganze Saal den Namen des Nordvietnamesen skandierte. Ein Professor der Freien Universität drängelte sich ans Rednerpult und beklagte den Antiamerikanismus der Jugend. Dabei waren es doch die USA, die Deutschland federführend von Adolf Hitler befreit hatten. Der kleinwüchsige Mittfünfziger mit Kassenbrille wurde von rabiaten Studenten in den Schwitzkasten genommen und von der Bühne geschleppt.

»Pazifistische Sozialisten prügelten den Aggressor aus dem Saal«, lautete der Kommentar im Staatsfernsehen.

»Richtig so!«, rief Lutz.

»Nieder mit den Kriegstreibern!«, stimmte Michalke ein.

Rainer trank ein West-Bier, das aber auch nicht besser schmeckte als seine Lieblingsmarke im Osten. »Ich würde gerne die Eltern anrufen«, wandte er sich an seinen Vorgesetzten.

»Zuerst gucken wir das hier zu Ende. Das ist Pflichtprogramm.« Michalke gefiel sich in seiner Rolle als Politkommissar.

Rainer hielt den Telefonhörer dicht ans Ohr und lauschte angespannt. Es tutete mehrfach in der Leitung, die ihn mit dem Ostteil der Stadt verband. Aber die Verbindung stand. Nach dem dritten Läuten wurde abgenommen.

»Kramer«, meldete sich klar vernehmbar der Vater.

»Hier ist Rainer.«

Neben seinem Bruder trat Lutz aufgeregt von einem Bein aufs andere. Michalke befand sich in der Nähe, um das Familiengespräch zu überwachen. Das hatte er bei der Staatssicherheit gelernt: Vertrauen ist schlecht, Kontrolle ist besser. Und direkt daneben stehen war noch viel besser.

»Wir sind gut angekommen und rund um die Uhr im Einsatz«, berichtete Rainer pflichtbewusst.

»Habt ihr denn genug Mahlzeiten, möchte eure Mutter wissen.«

»Die Verpflegung reicht. Wir sind ja nicht zum Sattessen hier.«

»Soll ich was kochen und in einem Topf rüberschicken?« Nun hatte die Mutter den Hörer übernommen.

»Danke, es ist alles in Ordnung. Ich gebe dir mal Lutz.« Rainer reichte das Telefon weiter.

»Hallo, Mama.«

»Wie ist es denn vor Ort? Kann man denn überhaupt auf die Straße gehen, ohne dass da Mord und Totschlag drohen?«, fragte die Mutter ihren Jüngsten besorgt.

»Am schlimmsten ist es in den Warenhäusern«, ereiferte sich dieser. »Die darf man wirklich nicht betreten. Da prügeln sich die Leute an den Tischen mit den Sonderangeboten. Die reine Konsumgier!«

Aus purer Neugier hatten Rainer und Lutz das riesige Kaufhaus des Westens betreten. Sie hatten gar kein Geld, um dort etwas zu kaufen, aber sie konnten der Versuchung nicht widerstehen. In dem Konsumtempel fühlten sie sich wie in einem gigantischen Bienenstock, in dem es hektisch summte und brummte. Noch nie hatten sie solche Massen an Waren gesehen. Als hätte die SED ihre Mitglieder aufgefordert, sämtliche Haushaltsgegenstände abzugeben und Kleiderschränke zu leeren, um alles darin Befindliche in einem gewaltigen Lager zu stapeln. Für zwanzig Minuten hatte es den Brüdern die Sprache verschlagen, halb aus Faszination angesichts der Güter, halb aus Abscheu vor dieser dekadenten Überflussgesellschaft.

»Passt gut auf euch auf«, verabschiedete sich die Mutter. »Diese Westjugend ist durch und durch verkommen.«

»Die Westjugend ist verkommen, aber nahezu kampfunfähig«, erwiderte Lutz, um sie zu beruhigen. Rainer dachte bei diesen Worten an Barbara. Sie ging ihm einfach nicht aus dem Kopf. Vor allem musste er rauskriegen, ob sie etwas mit diesem Cowboy hatte.

7

Bei seinem ersten Besuch im *Purple Haze* war Lutz das Go-go-Girl nicht aufgefallen. Eine schlanke asiatische Frau tanzte auf einem Podest und war von fast überall zu sehen. Sie war dürftig mit einem Slip bekleidet, die nackten Brüste mit zwei winzigen Glitzersternchen bedeckt. Sie bewegte sich wie ein Astronaut im Weltall. Ihre Bewegungen schienen stark verlangsamt, als würde sie sich durch eine unsichtbare Gummiwand zwängen. Dazu ließ sie ihren Unterleib mit ruckartigen Schwingungen zum Rhythmus des wabernden Hippie-Sounds kreisen. Lutz starrte sie minutenlang an, wie geblendet oder als befände er sich in Trance.

»Lang lebe der Kapitalismus«, flüsterte sein Bruder ihm zu.

Lutz erschrak. »Wie bitte? Hast du LSD genommen?«

»Nein, aber ich wollte dich nur daran erinnern, warum wir hier sind.« Rainer hielt ihm drei Kaugummipackungen unter die Nase. Das Produkt fand reißenden Absatz, nicht nur im *Purple Haze*, auch an der Freien Universität, bei Studentengruppen, politischen Veranstaltungen und feministischen Kollektiven. Sie alle suchten nach tieferen Erlebnissen und Erkenntnissen. Oder sogar nach Erlösung.

Rainer hielt Ausschau nach Barbara und verteilte dabei Kaugummis auf dem Tresen. Es standen Gläser mit Salzstangen zum Knabbern herum, also legte er seine Ware einfach daneben. Das war viel effektiver, als ständig mit bedröhnten Leuten quatschen zu müssen. Bei seiner letzten Runde hatte er Barbara nicht gefunden, dafür aber seinen Bruder aus den Augen verloren. Bei den Kiffern hockte Lutz nicht herum. Auch nicht auf der Herrentoilette. Aber nebenan, bei den Damen, gab es einen Tumult.

Lutz wurde dort von vier Hippie-Rockern in die Mangel genommen. Direkt vor dem Spiegel, wo sonst der Lidschatten oder Lippenstift nachgezogen wurde. Die Mädchen bekamen Angst und verdrückten sich angesichts dieser testosterongeladenen Stimmung. Ein kräftiger Vollbärtiger presste seinen Unterarm gegen Lutz' Hals. »Du Kapitalistensau!«, pöbelte er den Volkspolizisten aus der Deutschen Demokratischen Republik an.

Rainer konnte seinem Bruder nicht helfen, denn die anderen Typen hatten eine Mauer um ihn herum gebildet.

»Machst hier Geschäfte, du Ausbeuterschwein!« Der Vollbärtige spuckte Lutz eine Ladung Speichel ins Gesicht.

»Ich bin Sozialist«, stammelte Lutz hilflos.

»Das stimmt«, mischte sich Rainer von hinten ein. »Er verschenkt die Kaugummis. Er verkauft sie nicht.«

Für einen Moment richtete sich die Aufmerksamkeit der Gang auf Rainer.

»Ihr kommt wohl von diesem amerikanischen Konzern, der die Dinger herstellt! Seid ihr Vertreter dieser Bonzen?«, krakeelte einer der Aggressoren unnötig laut.

Rainer kannte sich nicht so gut in der westlichen Mode aus, aber der Typ trug eine Markenjeans. Produziert von genau den Großkonzernen, gegen die er wetterte.

»Peace, Bruder«, sagte Rainer beschwichtigend, denn diesen englischen Ausdruck, der häufig in Studentenkreisen benutzt wurde, hatte er gelernt.

»Am Arsch mit deinem Peace! Mich interessiert nur ein Piece!«, verwirrte einer aus der Gruppe den LSD-Dealer.

Rainer zückte ein Päckchen Kaugummis und hielt es den Rabauken, die seinen Bruder zusammenschlagen wollten, als Friedensangebot entgegen.

»Hier! Ihr könnt sie haben. Ich schenke sie euch.«

Er setzte sein freundlichstes Gesicht auf, um die verärgerten Proleten zu besänftigen. Sie waren in der Überzahl: Wenn die es ernst meinten, dann saßen die Brüder im Damenklo in der Falle.

»Du willst uns zum Konsum von imperialistischen Waren verführen?«, bellte es ihm wenig versöhnlich entgegen. Zwei der Schläger traten auf Rainer zu. »Komm her, ich hau dir auf die Fresse!« Einer mit schwerer Lederjacke holte aus. Und schon flogen die Fäuste. Rainer hob seine Unterarme als Deckung vor den Kopf, wie er es in der Ausbildung beim Boxsport gelernt hatte. Damit konnte er die schlimmsten Treffer vermeiden, aber es war ein Kampf gegen einen Gegner mit vier Armen. Ein Schlag in den Magen traf ihn völlig unvorbereitet. Lutz war zu leicht gebaut, um sich gegen den bulligen Vollbärtigen und dessen Verstärkung zu wehren. Die zwei Rocker konnten nicht richtig auf Lutz einprügeln, dazu war es am Waschbecken zu eng; also versuchten sie, ihm mit ihren Knien in die Eier zu treten. Oder in den Bauch.

Bis Rainer im Eifer des Gefechts einfiel, dass er mal zu einem Einsatz gerufen worden war, bei dem es darum ging, Mädchen, die miteinander keilten, auseinanderzubringen. Die hatten sich vor allem gegenseitig an den Haaren festgekrallt. Das wirkte zwar ungelenk, war aber recht wirkungsvoll, um die Kontrahentin abzuwehren. Und die beiden Angreifer hier hatten ebenfalls lange Mähnen. Rainer bekam einen Schopf zu packen, wodurch er den Widersacher aus dem Gleichgewicht brachte, was wiederum den anderen Rivalen blockierte, da der Vorraum der Damentoilette nicht viel Platz zum Ausweichen bot. Rainer griff dem Kerl noch strammer in die Haare und schubste ihn mit voller Kraft gegen den Lederjacken-Typen. Die beiden strauchelten, waren wohl auch alkoholisiert. Er nutzte die unübersichtliche Situation, um seinen Bruder aus der Umklammerung durch die Freaks herauszureißen. Benommen traten Rainer und

Lutz die Flucht an, rissen die Tür zum Notausgang auf und rannten in die Nacht davon.

Bei einem geschlossenen Biergarten kletterten die beiden über den flachen Zaun. Sie versteckten sich auf dem stockfinsteren Areal.

»Mir tut alles weh«, klagte Lutz zwischen zusammengebissenen Zähnen. Vor Wut war er den Tränen nahe.

»Lass uns etwas frische Luft schnappen, dann hauen wir uns in eine kalte Badewanne. Das hilft gegen die Schmerzen.«

»Nein! Ich will zurück zu den Eltern. Weg hier! Sofort.«

Lutz bluffte nicht. Rainer schnallte es trotz seines Brummschädels. »Um die Uhrzeit fährt aber keine S-Bahn mehr«, wandte er ein.

»Dann nehmen wir einfach einen der Grenzübergänge.«

»Als Helden werden wir dann wohl kaum empfangen werden.«

»Ist mir egal. Ich will nur noch nachhause.«

»Na hör mal. Der Oberst und die Partei erwarten von uns die Weltrevolution! Ich glaube nicht, dass wir weitere berufliche Aufstiegsmöglichkeiten haben, wenn wir hier versagen. Oder willst du bis zur Rente Streife fahren?«

Lutz nahm eine Handvoll Sand vom Boden. Der Biergarten hatte als besonderes Extra eine Strandecke eingerichtet, damit man sich mitten in der Stadt wie draußen am Wannsee fühlen konnte. Lutz ließ die Körner durch seine Finger rieseln. »Scheiße, ja. Du hast recht. Aber wie soll es denn jetzt weitergehen?«

»Wir haben eine Runde verloren. Aber den Kampf gewinnen wir.«

»Gut. Unter einer Bedingung: Diesen Tanzschuppen betrete ich nur mit einer Schusswaffe. Und wenn mir diese Gammler nochmal zu nahe kommen, dann knalle ich die alle ab!«

»Das waren Rocker«, erklärte ihnen ihr ortskundiger Kontaktmann. »Wahrscheinlich eine Motorrad-Gang.«

Die Brüder standen halbnackt im Badezimmer und begutachteten ihre Blessuren. Rainer hatte Treffer in den Bauch und in die Rippen abbekommen, Lutz vor allem in seinen Unterleib.

»Hoffentlich werde ich viele sozialistische Kinder zeugen können«, schmiedete er bereits Rachepläne am Kapitalismus, während er seine malträtierten Hoden befühlte.

Michalke bestärkte ihn in seinem Vorhaben. »Die westliche Dekadenz nimmt Verhütungspillen gegen ihre Geburtenraten. Sie zerstört sich selbst.«

Rainer dehnte seinen Oberkörper am Türrahmen, in der Hoffnung, so den Heilungsprozess zu fördern. Die blauen Flecke würden kommen, das kannte er aus dem Boxtraining in der Polizeischule.

»Ich muss morgen dem Oberst akkurat Bericht erstatten«, überlegte Michalke. »Was sag ich dem denn?« Zum ersten Mal wirkte er verunsichert. Er war verantwortlich für die gesamte Aktion, und die Partei akzeptierte nur Erfolgsmeldungen, ob die Erfolge nun tatsächlich existierten oder nicht.

»Wir haben Feindkontakt gehabt und uns tapfer geschlagen«, antwortete Lutz trocken. Es machte ihm nichts aus, ihre überstürzte Flucht zur Heldentat umzudichten.

»Ihr seid hier, um die Weltrevolution auszulösen. Und was kriegt ihr hin? Eine ordinäre Kneipenschlägerei!« Michalke redete sich in Rage. Offensichtlich wollte er den Brüdern die Schuld für die misslungene Aktion in die Schuhe schieben.

Rainer wollte sich das nicht gefallen lassen. »Wir sind doch keine Feierabendbrigade, die ihr Soll nicht erfüllt«, protestierte er. »Dass es auf dem langen Weg zur proletarischen Kulturrevolution manchmal Rückschläge gibt, das weiß doch jedes Kombinat in der Republik.«

»Genau«, fiel Lutz ein. »Der lange Marsch der Roten Armee in China ist unser Vorbild. Wie der Vorsitzende der Kommunistischen Partei werden auch wir uns gegen die Übermacht durchsetzen!« Er sah sich schon in die historischen Fußstapfen von Mao Tse-tung treten und malte sich aus, wie mehrere Millionen Westbürger mithilfe von LSD in die Klapsmühle verfrachtet würden. Und als Erstes würde er die hübsche Nachbarin damit dem Wahnsinn ausliefern.

Denn Hippie-Mädchen wie Barbara Müller waren eine Gefahr. Sie gingen mit vielen Männern ins Bett und würden viele kapitalistische Gören zeugen. Lutz musste sie um jeden Preis unschädlich machen.

»Ist der Weltenbrand entfacht?«, polterte Dombrowskys autoritäre Stimme durch die Telefonleitung. Der ZK-Oberst wollte jetzt hören, dass sich der Kapitalismus im letzten Gefecht befinde. Michalke wusste das.

»Melde gehorsamst: Es brennt hier an allen Ecken und Enden.«

Zufrieden lehnte Dombrowsky sich im Sessel zurück, vor ihm sein Schreibtisch von den Ausmaßen einer Tischtennisplatte. Von hier blickte er aus dem Fenster seines Dienstzimmers im vierten Stock des Gebäudes.

»Ich kann von hier zwar noch keine Rauchsäulen sehen, aber ich wusste, dass ich mich auf dich verlassen kann. Was machen die Genossen denn gerade?«

»Pausenlos im Einsatz«, meldete Michalke. Rainer lag

in der Badewanne, um seine Prellungen zu lindern; Lutz holte Brötchen vom Bäcker.

»Wir müssen Bilder produzieren. Es geht immer um die Macht der Bilder«, dozierte der Oberst. Er beherrschte das Handwerk der Propaganda und der medialen Manipulation, wie er es in den dreißiger Jahren im Reichsministerium für Volksaufklärung gelernt hatte. »Sorgt für brennende Barrikaden. Wütende Massen. Militäraufmärsche. Panzer gegen Studenten. Und wir brauchen Opfer!«

»Wird erledigt«, versprach Politkommissar Michalke, als sollte er eine Packung West-Kaffee besorgen und nicht einen Bürgerkrieg anzetteln.

»Tote Studenten wären gut«, fügte Dombrowsky hinzu. »Das stachelt die Westjugend an.«

»Keine Gnade für den Klassenfeind«, bekräftigte Michalke linientreu.

»Wie laufen die Geschäfte?«

»Wenn es so weitergeht, sind wir bald ausverkauft.«

»Aha. Und was ist mit dem anderen Geschäft?«

Michalke hielt eilig seine Hand über die Muschel des Telefonhörers, da Lutz gerade mit einer Tüte frischer Schrippen zur Wohnungstür hereinkam. Er ließ ihn vorübergehen, bevor er mit gedämpfter Stimme antwortete: »Darum kümmere ich mich persönlich. Hab schon Kontakt mit der Gegenseite aufgenommen.«

»Lass mich nicht hängen«, mahnte ihn Dombrowsky.

»Wie sollen wir denn zu dritt einen Bürgerkrieg auslösen?«, fragte Rainer ungläubig, während sie am Frühstückstisch saßen.

»Erschießt einfach ein paar Studenten«, erwiderte Michalke mit vollen Backen.

Rainer war schockiert. Er hörte auf zu kauen. Dass er eventuell wirklich jemanden töten müsste, um seinen Auftrag zu erfüllen, hatte er sich nie als reale Möglichkeit vergegenwärtigt.

Lutz hingegen fackelte nicht lange. »Ich erschieße diese vier Rocker«, sagte er.

»Das wäre zumindest mal ein Anfang«, nickte Michalke ihm lobend zu. Er erhob sich und verschwand kurz in der angrenzenden Vorratskammer. Als er zurückkam, hatte er eine Pistole in der Hand, die er demonstrativ zwischen die Brötchen, das Marmeladenglas und die Kaffeetassen auf den Tisch legte.

Rainer war den täglichen Umgang mit seiner russischen Makarow gewohnt, aber dieses Modell hier war ihm unbekannt. »Wir haben unsere Dienstwaffen dabei«, teilte er dem Politkommissar mit.

»Ich weiß, aber diese ist von der Westberliner Polizei. Dasselbe Kaliber, aber andere Munition. Es muss so aussehen, als wären die Studenten von den Streitkräften der BRD umgebracht worden. Es darf kein Verdacht auf uns fallen.«

Lutz griff sich die Walther PPK. Sie war handlich und perfekt dafür geeignet, verdeckt am Körper getragen zu werden. Man konnte sie problemlos im Alltag mit sich führen und auch in eine Diskothek schmuggeln.

Henry-Ford-Bau: Schon der Name der Freien Universität klang nach amerikanischem Imperialismus. War das

Gebäude im Stil der Neuen Sachlichkeit errichtet, so hatte das Audimax als Hort von eher unsachlichen Protesten Berühmtheit erlangt. Hier tummelten sich haufenweise Studenten, aus denen sich Rainer und Lutz nur einige heraussuchen mussten. Es war wie beim Schießstand auf dem Rummel: anlegen, zielen, abdrücken.

Rainer bemühte sich ein letztes Mal, seinen Bruder von einem Vorhaben abzubringen, das ihm selbst als große Dummheit erschien. »Wir können hier nicht wahllos rumballern.«

»Warum nicht?«

»Weil man uns wiedererkennen wird. Hier sind hunderte Leute. Du hast aber nur zwölf Schuss und musst zwischendurch nachladen. Es bleiben also genug Zeugen.«

»Wir können nicht riskieren, dass unsere Eltern drüben eingesperrt werden. Wir haben keine andere Wahl.«

Lutz hatte nicht ganz unrecht. Während Rainer noch fieberhaft nachdachte, bemerkte er Manfred, den Drogenhändler, der mit Barbara getanzt und sie sogar geküsst hatte. Manfred trug wieder seine abgewetzte Wildlederjacke und drehte seine geschäftlichen Runden. Offenbar verkaufte er auch tagsüber seine Ware. So war der Kapitalismus. Rund um die Uhr geöffnet.

»Gib mir mal die Knarre«, befahl Rainer knapp.

»Wozu? Damit du sie unter Kontrolle hast?«

»Weil da hinten dieser Haschverkäufer ist.«

Lutz blickte sich um und entdeckte Manfred. »Ah, du willst die Konkurrenz aus dem Weg räumen. Gar keine schlechte Idee.«

Unauffällig händigte Lutz seinem Bruder die Waffe aus. Rainer steckte sie hinten so in den Hosenbund, dass sie durch seine Jeansjacke verdeckt wurde. So konnte er unauffällig an den Dealer herantreten und ihn mit einem Bauchschuss erledigen.

Es würde zwar einen lauten Knall geben, aber in der aufkommenden Panik konnte er untertauchen, ohne unmittelbar mit der Tat in Verbindung gebracht zu werden. Über die weitläufigen Treppenaufgänge strömten große Menschenmengen. Kaum jemand würde ihn hier erkennen. Rainer schlug den Kragen hoch, so dass sein Gesicht nur von vorn zu erkennen war. Allein Manfred würde ihn sehen, aber der würde später keine Aussage mehr machen können.

Rainer senkte den Kopf und drängelte sich durch den Pulk junger Leute. Es ging nur zäh voran, wodurch er Zeit zum Innehalten gewann. Nach und nach wurde ihm bewusst, was er hier gerade vorhatte. Fast schien es, als hätte die Vorsehung ihm eine Menschenmenge in den Weg gestellt, um ihn von seiner törichten Aktion abzuhalten. Dennoch schob er sich weiter voran. Er musste den Dealer ja nicht vor allen Leuten erschießen, ebenso gut konnte er ihn zu den Toiletten locken, unter dem Vorwand, er wolle von ihm Hasch kaufen. Unter vier Augen. Ohne Zeugen.

Rainer hatte es gleich geschafft, er sah die Wildlederjacke schon in Reichweite. Manfred stand in Angeberpose an eine Säule gelehnt, ein breitbeiniger Großkotz in Cowboystiefeln, den Hut im Nacken. Wie ein Sheriff im Wilden Westen. Und er hatte sich vor einer Studentin aufgebaut. Vor Barbara.

Rainer hielt inne, als er sie sah. Sie trug einen Zopf und wirkte strenger als vorher, auch intellektueller und zielstrebiger. Als seien die Vorlesungen nicht nur ein lockerer Zeitvertreib für sie. Eben noch war Rainer zu einem Attentat fähig gewesen, nun spürte er eine Welle der Sanftmut und Zuneigung zu diesem wundervollen Mädchen in sich aufsteigen. Ihretwegen hätte er fast den Drogenhändler erschossen, nun rettete ihre Anwesenheit ihn vielleicht vor dem Gefängnis. Er fragte sich, was nur mit ihm los war. Hatte ihn seine Nachbarin stoned gemacht, so dass er beinahe den Verstand verlor?

Er stopfte die Waffe an seinem Rücken unauffällig fester in den Hosenbund und hoffte, dass er einigermaßen gut angezogen war, denn bisher hatte ihn Barbara nur nackt oder im Unterhemd gesehen. Manfreds Klamotten wirkten zwar schmutzig, erzielten aber offenkundig eine gewisse Wirkung. Das hätte alles mal in die Wäsche gemusst, doch die Hippie-Girls standen wohl auf den Gammel-Look.

Barbara hielt gerade eine flammende Rede, wie auf einem SED-Parteitag.

»Die Elterngeneration vertritt das Mitläufertum als Wert an sich. Ruhe sei die erste Bürgerpflicht. Und das nur gut zwanzig Jahre nach dem Dritten Reich, das exakt dieselben Grundfesten hatte! Immer schön angepasst und duckmäuserisch sein, weil man sonst nur unangenehm auffällt. Darauf baut der Staat immer auf. Dass seine Bürger bloß nicht anfangen, selbständig zu denken. Aber gerade nach der Nazizeit müssten doch solche Einstellungen der Vergangenheit angehören! Wie kann man denn nach Hitler noch guten Gewissens propagieren, dass wir uns alle gefälligst einer schweigenden Mehrheit unterzuordnen hätten?«

»Rauch erst mal eine«, sagte der Haschdealer. »Das beruhigt.«

»Ich will mich aber nicht beruhigen!«, ereiferte sich Barbara.

In diesem Moment machte Rainer mit einem vorsichtigen »Hallo« auf sich aufmerksam.

»Oh, hey!« Sie lächelte ihn höflich an.

Es war das erste Mal, dass Manfred Rainer überhaupt wahrnahm. Mit der üblichen Paranoia seines Berufszweigs, die hinter dem betont lässigen Look stets lauerte. Er witterte einen Zivilfahnder, der sich hier eingeschleust hatte, um ihn zu observieren und zu verhaften.

»Wer bist du denn?«, fragte er mit zu Schlitzen verengten Augen.

Aus purer Gewohnheit zückte Rainer seinen Ausweis. Seinen Studentenausweis. Er hielt ihn ordnungsgemäß hoch, so dass Manfred einen Blick darauf werfen konnte.

»Das ist mein Nachbar«, erklärte Barbara, die sichtlich bemüht war, die Situation zu entschärfen. »Kommt eigentlich aus dem Osten.«

»So wie Rudi Dutschke«, fügte Rainer hinzu, in der Absicht, ein wenig Eigenwerbung zu betreiben.

»Bist du auch so ein Streber?« Offenbar war Manfred auf Streit aus.

»Nein. Deswegen studiere ich ja auf Lehramt.«

»Da hab ich Vorurteile gegen. Mein Geschichtslehrer war in der NSDAP«, erinnerte sich Manfred trotz exzessiven Haschkonsums noch ganz gut an seine Schulzeit.

»Zwei meiner Lehrer auch«, gab Rainer zu. Herr und Frau Göring. Die hießen wirklich so. Sie durften nur unterrichten, weil in der DDR Lehrermangel herrschte und jeder gebraucht wurde. Zudem mussten sie sich öffentlich zur Entnazifizierung bekennen. Die allgemeine Sprachregelung lautete, beide seien mit falschen Versprechungen in die Partei gelockt worden. Denn schließlich war die NSDAP ja eine Arbeiterpartei, bei der man für das Recht des Proletariats hatte kämpfen wollen.

»Und? Bist du ein Haschrebell?«, fühlte der Dealer nach neuer Kundschaft bei ihm vor.

Rainer war verunsichert. Sollte er bei der Wahrheit bleiben, dass er lieber kaltes Bier trank, als Drogen zu konsumieren? Oder musste er so tun, als wäre ihm kein Experiment mit diesen Substanzen zu waghalsig? Da erinnerte er sich an die Joints bei der Gruppensex-Orgie.

»Ich mag es, beim Sex bekifft zu sein«, sagte er

»Das ist das Tollste überhaupt«, kiekste Barbara. »Ich werde dann immer total sinnlich und soft.«

»Oh ja«, stimmte ihr Manfred zu. Missvergnügt sah er, dass die sexy Blondine plötzlich die Hand von diesem Lehramts-Typen ergriff. Rainer seinerseits war völlig überrascht von Barbaras fast intimer Geste.

»Du wolltest mir doch helfen, meine Badezimmertür aus dem Keller hochzutragen. Jetzt hätte ich Zeit.«

Rainer war reichlich verdutzt. Das hatten sie doch erst neulich getan, aber nun umklammerte Barbara seine Hand so fest, dass er lieber keine blöden Fragen stellte.

Barbara führte ihn wie ihr Schoßhündchen aus dem Gebäude, nicht an einer Leine, aber fest händchenhaltend. Ein wenig ratlos hielt Rainer Ausschau nach seinem Bruder, vermochte ihn in dem Gewühl jedoch nicht zu erblicken. Bis ihn Barbara noch stärker mit sich zerrte, als ein Bus auf die Haltestelle vor dem Gebäude zufuhr. Beide rannten wie ein junges Liebespaar und schafften es in letzter Sekunde, hinten aufzuspringen, wo sie direkt vor einem Schaffner landeten. Barbara bedeutete Rainer, Münzen für die Fahrscheine rauszuholen. Als sie nachher oben im Doppeldecker saßen, steckte sie ihm die Zunge in den Mund. Die beiden hockten oben auf der hintersten Bank, so dass kein anderer Fahrgast etwas davon mitbekam. Beim Knutschen befummelte Rainer Barbaras linkes Knie.

Wie er vermutet hatte, war die Badezimmertür bei Barbara zuhause ordentlich eingehängt. Barbara machte sich schnell nackig, baute jedoch vor dem Sex noch gelassen eine Tüte. Also hatte sie eben in der Uni bei Manfred noch Hasch gekauft, fuhr es Rainer durch den Kopf. Barbara inhalierte den Rauch tief, mit geschlossenen Augen, und reichte den Joint an ihn weiter. Rainer zog, ohne den Rauch einzuatmen. Eilig pustete er ihn wieder aus, ohne dass Barbara, die ihre Augen immer noch geschlossen hielt, es mitbekam. Erst als er ihr die qualmende Tüte zurückgab, guckte sie hin. Und nahm einen weiteren intensiven Zug, zur Stimulation.

Den anschließenden Sex genoss Rainer mit klarem Kopf, während Barbara voll angetörnt war. Sie bumste so, wie sie in der Disko tanzte. Ihr ganzer Körper schien unter Strom zu stehen, was sie stark von Marianne unterschied, bei der nur der Unterleib wie elektrisiert wirkte. Rainer dachte intensiver darüber nach, ob es tatsächlich diesen generellen Unterschied gab zwischen den Frauen aus dem Osten und denen aus dem Westen. Die Hippie-Mädchen schienen ihm moderner, sie gingen mit dem Thema Sex komplexer und beseelter um als Frauen in der DDR. Marianne war sehr einfach gestrickt, reduziert auf das rein Körperliche. Barbara hingegen eröffnete ihm gerade eine neue Welt. Sex mit ihr war, wie das Kaufhaus des Westens zu betreten. Plötzlich wurde eine ungeheure Vielfalt geboten statt sozialistischer Mangelwirtschaft. Und all das realisierte Rainer, obwohl er diesmal nicht bekifft war. Ein Leben mit Barbara war wie auf Droge, ohne Drogen nehmen zu müssen. Bei dieser Erkenntnis zuckte Rainer zusammen. Er ahnte, dass er nicht mehr zurück in den Osten gehen würde.

9

Um die marode Wirtschaft anzukurbeln, arbeiteten mehrere sozialistische Bruderstaaten gemeinsam an einem Automobil. Ein neuer Wundermotor sollte her, um den westlichen Markt mit den Fahrzeugen aus dem Gebiet des Warschauer Pakts zu erobern. Beim VEB Sachsenring befand sich der Prototyp eines solchen hochmodernen Fahrzeugs in der Entwicklung. Als Planziel war vorgegeben, mit der Serienproduktion für die Werktätigen weltweit ein Auto herzustellen, das günstig zu erwerben und zu unterhalten war. Das Fahrzeug sollte der Exportschlager des Sozialismus werden. Unglücklicherweise basierten alle Planungen auf einem Zweitaktmotor. Und während in den osteuropäischen Fabriken eifrig Testmodelle gebaut wurden, arbeiteten die westlichen Regierungen bereits an Gesetzesentwürfen, die ein Einfuhrverbot für Zweitaktmotoren vorsahen.

Offizier 9-11 vom Bundesnachrichtendienst wusste von diesen Plänen. Er hatte von ihnen durch einen Politiker Wind bekommen, der sich darüber amüsierte, dass die DDR viel Geld und Zeit investierte, um auf dem internationalen Automarkt mit veralteter Technik ins Rennen zu gehen. In Ostdeutschland herrschte bei vielen alltäglichen Dingen der absolute Mangel, aber am allerknappsten war das Geld. Der Staat war pleite. Sonst wäre Offizier 9-11 unter Umständen glatt auf die Idee gekommen, sein Wissen an die SED zu verkaufen. Insofern beneidete er den Politkommissar Michalke nicht. Die Einheitspartei hatte Michalke wenig zu bieten, höchstens eine popelige Datsche am Stadtrand. Ein fettes Konto würde der nie besitzen. Deswegen liefen die meisten Verhandlungen mit den Agenten aus dem Osten immer auf Tauschgeschäfte hinaus. Wie auf dem Schwarzmarkt im zerstörten Berlin der Nachkriegszeit.

»Machen Sie Fortschritte mit der Akte?«, fragte Michalke.

»Das ist nicht so einfach. Das sind Verschlusssachen. Ohne Berechtigung komme ich da nicht ran.«

»Nun reden Sie doch nicht wie ein Beamter. Dass sie kein Formular dafür ausfüllen, ist doch vollkommen klar. Ich will die Akte ja nicht lesen, sondern sie stehlen. Sie muss aus dem Archiv verschwinden.«

»Das befindet sich in Bayern und ist schwer bewacht.«

»Können Sie nicht ein paar alte Seilschaften aktivieren?«

»Ich weiß ja noch nicht einmal, was Sie überhaupt zu bieten haben. Immerhin riskiere ich meinen Hals. Wenn rauskommt, dass ich versucht habe, dem BND wichtige Unterlagen zu klauen, geht's mir an den Kragen.«

Im Allgemeinen bewegte Michalke sich alles andere als ungeschickt zwischen den Fronten des Kalten Krieges. Stets sah er zu, dass er von beiden Seiten profitierte. Der Osten lieferte ihm seine politische Überzeugung, der Westen das Bargeld für ein schönes Leben. Gegenwärtig konnte er in Anbetracht der Dringlichkeit seines Auftrages, der darin bestand, ein altes Schriftstück aus den Händen des Klassenfeindes zu besorgen, nicht lange pokern.

»Wir werden Westberlin mit einer neuen Wunderdroge komplett wehrunfähig machen«, teilte er seinem Gegenüber mit.

Der BND-Mann fuhr überrascht zurück. Eine Droge sollte die eingeschlossene Stadt in die Knie zwingen? Was die Blockade vor zwanzig Jahren nicht vermocht hatte, als die amerikanische Luftbrücke zwei Millionen Bürger monatelang versorgte, bis die Russen ihr Vorhaben aufgaben, das sollte nun irgendein chemischer Kampfstoff erreichen?

»Das klingt nach biologischer Kriegsführung«, sagte er.

»Nein«, winkte Michalke ab. »Es wird nichts über der Stadt aus Flugzeugen versprüht. Das gibt es nur im Kino bei James Bond.«

»Sondern?«

»Wir verabreichen es über die Nahrung.«

»Verstehe. Wir sind gezwungen, landwirtschaftliche Produkte aus der Zone zu importieren, weil hier kein Platz zum Anbau ist, aber sämtliche Lebensmittel werden von euch mit Drogen präpariert.«

»Ja, so ähnlich.« Michalke ließ ihn bewusst im Dunkeln tappen.

»Und diese beiden Geheimagenten wickeln hier die Geschäfte mit dem Großhandel ab«, mutmaßte Offizier 9-11.

»Ganz genau«, log ihn der Politkommissar an.

»Hm. Clever ausgedacht. Das könnte man natürlich ordentlich ausschlachten. In einem Schauprozess für die Öffentlichkeit. Und um auch die Jugend wieder auf Linie zu bringen.«

»Exakt. Bestes Propagandamaterial.«

»Ja, Ihre Informationen haben durchaus politische Sprengkraft. Es wäre ein vernichtender Schlag für den Sozialismus, wenn wir Beweise hätten, dass ein derart gemeines Attentat auf unsere freien Bürger im Gange ist.«

»Das ist eine ganz große Nummer. Vielleicht die größte bisher. Und alles, was ich dafür als Gegenleistung will, ist eine Akte. Das ist nun wirklich nicht zu viel verlangt.«

»Ja, das ist typisch Osten: Die Weltrevolution planen, aber am Ende nur mit einem Blatt Papier in der Hand nachhause gehen.«

Lutz war sauer auf seinen Bruder. Rainer hatte den Dealer in der Uni laufen lassen. Es war aber ihr Auftrag, einen oder mehrere Studenten zu erschießen. Lutz nahm die Waffe an sich.

»Was willst du mit der Wumme?«, fragte Rainer.

»Wir beliefern immer mehr Studenten mit LSD. Wenn sie high sind, dann merken sie doch nicht, wenn sie erschossen werden.«

»Du kannst doch nicht vor allen Leuten in der Diskothek einfach jemanden abknallen.«

»Habe ich auch nicht vor. Wir bringen den Stoff meistens bei jemandem zuhause vorbei. Das ist sowieso viel praktischer. Keiner kriegt etwas davon mit, wenn man diese Kapitalistenschweine in ihrer eigenen Wohnung erschießt.«

Die *Antiimperialistischen Demokratischen Sozialisten* residierten in einer 130-Quadratmeter-Altbau-Etage in einer Nebenstraße zum Kurfürstendamm. Das Wohnzimmer allein war größer als die Zweiraumwohnung der Kramers in Pankow. Dichter Tabakrauch hing in der Luft, auf den Sofagarnituren fläzten sich mehrere männliche Studenten. Alle trugen sie schwarze Rollkragenpullover und rauchten. Die Aschenbecher auf dem flachen Designer-Tisch waren übervoll, so dass die Zigarettenstummel bereits in eine der leeren Rotweinflaschen geworfen wurden. Ein artig gescheitelter Fünfundzwanzigjähriger mit Hornbrille erhob sein Glas, und seine Kommilitonen prosteten ihm zu.

»Auf den Umsturz!«, lautete die als Trinkspruch ausgegebene Parole.

»Linker als wir ist keiner«, stellte der Brillenträger stolz fest.

»Dann machen wir Revolution ohne diese Waschlappen von der Sozialistischen Arbeiterfront!«, rief ein anderer.

»Und auch ohne die Maulhelden der Antikapitalistischen Welt«, fügte der Dritte hinzu, »die sind einfach nicht radikal genug!«

»Darauf trinken wir, meine Herren!«

Diesem Einsatzbefehl leisteten alle Anwesenden Folge. Nun wurde gesoffen.

»Entschuldigung«, unterbrach Lutz Kramer das Gelage.

»Die Drogen wären da«, konkretisierte Rainer.

Er hielt mehrere Kaugummis hoch und warf sie auf den schicken Glastisch. Die Streifen lagen da wie ein aufgefächertes Skatblatt.

»Soll ja ganz heißer Stoff sein.« Die bourgeoisen Linken waren beeindruckt, gaben sich aber noch zurückhaltend.

»Hofmann hat das LSD in den Vierzigerjahren bei der Forschung nach einem Kreislaufmedikament zufällig entdeckt.« Der Typ mit der Brille war offenbar gut informiert. »Wie wirkt es denn auf meinen Organismus?«

»Bewusstseinserweiternd«, erwiderte Lutz knapp. Er hielt sich an die Aussagen des Professors vom VEB Chemie. Das mit den Angstzuständen und der Gefahr des Bekloppt-Werdens ließ er geflissentlich unerwähnt.

»Und was hat es mit eurem Bewusstsein gemacht?«, wollte ein Dunkelhaariger mit norddeutschem Tonfall wissen.

»Genau!«, rief sein Nebenmann. »Ihr werdet die Ware doch wohl vorher getestet haben.«

Die Brüder sahen sich verunsichert an. Rainer wedelte mit beiden Armen rhythmisch in der Luft, wie er es bei den Hippies im *Purple Haze* beobachtet hatte.

»Man wird nicht high davon«, sagte er, »sondern voll high.« Er sprach, als wiederhole er einen Werbeslogan.

»Zehn Flaschen Bier sind nichts dagegen«, fügte Lutz eifrig nickend hinzu, obwohl er noch nie zehn Flaschen Bier an einem Abend getrunken hatte. Eigentlich machte er komplett einen Bogen um Alkohol.

»Bier ist uns zu gewöhnlich«, mäkelte einer der Salonlinken. »Wir trinken hier nur französischen Rotwein. Aus Solidarität mit der Pariser Studentenbewegung.«

»Unser Vater war auch schon mal in Frankreich«, erwiderte Lutz, um mithalten zu können.

»Lass mal«, flüsterte ihm Rainer zu, »das passt jetzt nicht hierher.« Denn ihr Vater war seinerzeit nicht als Tourist oder sonst wie zum Vergnügen in Paris gewesen, sondern als junger Wehrmachtssoldat.

»Was machen eure Eltern so?«, fragte ein schlaksiger Jura-Student, der sich in der gegenüberliegenden Sofaecke räkelte. »Sind sie im diplomatischen Dienst?«

»Nein, sie sind Proletarier«, antwortete Lutz stolz.

»Ha, dann müsst ihr eure Eltern auf den richtigen Weg bringen!«, rief ein anderer Student, ein angetrunkener Soziologe. »Die Arbeiter müssen durch das Studium der Kritischen Theorie eine Utopie entwickeln, wie sie sich vom allgegenwärtigen Kapitalismus befreien. Eure Eltern benötigen ein revolutionäres Bewusstsein. Wenn euer Vater von der Arbeit nachhause kommt, dann soll er die Schriften der großen Denker lesen! Von Bloch, Marcuse oder Adorno.«

»Unser Vater fährt Kohle aus«, erklärte Rainer den Akademikern. »Der schleppt trotz eines kaputten Beines tonnenschwere Säcke die Stufen hoch. Abends ist der fix und fertig und will seine Ruhe.«

»Aha«, bemerkte der Jura-Student. »Aber dann könnte er sich am Wochenende der Lektüre von zeitgemäßen Gesellschaftsmodellen widmen?«

»Ja«, sprang ihm der Soziologe bei. »Das dient seiner Befreiung von der Unterdrückung durch das monopolistische Kapital.« Dann soff er sein Glas revolutionären Wein aus.

Einer der Politaktivisten wühlte in seiner Gesäßtasche und holte einen Zwanzigmarkschein hervor, den er Rainer unaufgefordert in die Hand drückte. »Hier. Für euch Proletarierkinder.«

Rainer nahm das Geld nur zögerlich an, weil nie die Rede davon gewesen war, das LSD zu verkaufen. Doch als er die Banknote zwischen seinen Fingern fühlte, konnte er der Versuchung nicht widerstehen. Er steckte den Zwanziger ein.

»Spinnst du?«, stellte Lutz ihn im Treppenhaus zur Rede.

»Das sind Devisen«, wehrte Rainer ab.

»Wenn unser Politkommissar davon erfährt, dann Gute Nacht!«

»Nun stell dich doch nicht so an. Das war nur ein Trinkgeld. Wir machen halbe-halbe.«

»Wie? Willst du mich etwa bestechen?«

Rainer hasste diese pedantische Ader an seinem Bruder. Dass er sich stets buchstabengetreu an Vorschriften orientierte, ohne die er verloren in der Gegend herumstand. Was ihn, den Älteren, dazu nötigte, Lutz wie ein

Pflegekind zu betrachten. Zwar rührte ihn das irgendwie, andererseits nervte es ihn im Alltag.

»Wir kaufen unseren Eltern davon was Schönes«, sagte er schließlich. Das war ein Vorschlag, den Lutz nicht zurückweisen konnte.

»Meinetwegen. Aber wir suchen es gemeinsam aus.«

Rainer nickte gedankenverloren. Mit den LSD-Kaugummis waren offenkundig beträchtliche Summen zu verdienen. Für sich, Barbara und ihre Zukunft. Schlagartig war er selbst wie auf Droge. Ihm war mit einem Mal bewusst geworden war, dass er hier ungeahnte Geschäfte machen konnte. Heimlich. Ohne die Partei zu informieren.

Rainer und Lutz betraten das Kaufhaus des Westens, um
für die Eltern ein Geschenk zu finden. Etwas Nützliches,
was es drüben in Ostberlin nicht gab. Sie einigten sich
auf einen Eierkocher. Statt heißes Wasser auf dem Herd
aufzusetzen, konnte man sechs Eier in das Gerät legen,
dieses mit einem Stecker an den Strom anschließen, und
ruck zuck waren die Eier nach ein paar Minuten ver-
zehrfertig. Das war modernste Technik, die sie irgendwie rüberschmuggeln mussten. Auf dem Postweg wurde
alles kontrolliert, wahrscheinlich würde sich einer der
zuständigen Beamten das Gerät unter den Nagel reißen.
Also blieb ihnen nur die illegale Einfuhr der Ware.

Lutz trug den Karton sicherheitshalber unter dem
Arm, den halben Kurfürstendamm hinunter. Rainer trot-
tete nebenher und sah sich dabei die Auslagen in den

Schaufenstern an. Es gab so viel schöne Dinge zu kaufen, über die er vorher nie nachgedacht hatte. Das hier war eine Überflussgesellschaft, und jetzt, wo die Produkte vor seiner Nase lagen, übten sie eine ungeheure Anziehungskraft auf ihn aus. Allein das Angebot an Unterhaltungselektronik war überwältigend. Die Schallplattenspieler und Bandgeräte waren so attraktiv gestaltet wie eine hübsche Frau in einem atemberaubenden Abendkleid. Auch die Rundfunkempfänger waren ein ästhetischer Genuss. Rainer rechnete im Kopf aus, wie viele Kaugummipackungen er verkaufen musste, um sich einen dieser Apparate leisten zu können. Er kam auf fünfzehn Stück. Das war in wenigen Tagen zu schaffen.

»Sag mal, kannst du mir das Ding mal abnehmen?« Lutz hatte keine Lust mehr, den Eierkocher die ganze Zeit zu schleppen.

»Geht leider nicht. Ich muss noch jemanden beliefern.«

»Ach? Und dazu reicht eine freie Hand nicht, oder wie?«

»Nein.« Rainer erhob den Zeigefinger. »Denn wie Lenin schon sagte: Wir wollen die Bourgeoisie erwürgen. Und dafür müssen wir beide Hände frei haben.«

Im Büro der *Studentischen Bolschewikischen Zentrale* prügelten zwei Linke aufeinander ein. Ihre Fäuste flogen munter, bis beide erschöpft auf dem Boden hockten, verschwitzt, mit Blut an der Nase und der Oberlippe.

»Und ich bleibe dabei: ich bin der wahre Linke von uns beiden!«, schrie der eine mit letzter Kraft.

»Scher dich zum Teufel!«, keuchte der andere ausgepumpt zurück. »Du bist nur ein reaktionäres Arschloch, das scharf auf Karriere in der Partei ist! Ich hingegen kämpfe für die Unterdrückten. Und zwar weltweit. Überall.« Mit zwei Fingern kontrollierte er, ob irgendwelche Zähne wackelten.

»Du mit deiner Großmannssucht!«, konterte der wahre Linke. »Von Nicaragua bis Algerien, vom faschistischen Spanien bis nach Vietnam, du bekehrst sie alle! Aber was ist denn, wenn sie von dir und deiner totalitären Denkart gar nicht bekehrt werden wollen?«

»Ich hau dir gleich noch eins auf die Fresse, du nationalistischer Kleingeist!«, drohte der Weltrevolutionär. »Dir sollte man mit Peitschenhieben deine Kleinbürgerlichkeit austreiben!«

Rainer klopfte an die offene Tür, an der er schon seit Minuten unbemerkt stand und die Auseinandersetzung beobachtete. Als gut ausgebildeter Volkspolizist ließ er bei Kneipenschlägereien erst mal sich alle austoben, bis dann mit zunehmender Erschöpfung die Wahrscheinlichkeit stark nachließ, dass sich die Aggressoren noch gegen den Zugriff der Staatsgewalt wehren konnten.

»Hallo«, grüßte er die revolutionären Kombattanten. »Wie wäre es denn mit einer Packung Kaugummis zur Versöhnung?«

»Wer bist du denn?«, erregte sich der wahre Linke aufs Neue.

»Das geht in Ordnung, den habe ich herbestellt«, glättete nun der Weltrevolutionär die Wogen.

»Zwanziger«, sagte Rainer und hielt die Hand auf.

Der Weltrevolutionär trat zum Schreibtisch, öffnete eine Schublade und holte eine Metallkassette hervor.

»Hey!«, empörte sich der wahre Linke. »Was machst du denn an unserer Parteikasse?«

»Ich helfe der Arbeiterklasse mit zwanzig Mark!«, erwiderte der Weltrevolutionär.

Rainer nahm das Westgeld entgegen und verabschiedete sich. Vor der Bürotür verstaute er den Zwanzigmarkschein, diesen ersten Markstein auf dem Weg zur neuen Stereoanlage, in der vorderen Hosentasche. Und es fühlte sich nicht nach Verrat an der sozialistischen Idee an, sondern aufregend.

Das Peace-Zeichen auf dem Boden war aus brennenden Teelichtern gestaltet. Fast wäre Rainer in das kleine Kerzengebilde reingetreten, weil es sich direkt hinter der Tür befand und einem nicht gleich ins Auge fiel. Zumal er beim Betreten des Meditationsraums der Frauengruppe *Love and Peace* sofort die fünf Hippie-Girls anstarrte. Sie hockten barfuß im Schneidersitz auf dem Boden, hatten die Hände wie zum Gebet vor der Brust gefaltet und atmeten tief ein und aus. Dabei hielten sie gemeinsam einen summenden Ton, als wollten sie ein Instrument stimmen. Leider roch es hier ziemlich seltsam, wahrscheinlich wegen der Räucherstäbchen, die in einem Topf voller Blumenerde steckten und qualmten. Am liebsten hätte Rainer die Fenster geöffnet und ordentlich durchgelüftet, aber die Scheiben waren mit Batiktüchern zugehängt, damit man von der Straße nicht hereinsehen konnte. So mancher Fußgänger wäre wohl reichlich befremdet gewesen.

»Wir meditieren hier gegen den grausamen Vietnam-Krieg und für den Frieden auf der Welt«, erklärte eine der jungen Frauen. Die anderen nickten ihm bedeutungsvoll zu. In diesem Zimmer wurde das Schicksal des Planeten Erde positiv beeinflusst, davon waren die fünf Studentinnen überzeugt. Das gemahnte Rainer an seinen Auftrag, eine Millionenstadt in den Irrsinn zu treiben – ein Unterfangen, das ihm inzwischen gar nicht mehr so weltfremd erschien. Vielleicht hatte die SED doch recht? Westberlin war dabei, vollkommen verrückt zu werden, und Rainer und Lutz mussten den Leuten hier nur noch das Eingangsportal zur Klapsmühle aufsperren. Und alle reinwinken, wie bei einer Verkehrskontrolle. Nur Barbara wollte er unbedingt vor der Zwangsjacke bewahren. Alle anderen Frauen hier waren ihm gleichgültig.

»Zwanzig Mark!«, rief er der Gruppe zu.

Sie sammelten Münzen und einen Zehnmarkschein, wofür sie von ihm eine Packung Kaugummis erhielten. Er bedankte sich und achtete beim Rausgehen darauf, nicht in die brennenden Teelichter zu geraten. Schließlich wollte er die Kundschaft nicht verprellen.

Lutz hatte keine Lust, alleine in der Bude zu hocken. Rainer war zum Stoff-Verteilen unterwegs, und Michalke war rüber nach Ostberlin gefahren, weil er zum Zahnarzt wollte. Michalke würde erst morgen wiederkommen, und bei diesem Schwerenöter von Bruder wusste man auch nie, wann er sich zuhause blicken ließ. Also reichlich

Gelegenheit für Lutz, auf dumme Gedanken zu kommen. Er ging in den Park spazieren. Einfach, um frische Luft zu schnappen. Auf einer Rasenfläche erblickte er eine kleine Gruppe Langhaariger. Die vier Personen tanzten, ohne Musik dazu zu hören. Sie schienen über den Boden zu schweben und ruderten entrückt mit den Armen. Die drei Typen interessierten Lutz nicht, wohl aber die bildschöne Asiatin, die er schon einmal gesehen hatte: Im *Purple Haze* hatte sie ihn mit ihrem lasziven Bauchtanz erstmals in ihren Bann gezogen.

Statt weiterzugehen, stellte Lutz sich wie ein Spanner an einen Baum, um die junge Frau zu beobachten. Der tiefschwarze Lidschatten über ihren Augen betonte ihre mystische Ausstrahlung, von der er sich eigentümlich angezogen fühlte. Ihr Schlangentanz hatte etwas von einer religiösen Zeremonie, als würde sie dadurch mit Gottheiten in Verbindung treten und von ihnen Signale empfangen, die ihren Körper wie Stromstöße durchzuckten.

Lutz wischte sich über seinen trockenen Mund. Von dem geheimnisvollen Mädchen war er fasziniert und eingeschüchtert zugleich. Normalerweise vermied er Situationen, die er nicht unter Kontrolle hatte. Er erinnerte sich an einen Einsatz gegen eine Diebesbande, bei dem er in ein dunkles Kellergewölbe hinuntersteigen musste, über enge Treppen, wie in einen Luftschutzbunker aus dem Krieg. Stufe für Stufe pirschte er mit gezogener Waffe in das feuchte Untergeschoss und wusste nicht, ob die Räuber dort waren und ob sie bewaffnet waren. Das Gewölbe roch modrig wie eine Gruft. Und so fühlte er sich, als würde er in sein eigenes Grab hinabsteigen. Er hörte sein Herz pochen und hatte schweißnasse Hände, bis klarwurde, dass die Verbrecher ausgeflogen waren. Erleichtert blieb er minutenlang auf einem Schutthaufen sitzen, während ihm die Tränen über die Wangen liefen. Nicht so sehr seinetwegen, sondern wegen der Eltern. Nie hätten sie dem Arbeiter- und Bauernstaat verziehen, ihren jüngsten Sohn in einen lebensgefährlichen Einsatz geschickt zu haben, von dem er nicht zurückkam.

Obwohl Lutz sich in jenen Minuten vor zwei Jahren vorgenommen hatte, nie wieder etwas zu tun, was seiner Mutter und seinem Vater irgendeinen Kummer bereiten konnte, war er hier und jetzt wieder auf sich allein gestellt. Er hätte einfach in die Wohnung zurückkehren können, stattdessen marschierte er auf die rätselhafte Schönheit aus der Drogen-Diskothek zu.

Am späten Nachmittag ging Rainer bereits das dritte Mal runter und klingelte bei Barbara. Eigentlich kam sie nach der Uni meistens direkt nach Hause, aber heute war sie wie vom Erdboden verschluckt. Rainer wurde zunehmend eifersüchtig. Mit wem traf sie sich, ohne ihm etwas davon zu sagen? Es konnte eine ganz harmlose Erklärung dafür geben. Dass sie mit einer Freundin einen Kaffee trinken ging oder einen Ku'damm-Bummel machte. Oder ihre Familie besuchte. Oder an einem Weiterbildungskurs teilnahm. Aber irgendwie wurde er das Gefühl nicht los, dass da was im Busch war. Ein anderer Mann.

Zurück in seiner Wohnung, setzte Rainer sich auf den Balkon, von wo aus er den Hauseingang beobachten konnte. Wie ein Grenzer im Wachturm, der von seiner erhöhten Position aus die Umgebung auskundschaftete. Er bereitete sich eine Kanne schwarzen Tee zu und nahm sich eine Decke mit hinaus, denn die Luft war kühl. Schon beim ersten Schluck Tee bemerkte er den Unterschied im Geschmack. Das war eine englische Traditionsmarke, die er hier trank. Importierte Ware aus Indien und von einer Londoner Firma auf den Weltmarkt gebracht. Im Osten hingegen musste man sogar darauf achten, dass die Flasche Bier, die man kaufte, überhaupt noch zum Verzehr geeignet war. Das Pils drüben war nur ein paar Tage haltbar, selbst beim *Konsum* standen in den Regalen jede Menge gegorene Pullen herum. Wenn man noch zwei oder drei fand, die genießbar waren, musste man die sicherheitshalber am selben Abend aussaufen. Kein Wunder, dass es auch bei seinen Vopo-Kollegen mehrere Alkoholiker gab.

Als es allmählich dunkel wurde, war Barbara immer noch nicht zurück. Und Rainer wurde es draußen zu kalt. Eigentlich hätte er gerne bei ihr angerufen, aber er war sich nicht sicher, ob der Apparat hier angezapft wurde. Er wollte es lieber nicht riskieren, denn er rechnete damit, dass die Staatssicherheit mithörte. Das Telefon würde er wirklich nur für offizielle Dienstgespräche benutzen oder um seine Eltern zu erreichen. Und auch da würde er nichts sagen, was man gegen ihn verwenden konnte. Keine unachtsamen Bemerkungen über die Lebensqualität im Westen oder die Unterversorgung im Osten.

Auch gegenüber Michalke würde ihm nichts rausrutschen, was nicht der marxistisch-leninistischen

Weltanschauung entsprach. Der Genosse Politkommissar war ohnehin undurchsichtig. Man hatte immer den Eindruck, dass der was im Schilde führte. Zu oft war er allein unterwegs, ohne vorher oder nachher ein Wort darüber zu verlieren. Michalke war für Rainer ein mindestens ebenso großes Rätsel wie Barbara. Es sei denn, er wäre der Mann, mit dem sie sich heimlich traf! Verdammt! Natürlich! Der kannte sie ja bereits viel länger als Rainer. Die außergewöhnliche Schönheit seiner Nachbarin würde ihm wohl kaum entgangen sein. Zudem war er bei der Gruppensex-Orgie in ihrer Bude gewesen. Vielleicht nicht zum ersten Mal, und unter Umständen hatten sie auch vorher schon miteinander gebumst? Man konnte ja auch echt durcheinanderkommen bei den chaotischen Zuständen während einer solche Festivität.

Rainer lief im Wohnzimmer auf und ab. Entweder fand gerade wieder so ein munteres, kollektives Nackt-Beisammensein statt, von dem er nichts wusste, oder Michalke und Barbara lagen zusammen in einem Hotelbett und vergnügten sich nur zu zweit. Was auch immer es war, er musste es herausfinden! Rainer war fest entschlossen. Ab sofort würde er seinen Vorgesetzten nicht mehr aus den Augen lassen.

Was für eine verdammt schöne Gegend, dachte Lutz. Trotz der Villen und Prachtbauten. Die Landschaft gefiel ihm. Der See, an dem er mit der zauberhaften Asiatin spazieren ging – und das alles mitten in der Stadt. Die Westberliner mussten gar nicht über die Transitstrecke nach Süd-Europa reisen, wenn sie einen Urlaub am Wasser mit Strand und mediterranem Lebensgefühl genießen wollten – sie brauchten nur ein paar Stationen mit der U-Bahn raus an die Krumme Lanke oder den Schlachtensee zu fahren.

Lucy war Maoistin. Es war nämlich gerade sehr modisch, Maoist zu sein. »Selbst Sartre und Simone de Beauvoir waren schon beim Führer in Peking eingeladen«, schwärmte sie.

»Die Mao-Bibel wird jetzt auch ins Deutsche übersetzt, damit wir sie alle lesen können.« Lutz erinnerte sich daran, dass die SED plante, die Gedanken des Vorsitzenden des Politbüros und des Zentralkomitees der Kommunistischen Partei Chinas den sozialistischen Arbeitern in der DDR zugänglich zu machen.

»Die gibt es hier schon seit einem halben Jahr zu kaufen.« Ganz unbeabsichtigt führte Lucy ihm die Überlegenheit des Westens vor Augen, weil man das Buch des führenden Kommunisten im Kapitalismus längst erwerben konnte, während man im Sozialismus noch in den Gremien beriet, woher ausreichend Papier für die Erstauflage zu bekommen war.

»Dann muss ich sie mir dringend besorgen«, nickte Lutz, plötzlich froh über die Aussicht, das Buch schon morgen in den Händen zu halten.

»Wenn du unserer Gemeinschaft beitreten möchtest«, fuhr Lucy fort, »solltest du aber vorher wissen, welche Prinzipien in ihr gelten.« In ihrer Eigenschaft als Hohepriesterin der Gemeinschaft des kosmischen Bewusstseins warb sie ihn gerade für ihre Sekte an.

Lutz wäre angesichts ihrer bezaubernden Erscheinung auch der Bundeswehr der BRD beigetreten, wenn sie es verlangt hätte.

»Ich tue alles, was du willst«, sagte er eifrig. Auch ohne LSD war er bereits entrückt.

»Die Grundregel unserer Bewegung lautet: Nur durch die Anerkennung seiner wahren Natur kann der Mensch frei sein. Das führt dann zu einem kosmischen Bewusstsein.«

Aha, dachte Lutz. Es klang, als würde man mit einer Rakete ins All fliegen, ohne dabei die Erde verlassen zu müssen. Allerdings klang es auch, als hätte diese außerirdische Schönheit häufiger Drogen konsumiert. Als Volkspolizist hätte er sie zum Alkoholtest gebracht, um zu überprüfen, ob sie noch Herrin ihrer Sinne war.

»Was genau muss ich mir darunter vorstellen?«, fragte er zaghaft.

Lucy strich sich seitlich durchs Haar. Eine betörende Bewegung.

»Da in Deutschland Religionsfreiheit herrscht, brauchen wir uns für unseren Glauben nicht zu rechtfertigen. Wir sehen ganz klar, dass uns die Natur alles bietet, was wir für die geistig-seelische Ernährung brauchen. Es steckt in jedem von uns.«

»Und was genau meinst du damit?«

»Wir trinken jeden Tag einen Becher Eigen-Urin«, sagte sie, als hätte sie nur eine Schwäche für eine Cola-Sorte von amerikanischen Großkonzernen, deren Geschäftspraktiken sie eigentlich als ausbeuterisch ablehnte.

»Und das schmeckt?« Lutz verspürte leichte Übelkeit.

»Darum geht es nicht. Es ist Natur. Und wir konsumorientierten westlichen Gesellschaften müssen wieder zurück zu den Wurzeln finden. Alles andere entfremdet nur.«

»Aber in der Natur gibt es auch giftige Pilze. Die sollte man auf keinen Fall essen, sonst stirbt man.«

»Na, mir scheint, du bist auch ein giftiger Pilz. Aber keine Sorge, wir bringen dich auf den richtigen Weg. Trink einfach jeden Tag einen Becher von deinem Urin, dann geht es dir bald besser.«

»Puh. Also, ich weiß noch nicht, ob ich das hinkriege.«

»Stell dich nicht so an. Bald werden es alle tun. Tun müssen.«

»Aha. Wieso denn das?«

»Wenn wir erst an der Macht sind, muss man über notwendige Repressionen nachdenken, um die Menschheit zu überzeugen. Aber die Zwangsmaßnahmen sind ja zum Wohle der Menschen.«

Und dann trinkt die ganze Welt jeden Morgen die eigene Pisse, dachte Lutz und wusste, dass der Westen bereits komplett irre geworden war.

Obwohl Lutz keine Drogen nahm, folgte er Lucy nahezu willenlos, als sie ihn zu einem neugebauten Bungalow führte. Sie öffnete das Gartentor, als wäre sie hier zuhause. Dann ergriff sie seine Hand und zog ihn mit sich zum Hintereingang. Der Architekt hatte mit klaren Linien gearbeitet, die breite Front des Hauses wies zum Bürgersteig hin, im rechten Winkel darüber war das Obergeschoss, dessen Ende die Terrasse überdachte. Ein praktischer und eindrucksvoller Entwurf. Zumal Lutz nun die ganze Dimension des Gebäudekomplexes wahrnahm. Der Bau setzte sich entlang des Nachbargrundstücks fort. Und dieser Seitenflügel beherbergte ein Schwimmbassin.

Lutz konnte den Pool sehen, denn der Bungalow war zum Garten hin verglast. Mehrere Gammler lümmelten am Beckenrand herum. Das alarmierte den Volkspolizisten in ihm. War er hier in ein Einbruchsgeschehen geraten? Schließlich trugen die Typen keine Badehosen, sondern Fransenjacken, Jeans und Stiefel.

»Wer wohnt denn in diesem Palast?«, fragte er förmlich. »Du?«

»Mach dir keine Sorgen«, hauchte sie ihm zu. »Das geht alles voll in Ordnung.«

Lutz saß mit seiner Prinzessin an der anderen Längsseite des Pools, doch die drei schrägen Vögel gegenüber musterten ihn von Zeit zu Zeit. Sie rauchten etwas streng Riechendes. In Schwaden zog der Rauch zu ihnen herüber.

»Für uns Frauen liegt der Himmel begraben unter dem Asphalt des Patriarchats«, sagte das Mädchen, das in der Hippie-Disko vor allen Leuten halbnackt tanzte, um ihr Studium zu finanzieren. »Diesen Beton müssen wir aufbrechen, um die Frauen zu befreien.«

»Karl Marx spricht von Frauen als Produktionsinstrumenten«, referierte Lutz auswendig.

»Ach, ich habe die Schnauze voll von diesem sozialistischen Bumszwang!« Mit einer Hand klatschte Lucy fest aufs Wasser, als wäre es eine Tischkante. Zwei der Typen gegenüber drehten sich sofort zu ihnen um, als müssten sie handgreiflich werden und Lutz am Kragen packen.

Als Zeichen der Völkerverständigung kramte Lutz eine Packung Kaugummis aus seiner Jeans und bot Lucy einen an. »Du, es gibt Medikamente, um Frauen von ihrer Frigidität zu heilen.«

Lucy brachte diese Aussage und den Kaugummi nicht miteinander in Verbindung und schob sich den Streifen eher lustlos in den Mund. Ihre Clique hatte sich wieder beruhigt, doch der Neuankömmling war ihnen nicht geheuer.

»Wer ist denn der strange Typ da?«

»Sieht nach einem Spießer aus, der mal was Exotisches bumsen will.«

»Ich spüre da seltsame Vibrations«, meinte ein Langhaariger.

»Hast recht. Ich tune mich jedenfalls nicht ein, solange der Vogel hier mit im Raum ist.«

»Na, dann törnen wir ihn doch einfach an«, beschlossen die drei Freaks. »Aber ohne dass er es mitkriegt.«

Sie fischten zwei LSD-Trips aus einem Frischhaltebeutel heraus und lösten das Papier in einer kleinen Flasche Cola auf – immer darauf bedacht, dass der zwielichtige Student gegenüber es nicht mitbekam.

Dann schlenderte ein Langhaariger mit abgelatschten Cowboystiefeln zu Lucy und Lutz rüber. »Hey, Peace, Mann«, begrüßte er den Fremden.

Lutz reichte ihm die Hand, in die der Langhaarige einschlug. Dann guckte sich der Freak Lutz genauer an.

»Siehst ja ganz schön blass, aus, Mann! Hier. Trink mal was.«

Lutz hatte wirklich Durst. Dankbar nahm er die Cola an. Sehen zwar gefährlich aus, aber nette Leute eigentlich, diese Gammler, dachte er sich. Dann kippte Lutz sich die Cola rein. Die schwarze Brause erfrischte seine ausgedörrte Kehle. Artig reichte er dem lässigen Hippie die leere Flasche zurück. Der zwinkerte ihm zu und machte sich wieder auf den Weg zu seinen Kumpanen, die er breit angrinste, ohne dass Lutz es sehen konnte.

12

Lutz war heute Nacht nicht nachhause gekommen. Bis in die frühen Morgenstunden lag Rainer wach und wartete auf seinen Bruder. Der Politkommissar war ebenfalls nicht da, aber das kümmerte Rainer nicht. Es war sogar besser so, weil es sonst wegen Lutz' unerlaubten Ausbleibens eine fiese Standpauke gegeben hätte. Wahrscheinlich hätte Michalke gleich Meldung beim Oberst drüben in Ostberlin gemacht, und die ollen Apparatschiks der Partei wurden von Amts wegen gerne mal ungehalten.

Obwohl Rainer nur zwei Stunden geschlafen hatte, stand er unter Strom. Diesmal nicht wegen Barbara, aber wenn seinem jüngeren Bruder im Feindesland etwas zustieße, würden die Eltern ihm das nie verzeihen. Allerdings hatte Rainer trotz jahrelanger Erfahrung im Polizeidienst keinerlei Anhaltspunkte, denen er nachspüren konnte. Seit die Brüder sich vor 24 Stunden auf dem Kurfürstendamm getrennt hatten, gab es keinen Kontakt mehr zwischen ihnen. Lutz konnte überall sein, sogar in der U-Bahn in Richtung Friedrichstraße, um zurück zur Familie zu kehren, weil er der ganzen Sache nicht mehr gewachsen war.

Der Swimmingpool im Bungalow schimmerte im Tageslicht hellblau, doch Lutz nahm das Wasser als orangefarben wahr. Er traute sich kaum, seine Beine hineinzuhalten, als wäre das Bassin voller ätzender Flüssigkeit. Das asiatische Go-go-Girl bespritzte ihn mit ein paar Tropfen, die überraschenderweise kein Loch in seine Haut brannten. Lutz wähnte sich auf dem Roten Planeten. Oder in einer fernen Galaxie, in der die Naturgesetze der Erde nicht galten. Zum ersten Mal in seinem Leben fühlte er sich schwerelos. Und lächelte.

Gedankenverloren saß Barbara auf einer Parkbank im Tiergarten und las in einem Heft. Dass Rainer sie aus fünfzig Metern Entfernung bemerkte, geschah eher zufällig. Eigentlich war er auf der Suche nach seinem Bruder. Er ließ seinen Blick über eine Wiese streifen, auf der die Hippies manchmal ein Picknick machten. Letztens hatten dort mehr als zwanzig Studenten zusammen auf Decken gehockt und Musik aus batteriebetriebenen Kassettenrekordern gehört. Sogar einen Mikrofonanschluss hatte das Gerät vorzuweisen. Die Jugend hier war technisch besser ausgerüstet als die Volkspolizei der DDR, dachte Rainer frustriert.

Jetzt näherte er sich Barbara und blieb so lange vor ihr stehen, bis sie den Kopf hob und zu ihm aufsah.

»Ach hallo.« Sie sprach auffallend langsam und wirkte auf ihn, als hätte sie Drogen genommen.

»Was machst du denn hier?«, fragte Rainer unsicher.

»Ich lese im *Twen*.« Sie hielt ihre Zeitschrift hoch.

Rainer betrachtete das Cover des Magazins und hätte fast einen Schock gekriegt. Da stand eine Studentin breitbeinig, einen Stoff-Teddy zwischen ihren Schenkeln haltend. Über der Abbildung stand etwas von »unersättlichen Mädchen« und »Nymphomanie«.

»Was ist denn das für ein kapitalistisches Druckerzeugnis?« Vor lauter Schreck fiel er in die Diktion eines linientreuen SED-Genossen zurück.

»Hör mal, das ist das einzige Magazin für junge Leute unserer Generation!«, verteidigte Barbara die poppige Zeitgeist-Illustrierte.

Sie zog das Heft an ihre Brust, als würde sie es nie wieder hergeben und vor jedem fremden Zugriff beschützen wollen.

»In Ordnung. Darf ich mich trotzdem zu dir setzen?«

»Eigentlich würde ich gerne für mich sein. Können wir nicht später telefonieren oder so?«

»Ach, schade.«

»Immer, wenn eine neue Ausgabe von *Twen* erscheint, lese ich sofort das ganze Heft komplett durch«, strahlte sie ihn an. In diesem Magazin musste etwas stehen, das die Westjugend religiös erleuchtete. Rainer nahm sich vor, sich auch ein Exemplar zu besorgen, um ein Bild von Barbara und ihren Sehnsüchten zu gewinnen.

»Dann rufe ich dich nachher mal an«, sagte er und winkte ihr im Weggehen zu.

»Das ist lieb von dir«, verabschiedete sie ihn zuckersüß und bestimmt zugleich.

Lutz war an das Go-go-Girl herangerückt und streichelte ihre Hand. Doch sie zog ihren Arm abrupt weg. »Der weibliche Orgasmus ist auch nur ein Mittel zur Unterdrückung der Frau«, sagte sie anklagend.

»Ich habe gelesen, dass er Frauen sogar Erleichterung verschafft«, erwiderte Lutz. Mangels eigener Erfahrungen kramte er einen Artikel aus seiner Erinnerung hervor, den er in irgendeinem ostdeutschen Wissenschaftsmagazin gelesen hatte.

»Das ist ja das Schlimme«, bekräftigte Lucy. »Nach einem sexuellen Höhepunkt stellst du gesellschaftlich nichts mehr in Frage. Man liegt befriedigt da und lehnt sich nicht mehr auf.«

»Aber warum hörst du dann nicht einfach mit dem Bumsen auf, bevor du einen Orgasmus erreicht hast?«

Die Asiatin setzte sich senkrecht vor Lutz in Positur. Störrisch verschränkte sie die Arme vor ihrer flachen Brust. »So einer bist du also! Willst die Frauen auch nur unterdrücken!«

»Nein! Keinesfalls. Es war nur so ein Gedanke.«

»Ach! Aber eben wolltest du mir noch vorschreiben, wann ich mit dem Bumsen aufzuhören habe!«

Lutz wurde fahrig, weil ihn dieses wunderschöne Mädchen anfuhr. In seiner Not bot er ihr einen Kaugummi an. Sie zögerte, bevor sie ihn dann doch annahm. Als Zeichen der Versöhnung brach sie den Streifen in der Mitte durch und schob Lutz die eine Hälfte in den Mund.

Offizier 9-11 betrat das graue Amtsgebäude des Senators für Inneres ganz offiziell durch den Haupteingang. Er meldete seinen Besuch beim Pförtner an und durfte passieren. Zielstrebig schritt er auf den Paternoster zu und fuhr hoch in den dritten Stock. Dort empfing ihn die Vorzimmerdame eines Mitarbeiters der Chefetage. Sie klopfte an die Tür und geleitete den Offizier in das angenehm große Büro ihres Vorgesetzten Armin Reuters.

Der Amtsrat thronte hinter seinem breiten Schreibtisch, erhob sich jedoch, um seinen Gast zu begrüßen, und bot ihm einen der gepolsterten Besucherstühle an. Offizier 9-11 reichte ihm die Hand über die Aktenstapel hinweg. Reuters schlug förmlich ein.

»Was führt Sie zu mir?«

»Eine heikle Angelegenheit, die durchaus die innere Sicherheit der Stadt gefährden könnte.« Erfahrungsgemäß wusste er, dass er den hochrangigen Beamten schnell ködern musste. Schließlich hatte dieser haufenweise Papiere und Dienstmappen vor sich liegen, lauter drängende unerledigte Arbeit.

»Dann schießen Sie mal los.« Reuters nahm seine Lesebrille ab und begann, an einem der Bügel zu nagen.

»Mir sind Informationen zugespielt worden, wonach die SED plant, über Nahrungslieferungen unsere Bevölkerung mit stark gesundheitsgefährdenden Substanzen zu vergiften.«

»Aha. Ja, wir beziehen als Inselstadt gewisse Kontingente an Lebensmitteln aus Betrieben der DDR. Landwirtschaftliche Erzeugnisse aus den umliegenden Gebieten. Aber die unterliegen einer strengen Kontrolle der zuständigen Behörde.«

»Ich weiß. Aber hierbei handelt es sich wohl um Substanzen, die nicht standardisiert getestet werden.«

»Sie meinen, die haben irgendein Mittel erfunden, das unsere Bakteriologen nicht nachweisen können?«

»Wahrscheinlich irgendein Rauschgift.«

Reuters legte die Brille beiseite und wischte sich übers Kinn.

»Wie zuverlässig ist Ihre Quelle?«

»Kenne die Person seit Jahren. Wir tauschen öfter Informationen aus. Meistens gegen Bargeld.«

»Wie teuer wird der Spaß denn diesmal? Unser Haushalt ist auf Kante genäht.«

»Er will zwanzigtausend Mark.«

»Was? Spinnt der? Wir sind doch keine Dukatenkacker!«

Der BND-Agent hatte vorher spekuliert, wie hoch er beim Amtsrat pokern konnte. Um an die Akte für Michalke zu gelangen, musste er in der Zentrale in Pullach einen alten Bekannten schmieren. 2000 Mark in bar wollte der haben. Gleichzeitig musste sich der Offizier finanziell absichern, denn wenn aufflog, dass er die brisanten Informationen im Tausch gegen ein Geheimdokument erhalten hatte, dann musste er untertauchen. Und das kostete Geld. Die restlichen 18.000 Mark würden ihm das ermöglichen. Falls alles glatt ging und ein Untertauchen nicht nötig war, konnte er sich davon ein paar nette Reisen und sonstige Extras gönnen.

»Wir beide kennen uns ja nur flüchtig«, sagte Reuters bedächtig. »Wer garantiert mir denn, dass Sie nicht irgendeinem Gauner aufgesessen sind, der mit einer Räuberpistole schnell Kasse machen will?«

Offizier 9-11 zückte seinen Dienstausweis vom BND und hielt ihn hoch wie bei einer Passkontrolle an der Grenze. »Ich kann nur mit meiner Berufserfahrung bürgen.«

Reuters schien nur mäßig begeistert. Er verzog den Mund. »Das klingt aber eher nach einem Lotteriespiel. Wenn wir auf das richtige Pferd setzen, gewinnen wir. Wenn nicht, sind die Moneten futsch.«

Der Offizier steckte seinen Ausweis zurück in die Innentasche des Trenchcoats. »Mein Geschäft ist, die Gegenseite auszuspionieren. Ich denke, wir sind hier an einer ganz dicken Sache dran. Am Ende könnte Westberlin dem Russen in die Hände fallen.«

»Na ja, seitdem hier eine Mauer durch die Stadt gezogen ist, kommen die mit ihren Panzern auch nicht mehr überall durch. Und an den wenigen Passierstellen stehen amerikanische, britische und französische Kampftruppen bereit.«

Der Offizier wusste, dass die oberen Dienstgrade der Behörden auf einem hohen Ross saßen und dass das einzige Mittel, den Westberliner Beamtenadel einzuschüchtern, darin bestand, sie wegen ihrer Karriere ins Schwitzen zu bringen. Ihnen Bammel zu machen, dass sie wegen Fehlentscheidungen ihre nächste Beförderung riskierten, die mit einer höheren Besoldungsstufe verbunden war.

»Wenn Sie die Vergiftung der Bevölkerung nicht als ernsthafte Bedrohung einstufen, dann wende ich mich besser direkt an den Verfassungsschutz«, sagte der BND-Mann betont unaufgeregt.

Reuters räusperte sich kurz. »Nun mal langsam mit den jungen Pferden.« Offensichtlich nahm er wenigstens die etwaige Bedrohungslage im Hinblick auf seine berufliche Laufbahn ernst.

Offizier 9-11 blieb gelassen. »Ich bemühe mich nur, Ihnen die Dringlichkeit der Angelegenheit zu verdeutlichen.« Er hatte den Amtsrat an der Angel.

»Was für uns interessant wäre: wenn wir eine führende Person der SED dingfest machen würden, die wir der Öffentlichkeit als den Drahtzieher präsentieren könnten. Das gibt gute Presse und lässt sich propagandistisch ausschlachten. Wenn Sie so jemanden als Sahnehäubchen liefern, sind die zwanzigtausend sofort bewilligt.«

Reuters reichte seinem Gegenüber die Hand über den Schreibtisch. Offizier 9-11 schlug ein. »Wird gemacht«, versprach er.

Als Lutz nachmittags immer noch nicht zuhause war, hielt Rainer es in der Wohnung nicht mehr aus. Nach und nach beschlich ihn das ungute Gefühl, sein Bruder könnte ausgerechnet diesen Rockern in die Hände gefallen sein, mit denen sie neulich in der Disko aneinandergeraten waren. Unter Umständen hatten ihn die Halbstarken in einer finsteren Ecke zusammengeschlagen, wo er immer noch lag und sich nicht rühren konnte. Doch Westberlin war voll von dunklen Gegenden. Es konnte Monate dauern, bis Rainer seinen Bruder fand.

Er schnappte sich seine Jacke und hinterließ neben dem Telefon einen Zettel mit der Notiz, dass er sich alle halbe Stunde melden würde. Er sei nur zum Kurfürstendamm rüber. Dort hoffte er, Lutz aufzugabeln. In der Gesellschaft von ein paar Studenten, die zusammen gekifft und die Zeit vergessen hatten. Oder bei einer Demo, bei der Lutz Kaugummis verteilte. Doch falls er ihn dort nicht auftrieb, musste er zur Polizei gehen und fragen, ob sie Lutz verhaftet hatten.

Lutz und Lucy plantschten in voller Montur im Swimmingpool. Sie hatten sich einfach vom Beckenrand in den verführerischen hellblauen Ozean fallen lassen.

»Wasser ist so schön nass«, sagte Lutz.

»So feucht«, bekräftigte Lucy, inzwischen voll high. »Ich strebe nach einem Leben fernab der Normen. Völlige Selbstbestimmung.«

»Du hast wundervolle Haut«, schwärmte Lutz, als er ihren Arm streichelte. In seinem Zustand hätte er dasselbe wahrscheinlich auch über grobes Sandpapier gesagt, aber wie alle Mädchen stand Lucy auf Komplimente über ihr Äußeres.

»Ich creme mich jeden Tag ein«, verriet sie ihm.

»Ich weiß, wie der Maoismus siegen wird!«, jubelte Lutz ganz plötzlich und klatschte mit seinen flachen Händen laut auf die Wasseroberfläche.

Lucy legte ihm einen Finger auf die Lippen, damit er schwieg. »Psst! Du darfst es nur mir sagen.«, Sie zog ihn ganz nahe zu sich heran, als hätte er den Lageplan zu einem geheimen Goldschatz bei sich.

Lutz sah sich verschwörerisch nach den drei subversiven Gestalten um, die lang ausgestreckt in den Liegestühlen ihren Trip genossen.

»Wir müssen Walter Ulbricht als Staatsratsvorsitzenden aus dem Amt entfernen«, flüsterte Lutz seiner Angebeteten zu. »Und dafür wählen wir dich. Mit einer Schönheit wie dir vernichten wir den Kapitalismus! Weil der Sozialismus viel hübscher ist.«

Lucy lächelte und zog ihren Verehrer unter Wasser, wo sie ihn mit einem Kuss auf den Mund belohnte. Lutz schwebte für einen Moment, bevor er zum Luftholen wiederauftauchen musste.

Am Bahnhof Zoo erkundigte sich Rainer bei jüngeren Leuten, ob hier heute eine Demonstration geplant sei. Keiner wusste was. Also fragte er auch ältere Passanten, ob ihnen in der Gegend seltsame Gestalten über den Weg gelaufen seien.

»Ja. Sie zum Beispiel!«, bellte ihn eine Rentnerin an, die aus dem Kaufhaus gegenüber der Bahnbrücke kam. Es war ihm häufiger aufgefallen, dass die Trümmerfrauen, die den Krieg miterlebt und anschließend den Schutt weggeräumt hatten, aus anderem Schrot und Korn waren. Junge Mädchen waren umgänglicher als die alte Generation. Er war froh, dass er nicht mit einer Kratzbürste ins Bett gehen musste, dass Barbara keine Schreckschraube war mit einer fiesen Hochsteckfrisur, die aussah wie ein Helm für den Luftschutzbunker.

Genau mit so einer altmodisch wirkenden Frau unterhielt sich der Politkommissar vor dem Eingang zum Kaufhaus. Sie rauchte eine Zigarette, während Michalke ihre vollen Einkaufstüten hielt. Die beiden waren in ihr Gespräch vertieft und hatten Rainer auf dem gegenüberliegenden Bürgersteig nicht bemerkt. Überdies fuhren auf vier Spuren eine Menge Autos zwischen ihnen, zwei in Richtung Europa-Center und zwei stadtauswärts in Richtung Funkturm und Messegelände.

Rainer machte ein paar Schritte auf die nächste Verkehrsampel zu, um die Straße zu überqueren und Michalke zu begrüßen, denn es machte wenig Sinn, Lutz' Verschwinden länger zu verheimlichen. Doch dann sah er eine männliche Gestalt mit Hut und Mantel, die ihn zurückschrecken ließ: Oberst Dombrowsky, der ein Schälchen Currywurst in den Händen hielt, gesellte sich zu Michalke und der Frau. Er futterte mit Vergnügen und machte nicht den Eindruck, als würde er sich im Feindesland bewegen; eher wirkte er, als unternähme er einen gemächlichen Einkaufsbummel. Ja, ganz ungeniert frönte er dem kapitalistischen Amüsement. Zudem schienen die drei Personen erstaunlich vertraut miteinander, jetzt gerade spazierten sie los. Michalke schleppte prall gefüllte Tüten mit dem Aufdruck von Kaufhäusern und Supermärkten. Die gesetzte Dame hakte sich bei Dombrowsky unter, als wäre sie seine Gattin.

Instinktiv heftete sich Rainer den dreien an die Fersen. Vielleicht war es gar nicht verkehrt, etwas Belastendes gegen den Oberst und den Politkommissar in der Hand zu haben, falls sie versuchen sollten, ihm und seinem Bruder aus irgendetwas einen Strick zu drehen.

Für einfache Leute aus dem Arbeiter- und Bauernstaat hatten die drei enorm viel eingekauft – und damit den Konsum im Westen angekurbelt. Der marxistisch-leninistischen Weltanschauung entsprach das auf keinen Fall. Und wo hatte der Oberst das nötige Geld dafür her? Von Verwandten hier, die ihm finanziell unter die Arme griffen? Und wer war diese Frau? Seine Mätresse?

Rainer folgte ihnen bis zum Bahnhof Zoo, wo sich das ältere Paar herzlich und mit Wangenküsschen von Michalke verabschiedete. Michalke übergab dem Oberst einige Tüten mit Markenwaren, die Dame tätschelte ihm mütterlich das Gesicht. Dann liefen sie hoch zum S-Bahnsteig. Rainer nahm es in Kauf, dass er Michalke inmitten der Passanten aus den Augen verlor; ihn interessierte jetzt nur Dombrowsky. Er mischte sich in einen Pulk von Fahrgästen und stieg die Treppen hoch. Am Bahnsteig angekommen, orientierte er sich eilig, um dem Oberst nicht über den Weg zu laufen.

Die meisten Reisenden hatten Koffer dabei und bewegten sich zum Fernbahngleis, auf dem ein Zug nach München erwartet wurde. Da der normale Westberliner die S-Bahn boykottierte, weil sie von der DDR-Reichsbahn betrieben wurde, um Devisen zu verdienen, war es auf dem Bahnsteig relativ menschenleer. Es war nicht schwer, Dombrowsky und die Unbekannte im Auge zu behalten; die Herausforderung bestand darin, nicht von ihnen entdeckt zu werden. Der Oberst war ein Profi, das

war Rainer klar. Er versteckte sich an einem Wartehäuschen.

Der Zug fuhr vor, das Paar stieg ein in Richtung Friedrichstraße, in die Hauptstadt der DDR. Die beiden waren
ganz offenkundig eingedeckt mit Gütern, die auf dem
Schwarzmarkt drüben das Monatsgehalt eines Proleta-
riers weit überstiegen. Rainer hielt sich keineswegs für
naiv, und dennoch war er geschockt von seiner Entdeckung. Immer wieder gab es Gerüchte, dass viele Par-
teibonzen es in ihren Einfamilienhäusern dekadent kra-
chen ließen. Dass internationale Bedarfsartikel exklusiv
für sie angeliefert wurden. Doch nun hatte Rainer es mit
eigenen Augen gesehen: Der Sozialismus war korrupt. So
wie der Kapitalismus. Nur dass der Sozialismus, an den
er glaubte, sich für das moralisch überlegene System
hielt. Weil angeblich alle konsumorientierten Barbaren
im Westen lebten. Aber das war Parteipropaganda von
Verrätern wie dem Oberst. Und dem Politkommissar. Und
dafür würden die beiden bezahlen. Rainer wusste nur
noch nicht, wie.

13

Um ihre Mondmission zu testen, schossen die Amerikaner 1961 als Erstes einen Schimpansen ins Weltall. Doch es gab Fehler bei der Navigation, so dass die Kapsel ins Meer stürzte. Da der Affe wie ein Astronaut festgegurtet war und sich nicht selbst befreien konnte, bangte die Bevölkerung mit dem Tier, aber es konnte kurz vor dem Ertrinken gerettet werden.

So auch Lutz. Übermütig vom LSD, ließ er sich im Swimmingpool treiben und sank tief hinunter. Fast bis auf den Grund. Lucy war längst in einem Gästezimmer zu Bett gegangen, nur die Gammler aus ihrer Clique räkelten sich weiter gemütlich in den Liegesesseln. Doch alsbald bemerkten sie, dass Lutz bereits länger unter Wasser war. Zwei von ihnen sprangen in voller Bekleidung mitsamt Cowboystiefeln in den Pool und zogen Lutz eilig heraus. Dieser fühlte sich innerlich wie der Messias, der von seinen Jüngern auf Händen getragen wird. Körperlich hingegen ging es ihm nicht so gut. Er lag flach wie ein Schellfisch in der Pfanne am Beckenrand und spuckte gechlortes Wasser aus. Einer der Freaks drehte ihn in die stabile Seitenlage, wie er es für die Führerscheinprüfung gelernt hatte. Mit dem eigenen Arm unterm Kopf kam Lutz allmählich zu Atem und hustete.

»Der hat ja gerade mehr Flüssigkeit geschluckt als ich am ganzen Abend in der Kneipe«, scherzte einer der Langhaarigen, erleichtert, dass es hier keinen tödlichen Badeunfall gegeben hatte, den er seinem reichen Onkel hätte erklären müssen. Der hatte Westberlin nach dem Bau der Mauer verlassen und war nach England umgesiedelt. Seine Villa wollte er behalten, obwohl viele Hausbesitzer panisch verkauft und viel Geld verloren hatten. Sein Neffe verwaltete für ihn das Gebäude und hatte daher einen Schlüssel.

»Meine Kaugummis«, lallte Lutz. Sein Unterbewusstsein schien ihm zu suggerieren, dass es wichtig war, darauf zu achten.

Einer der Gammler griff sich die Jeansjacke, die Lutz vor dem Baden ausgezogen hatte, wühlte in den Taschen und fand eine Packung. Er nahm einen Streifen heraus und steckte ihn Lutz ganz vorsichtig in den Mund. Wie in Zeitlupe begann Lutz, seine Kiefer in mahlende Bewegung zu versetzen. Zwar sabberte er dabei wie ein Geriatrie-Patient, doch allmählich weichte die Kaumasse zwischen seinen Zähnen auf.

Während Rainer sich um seinen jüngeren Bruder sorgte, war der Politkommissar äußerst ungehalten. »Der Vaterlandsverräter ist stiften gegangen«, mutmaßte Michalke mit schneidender Stimme.

»Lutz? Niemals! Außerdem ist eine Mauer um die Stadt. Wo soll er denn hin?«

»Wir haben hier einen Flughafen. Von Tempelhof kommt er mit seinem Ausweis ins gesamte westliche Bundesgebiet.«

»Aber er hat doch gar kein Geld für eine Flugreise.«

»Und wenn er heimlich nebenher Geld verdient hat?«

»Wie das denn? Der war doch nicht irgendwo kellnern.«

»Dein Bruder ist ein Lump.« Michalke war nicht davon abzubringen, dass Lutz die Gelegenheit genutzt hatte, um im kapitalistischen Feindesland unterzutauchen. Für ihn war es kein Zufall, dass die Republikflucht just an dem Tag begangen wurde, als er selbst, Michalke, im Osten beim Zahnarzt war und anschließend mit seinen Eltern im Westen Geschenke zu deren 40. Hochzeitstag besorgte. Der Genosse musste dahintergekommen sein, dass sein Vorgesetzter heute komplett für seine Familie verplant und außer Dienst war.

»Vielleicht wurde er gezwungen, die Kaugummis mitzuessen.« Rainer hoffte, dass Lutz nur irgendwo seinen Rausch ausschlief.

»Na, klar! Die Kaugummis!« Michalke schlug sich an die Stirn. »Die dumme Sau hat die Dinger nicht verteilt, sondern verkauft! Damit könnte er bereits ein paar hundert Mark gemacht haben.«

Rainer zuckte zusammen. Das war ja genau sein Geschäftsprinzip, mit dem er gerade bequem zu Geld kam. Seinem Bruder traute er das nicht zu. Dann hätte er ihn völlig falsch eingeschätzt.

»Dafür gehen eure Eltern jahrelang in den Knast«, drohte der Politkommissar, obwohl solche Entscheidungen außerhalb seiner Machtbefugnisse lagen. Allerdings war es wahrscheinlich, dass man die ganze Familie für Lutz' Fehlverhalten bestrafen würde.

»Ich werde sagen, dass du nicht aufgepasst hast«, konterte Rainer mit dem Mut der Verzweiflung. »Dann kommst du auch nach Bautzen.«

Michalkes Miene gefror für eine Sekunde, dann jedoch grinste er siegesgewiss. »Ich«, er betonte jede einzelne Silbe, »ich werde niemals von der Partei oder der Justiz eingebuchtet werden. Merk dir das.«

Er hob einen Zeigefinger und hielt ihn bedrohlich nahe an Rainers rechtes Auge. In diesem Moment fiel Rainer ein, woher er die ältere Dame kannte, die er mit Dombrowsky und Michalke am Kaufhaus und am Bahnhof Zoo gesehen hatte. Sie war eine hohe Richterin beim Obersten Gericht der DDR an der Invalidenstraße. Er selbst hatte dort mal in Ausübung seines Dienstes einen Angeklagten vorgefahren. Während der gesamten Verhandlung hatte Rainer im Saal anwesend sein müssen, obwohl der Staatsfeind die ganze Zeit in Handschellen gewesen war. Er hatte Ehrfurcht vor der Frau in der Robe gehabt. Sie hieß Renate Michalke und war, das wurde ihm jetzt klar, Gerd Michalkes Mutter.

Und die Justiz der Deutschen Demokratischen Republik war der SED unterstellt. Rainers Vorgesetzter hier war nicht irgendwer, sondern der Sohn einer führenden Richterin und eines SED-Bonzen. Der Oberst musste sein Vater sein. Gegen Michalke auszusagen würde wohl keinen Sinn haben. Genauso gut hätte Rainer zum Todesstreifen rennen und darauf warten können, dass ihn entweder die Selbstschussanlage oder ein NVA-Grenzer niederknallte.

Manfred war die einzige männliche Person im Raum. Das Haus gehörte einer Gewerkschaft, die ihren Mitgliedern für Treffen, Veranstaltungen oder Sitzungen entsprechende Räumlichkeiten zur Verfügung stellte. Die Wände des Zimmers waren mit einer Art Wandzeitung tapeziert, nicht mit richtigem Kleister, nur mit Tesafilm angeheftet. Eine feministische Frauengruppe tagte hier in der Obhut der Arbeitnehmerorganisation, denn es war bei vergleichbaren Vorträgen von Frauenrechtlerinnen schon zu Übergriffen durch aufgebrachte Männer gekommen, die ihre Ehegattinnen an den Ohren aus solchen subversiven Zusammenkünften herausholten.

Manfred verdiente sich ein paar Mark dazu, indem er auf die Sicherheit der Teilnehmerinnen achtete, aber er verdiente noch einiges mehr dazu, indem er die Kämpferinnen mit Hasch belieferte.

Durch den Job wurde er regelmäßig mit den Pamphleten an der Wand konfrontiert. Er konnte sie fast auswendig: *Emanzipation vom Patriarchat. Grundlegende*

Veränderung der Normen der Gesellschafft. Eine neue Geschlechterordnung. Die Abschaffung des Sexismus. Die Befreiung der Frau von ihrer traditionellen und auch selbstgewählten Knechtschaft durch den Mann. Manfred hatte nichts gegen Frauenbewegungen. Allerdings dachte er bei dem Begriff eher an kreisende Bewegungen, auch wenn ihm klar war, dass es den Aktivistinnen genau um diese Sicht ging. Aktuell bereiteten sie Feierlichkeiten und Informationsabende zum Thema *50 Jahren Frauenwahlrecht* im Jahr 1968 vor. Manfred hielt das alles nur in bekifftem Zustand aus.

»Das sind Westberlins letzte Joints!«, rief er und reckte fünf Stück in die Luft. Er posaunte das nicht heraus, um den Absatz seiner Ware anzuheizen, sondern weil er wirklich auf dem Trockenen saß. In seinen Kreisen wurde dermaßen viel Marihuana konsumiert, dass er kaum noch was für sich selber hatte.

Frühmorgens klingelte und klopfte es hektisch an der Wohnungstür. Rainer eilte hin, in der Hoffnung, dass es sein Bruder sei. Doch es war Barbara. Nicht, dass er enttäuscht gewesen wäre, er hatte sie nur völlig vergessen, seit er sie gestern Mittag im Park getroffen hatte. Barbara, die sich in der Wohnung auskannte, ging an ihm vorbei in die Küche, griff nach einer Flasche Milch und nahm ein paar Schlucke. Sie wirkte unruhig, als hätte sie ihm etwas zu beichten.

»Was ist denn los?« Rainer versuchte, mitfühlend zu wirken, obwohl er seines Bruders wegen selber Zuspruch gebrauchen konnte.

»Mein Hasch ist alle«, sagte sie mit einem Blick, als müsste sie verhungern.

»Was ist denn mit deinem Freund? Diesem Manfred?«

»Der ist momentan schwer beschäftigt.«

»Muss er für die Uni lernen?«

»Frag nicht so viel. Das geht dich nichts an.«

Ohne ihre Joints war Barbara war manchmal etwas dünnhäutig. Rainer ließ sie in Ruhe.

»Sind wir hier allein?«, fragte sie, jetzt schon umgänglicher.

»Leider. Mein Bruder ist abgetaucht. Schon fast zwei Tage.«

Barbara nahm es zur Kenntnis. Sie zog trotzdem die Küchentür zu, damit das, was sie zu erzählen hatte, in diesem Raum blieb.

»Das bleibt aber unter uns, kapiert? Der Manfred ist Nachschub besorgen.«

»Du meinst, er ist Drogen kaufen?«

»Wir sagen ›Schokoladentafeln‹. Sicherheitshalber.«

»Und wo kauft er die Schokolade?«

»Na, in Afghanistan.«

»Wieso denn das?«

»Weil es nur in Afghanistan Schwarzen Afghanen gibt.«

»Aha. Das ist eine ganz besondere Sorte Schokolade, oder wie?«

»Die beste.«

Die Studenten hatten sich verkleidet wie Clowns im Zirkus. Sie tanzten zwischen parkenden Autos am

Straßenrand entlang. Die kleinen Kinder am Kurfürstendamm staunten erfreut über die bunte Truppe und erwarteten wohl eine Sondervorführung – die es auch gab, jedoch nicht so, wie es sich die Eltern der Steppkes wohl gewünscht hätten. Denn die Jungs in den Kostümen waren voll auf LSD und trugen handbemalte Schilder mit sich, auf denen »Tuut! Tuut!« und »Brumm! Brumm!« stand. Auch Lutz hielt einen dieser beschrifteten Pappfetzen hoch. Ungeachtet seines desolaten Zustands hatte er in erstaunlich gut leserlichen Lettern »Peng! Peng!« auf sein Schild gekritzelt.

Viele Passanten schüttelten den Kopf über die ungezogenen Halbstarken, manche äußerten laut ihre Meinung zu dem Happening.

»Die Ohren sollte man denen langziehen!«

»Arschtritt und ab nach drüben!«

»Diese Penner! Mittags schon völlig bedröhnt!«

»Mit solchen Leuten haben wir den Krieg verloren!«

Ja, der Westberliner als solcher mischte sich halt gerne ein und gab seinen Senf möglichst ungefiltert zu allem und jedem dazu. Und nun mussten sich die braven Bürger von diesen ungehobelten Lackaffen auch noch mit Wasserpistolen bespritzen lassen! Doch statt mit Leitungswasser hatten die Freaks ihr Plastikspielzeug mit Schnaps gefüllt und hielten sich den Lauf von Zeit zu Zeit vor den offenen Mund, als würden sie sich selbst erschießen. Sie ballerten sich jedoch nur eine Ladung Alkohol rein, was die ausgelassene Stimmung in der Truppe noch steigerte.

Der ganze Pulk von etwa fünfzehn Studenten versammelte sich an der nächsten Bushaltestelle und mischte sich dort unter die Leute. Direkt hinter der großen Kreuzung beim Café Kranzler, gegenüber der Verkehrswacht. Zwei Beamte thronten dort in fünf Metern Höhe in einer verglasten Aussichtskabine, von der aus sie das gesamte Geschehen in dem verkehrsintensiven Bereich überblicken konnten. Als sie die nicht angemeldete Demonstration der schrägen Vögel bemerkten, griffen sie sofort zum Dienstapparat. Da es dort unten zu ersten Rangeleien mit wartenden Fahrgästen kam, informierten sie die Einsatzzentrale über eine mögliche Gefahrenlage unmittelbar an der größten Einkaufsstraße der Stadt.

Offizier 9-11 saß auf der Rückbank im Doppeldecker, so dass er die obere Etage voll im Blick hatte. Rechts neben ihm hockte Michalke, wie ein zufälliger Sitznachbar. Die Geheimdienstler starrten stur geradeaus, als würden sie sich nicht kennen.

»Mein Kontakt beim BND will dreitausend«, nannte der Offizier den Preis für die Akte. Denn er sah nicht ein, warum er nicht doppelt abkassieren sollte. Vom Westen und vom Osten.

»Ich bevorzuge ein Tauschgeschäft.« Michalke blieb bei der Linie von DDR-Unterhändlern, die möglichst keine hart erarbeiteten Devisen ins Feuer warfen.

»Ich kann es ja wohl schlecht aus eigener Tasche bezahlen«, entgegnete der BND-Mann.

»Ich liefere Ihnen doch nicht zwei Agenten und dreitausend Mark für ein Blatt Papier!«

»Wir sind hier eben im Kapitalismus.«

»Wucherpreise sind das!«

»In Ordnung«, lenkte der Offizier ein. »Sie kriegen Rabatt. Ich bin ja kein Unmensch. Dreitausend Mark und einen Ihrer Attentäter. Möglichst mit Parteibuch.«

»Von der Opposition? Die liefere ich Ihnen haufenweise aus.«

»Nein«, erwiderte 9-11. »Von der SED.« Da kam ihm eine noch bessere Idee. »Oder Ihren Geheimdienstchef.«

Die beiden sahen sich in die Augen, denn nun wurde es politisch hochbrisant. Auch für Michalke. Er hatte in der Hauptverwaltung Aufklärung studiert und dort öfter einen Mann gesehen, von dem er annahm, dass es sich um den legendären »Mischa« handelte, den Leiter des Auslandsnachrichtendienstes der DDR. Bisher hatte man Mischas Identität sogar gegenüber der CIA geheim halten können, nicht mal ein Foto oder ein Phantombild existierte von ihm. So konnte sich Mischa weltweit frei bewegen, für die westlichen Geheimdienste war er wie ein Gespenst.

»Dazu müsste ich wissen, wer er ist und wie er aussieht.« Michalke gab sich absichtlich nicht kooperativ.

»Wer ist denn dieser Dombrowsky, von dem Sie die Akte dringend haben wollen?« Der Offizier ließ nicht locker.

»Das geht Sie nichts an.«

»Das sehe ich anders. Wenn diese Unterlagen eine heiße Spur zu Mischa sind, dann verbrenne ich mir gewaltig die Finger, wenn ich Ihnen diese Akte besorge. Dann stellen mich die Amerikaner vor Gericht und hängen mich auf.«

»Sie hätten auch im Einwohnermeldeamt als Sachbearbeiter tätig werden können. Es hat Sie keiner gezwungen, zum Geheimdienst zu gehen. Aufgehängt zu werden ist eben Ihr Berufsrisiko.«

»Ich kann Sie mit einem Anruf auffliegen lassen«, drohte der Offizier. »Der US-amerikanische Stadtkommandant freut sich über jeden Kundschafter des Friedens, den er verhaften kann.«

Michalke wusste, dass das stimmte, und entschloss sich, zu kooperieren. »Dombrowsky ist ein Ex-Nazi. Wir wollen ihm den Prozess machen. Aber dafür brauchen wir die Unterlagen der NSDAP.«

14

Lutz und die LSD-Freaks stürmten den Linienbus, bevor andere Leute einsteigen konnten. Der Fahrer realisierte, dass hier was nicht mit rechten Dingen zuging, doch er wurde bedrängt und daran gehindert, über Funk in der Zentrale einen Alarm auszulösen. Als alle Studenten in ihren Horrorkostümen den Bus betreten hatten, bediente ihr Anführer die Hebel, um die Türen zu verschließen. In den hinteren Reihen machte sich Unmut breit, einige Fahrgäste waren auf diesen Blödsinn keineswegs versessen. Doch noch stand der Doppeldecker ordnungsgemäß an der Haltestelle.

Lutz, der eine gelbe Perücke auf dem Kopf trug, eilte die Stufen hoch, um mit seiner Wasserpistole herumzuballern. Mit gezückter Waffe eilte er zum Ende des schmalen Ganges, schnurstracks auf die zwei Männer zu, die allein auf der Rückbank saßen. Ganz professioneller Volkspolizist, legte er auf die beiden Herrschaften an und schoss dem Politkommissar einen Strahl Schnaps ins Gesicht. Michalke erkannte seinen Genossen trotz der Faschingsperücke, während Lutz sich kindlich amüsierte. Der BND-Agent erhob sich, entwendete dem berauschten Jüngelchen die Plastikpistole und drehte ihm den Arm auf den Rücken. Dann schob er den kichernden Lutz zur Treppe, wo er ihn mit einem kräftigen Tritt in den Hintern verabschiedete.

Lutz stolperte hinunter ins Erdgeschoss, wo ein Tumult ausgebrochen war, weil sich die Fahrgäste mit den Clowns rauften. Da niemand am Steuer saß, nahm sich Lutz dieser Aufgabe an, startete den Motor und trat aufs Gas. Mit einem heftigen Ruck setzte sich das wuchtige Fahrzeug in Bewegung. Dieses Anfahrmanöver war überraschend gekommen und holte mehrere Personen von den Beinen.

Auf einem Containerschiff wäre die Ladung verrutscht, hier steuerte Lutz mit überzogenem Schwung entgegen, so dass die Mehrzahl seiner Passagiere ins Taumeln geriet. Sobald er das Schlingern halbwegs beendet und den Bus stabilisiert hatte, gab Lutz Vollgas.

»Nächster Halt: Strandbad Wahnsinn!«, schrie er ins Mikrofon.

Der mehrspurige Kurfürstendamm hatte zwar keine Extraspur für den öffentlichen Nahverkehr, doch das wildgewordene Gefährt war bereits aufgefallen. Die meisten Autos fuhren zur Seite, als würde ein Krankenwagen mit Blaulicht und Sirene an ihnen vorbeirasen.

Beglückt lag Rainer neben Barbara. Sie hatten den Tag mit einer Runde Sex begonnen. Es bumste sich ganz gut auf der schmalen Matratze, die ihm in der beengten Zweizimmerwohnung als Nachtlager diente. Barbara hatte ihren Kopf auf seinen nackten Oberkörper gelegt, doch sie schaute traurig drein. Rainer bemerkte ihre gedrückte Stimmung.

»Was ist denn los?«, fragte er

»Ach, ich bin nur ein bisschen wehmütig. Das könnte am Hasch liegen.«

»Aber du hast doch gar kein Hasch mehr.«

»Das ist ja das Problem!«

»Gibt es denn in ganz Westberlin nur den einen Drogenhändler?« Rainers Neugier war auch geschäftlicher Natur.

»Ich kenne jedenfalls nur den einen.«

»Dabei kennst du doch sonst so viele Leute, oder?«

Barbara lächelte leicht geschmeichelt. »Das stimmt schon. Allein durch die Uni. Aber manchmal habe ich den Eindruck, ich kenne jeden irgendwie ein bisschen, aber niemanden so richtig. Und das wäre ganz schön oberflächlich.«

»Ich finde dich im Vergleich zu anderen hier nicht oberflächlich.«

Barbara hob den Kopf und sah ihrem momentanen Bettgenossen in die Augen. »Na ja, guck uns beide an. Wir schlafen miteinander. Aber wer du bist, weiß ich eigentlich gar nicht.«

Rainer runzelte die Stirn. Er war mit ihr ins Bett gegangen, weil sie so sexy war. Und so eine verspielte

Eigensinnigkeit hatte. Was an ihrem Drogenkonsum liegen konnte, wie ihm gerade bewusst wurde. Wer sie in Wirklichkeit war, konnte er auch nicht sagen.

»Wer bist du?«, riss ihn Barbara aus seinen Gedanken. Sie meinte es gar nicht so misstrauisch, wie es für ihn im ersten Moment klang. Denn er fürchtete natürlich, hier als Ost-Agent enttarnt zu werden. Rainer sammelte sich, bevor er antwortete.

»Ich bin ein Sozialist, der sich in eine Klassenfeindin verliebt hat.«

»Ach«, empörte sie sich, »weil ich amerikanische Zigaretten rauche, bin ich jetzt eine Imperialistin, oder wie?«

Rainer richtete sich auf. »Immerhin bombardiert die US-Armee das tapfere Nordvietnam. Und zwar die Nationale Front, die für die Befreiung vom Antikommunismus kämpft!« Er redete sich in Rage, bis er begriff, dass er sich wie sein Bruder Lutz anhörte. Der steigerte sich oft in Sachen so rein.

»Mir schmecken die ausländischen Zigaretten besser als deutsche Erzeugnisse«, sagte Barbara trotzig. Ihr Geschmackserlebnis schien ihr wichtiger als die politische Großwetterlage.

»Wenigstens ist das ein völkerverbindender Ansatz«, gestand er ihr zu – nicht ganz uneigennützig, denn er wollte nicht mit ihr streiten.

»Und die Besatzer beschützen uns vor den Russen!« Nun schlug sie sich klar auf die Seite des Westens. An einer Völkerverständigung mit der Sowjetunion und dem Warschauer Pakt war ihr nicht gelegen. Und gerade hatte sie mit einem eingeschleusten DDR-Aktivisten geschlafen. Wie er ihr das eines Tages beibringen sollte, das war Rainer überhaupt noch nicht klar.

Lutz drängelte den beigefarbenen Linienbus auf die Mittelspur, wo ein LKW eine Vollbremsung hinlegen musste, um in letzter Sekunde einen Zusammenstoß zu verhindern. Der Trucker hupte wütend, doch Lutz fühlte sich, als würde er eine Achterbahn auf dem Rummel steuern. Es ging ihm blendend. Im Unterschied zu vielen Insassen, denen allmählich übel wurde, weil das Fahrzeug nun einen radikalen Schlingerkurs nahm. Selbst die Studenten wurden blass im Gesicht, während Michalke und der Offizier sich oben am Vordersitz festhielten. Der BND-Mann trug eine Schusswaffe bei sich, die er mit der freien Hand unterm Trenchcoat hervorzog. Der Politkommissar bemerkte es und packte ihn am Arm.

»Was haben Sie vor?«

»Ich werde diesem durchgedrehten Rotzlöffel eins überbraten«, presste Offizier 9-11 mit schmallippiger Entschlossenheit hervor.

»Dann wird die Polizei Nachforschungen anstellen«, wandte Michalke ein, während der Bus wie auf hoher See bei starkem Wellengang schwankte.

Der Offizier hielt inne und wurde einsichtig. Er steckte die Kanone wieder weg. Dass er und sein Doppelagent die Aufmerksamkeit von übereifrigen Staatsbeamten auf sich zögen, wollte er lieber vermeiden.

Lutz kaute Kaugummi und freute sich wie ein Zwölfjähriger in einem Spielwarenladen. Er begriff nicht mehr, dass er hier kein Kinderspielzeug in Händen hielt, sondern einen mehr als zehntausend Kilogramm schweren Koloss mit leistungsstarkem Motor, dessen Masse der eines Panzers ähnelte und der sich mit Höchstgeschwindigkeit durch den dichten Berufsverkehr wälzte. Entsprechend massiv war die Straßensperre, die einen Kilometer entfernt von der Polizei im Eiltempo errichtet worden war, um die Amokfahrt zu stoppen.

Mobile Nagelgürtel gehörten zwar zur Ausrüstung bei solchen Einsätzen, doch vorerst verzichtete man darauf, da sich zahlreiche Passagiere in dem Bus befanden, die nicht gefährdet werden sollten. Wenn der Doppeldecker mit Gewalt ausgebremst wurde, aus dem Gleichgewicht geriet und umstürzte, würden viele Verletzte zu beklagen sein. Sicherheitshalber standen bereits mehrere Krankenwagen und medizinisches Personal hinter den Absperrungen, damit Erste Hilfe geleistet werden konnte.

Lutz kniff die Augen zusammen. Am Horizont nahm er blaues Licht wahr, das er ohne zu zögern für die Signale von Außerirdischen hielt. Er war ganz schön beeindruckt. Der Westen hatte Marsmenschen in der Bevölkerung! Wenn er der Partei über diese Entdeckung Bericht erstattete, dann würden sie ihn mit Orden überhäufen. Und die neue Wohnung wäre ihm sicher.

Hinter den Barrikaden aus Polizeiwagen und Stahlsperren, die bei militärischen Übungen verwendet wurden, stand ein VW-Bus mit einem Megafon auf dem Dach, aus dem blecherne Anweisungen schallten. An die Zivilisten, die Gegend zu räumen. An den Busfahrer, augenblicklich anzuhalten.

»Sie fügen Ihnen und unschuldigen Menschen unnötig Schaden zu!«, hallte es Lutz entgegen, der nicht wusste, woher plötzlich die lauten Stimmen kamen. Sie bestätigten ihn in seiner Annahme, dass er sich im Kontakt mit Marsianern befand. Zumal er immer weiter in den Radius dieses magischen Blaulichts hineinfuhr.

Lutz drosselte die Geschwindigkeit des Omnibusses, denn er wollte den Besuchern von dem eiskalten Planeten einen höflichen Empfang bereiten. »Man hat immer nur eine Chance, einen ersten Eindruck zu hinterlassen«, ging ihm die stete Mahnung seines Vaters durch den Kopf.

Umso verärgerter war er, als die Marsmännchen den Bus stürmten, ihn gewaltsam zu Boden drückten und in den Schwitzkasten nahmen.

Rainer war allein zuhause und guckte Westfernsehen. Es lief eine Gesprächsrunde, in der ein Journalist in einem dunklen Raum zwei Männern gegenübersaß. Die Scheinwerfer spendeten gerade genug Licht, dass man die Gesichter erkennen konnte, die zeitweise von Tabakqualm vernebelt wurden. Einer der Männer, ein älterer Herr mit schwarzem Anzug und Krawatte, rauchte Pfeife, der andere Zigaretten. Der Zigarettenraucher war höchstens fünfunddreißig, ein Geschichtslehrer von einem Gymnasium in Bremen; er trug ein Hemd mit Streifen und ein Feincord-Sakko. Mit schmalen Lippen propagierte er die Aktualität der Schriften von Karl Marx, die auch nach über hundert Jahren noch gültig seien – obwohl *Das Kapital* in einer Zeit erschienen war, als es weder Elektrizität noch Automobile gab. Auch kein Telefon, und schon gar keine Flugzeuge. Vom Fernsehen, in dem die beiden Kontrahenten hier gerade live auftraten, ganz zu schweigen.

Sein Gegenüber war ein Unternehmer aus dem Ruhrgebiet, der es mit einem Familienbetrieb im Maschinenbau zu einigem Wohlstand gebracht hatte Er konnte die Verklärung des Kommunismus nicht nachvollziehen. »Wissen Sie, wie wir Karl Marx immer nennen?«, fragte er den Journalisten und den Lehrer. »Karl Murks nennen wir den, weil er nur Murks verzapft hat!«

»Ungeheuerlich!«, protestierte der Pauker. »Marx ist ein Prophet! Er hat die Verelendung der Arbeiterklasse analysiert.«

»Die Verarmung der Arbeiterklasse findet aber im Sozialismus statt«, entgegnete der Maschinenbauer. »Bei uns im Westen herrsch Vollbeschäftigung.«

»Nun, meine Herren«, schlug der Journalist einen moderaten Ton an, »unzweifelhaft sind die Bücher von Karl Marx mehr Heilslehre als volkswirtschaftlich anerkannte Analysen, aber trotzdem geht von ihnen auch heute noch eine Faszination aus. Wie erklären Sie sich das?«

»Weil an unseren Schulen offenkundig dummes Zeugs gelehrt wird!«, polterte der rundliche Geschäftsmann mit einem Seitenhieb auf den Lehrer.

»Es ist unsere edelste Aufgabe, die Jugend vor dem Kapitalismus zu warnen«, erwiderte der Staatsbeamte.

»Die Ausbeutung durch das Kapital führt zum Umsturz. Was ist falsch an dieser Theorie?«, fragte der TV-Journalist.

»Nichts«, reagierte der Geschichtslehrer prompt. »Nach dem Aufstand wird vergesellschaftet, die Betriebe werden von den Bonzen an die Arbeiter übereignet. Dann sind alle Menschen frei.«

Der Maschinenbauer hob die Augenbrauen und nahm genüsslich einen Zug aus seiner Pfeife.

»Jetzt hören Sie mal gut zu, junger Mann«, maßregelte er den Lehrer, nachdem er gemächlich den Rauch ausgeatmet hatte. »Was weder Sie noch Karl Marx begriffen haben, ist, dass nicht alle Fabriken und Firmen Erfolg haben können. Der Markt entscheidet, welche Produkte die Leute kaufen und welche nicht. Das bedeutet, es werden Firmen pleitegehen, Menschen werden arbeitslos. Und da nützt es denen gar nichts, wenn sie Teilhaber des Betriebs sind. Denen gehören dann horrende Schulden. Womit wir wieder Hunderttausende arme Leute produzieren. Insofern ist das alles Murks, was Karl Marx sich da zusammengereimt hat.«

Rainer hätte gerne weiter zugeschaut, aber die Wohnungstür wurde aufgeschlossen und er machte den Fernseher sicherheitshalber aus.

Er hatte gehofft, seinen Bruder in die Arme schließen zu können, doch es war nur der Politkommissar.

Michalke sah ihm an, dass er enttäuscht war. »Wir müssen reden.«

Rainer verunsicherte die Ernsthaftigkeit im Gesichtsausdruck und Tonfall des Genossen. »Ist was passiert?«

»Nun ja. Sieht aus, als wären wir hier zukünftig nur noch zu zweit als linke Volksfront.«

»Oh Gott! Gibt es was Neues von meinem Bruder?«

Michalke stemmte die geballten Fäuste in die Hüften.

»Leider ja. Er ist von der Polizei verhaftet worden.«

Rainer atmete erleichtert aus. Und ließ sich aus Sofa plumpsen. Am liebsten wäre er seinem Vorgesetzten um den Hals gefallen, aber das wäre in seiner Personalakte vermerkt worden. Und er wollte nicht als seelisch unausgeglichen eingestuft werden.

Der Politkommissar nahm aus seinem Kleiderschrank eine der Einkaufstüten heraus, die er vom Ku'damm-Bummel mit seinen Eltern mitgebracht hatte. Unter einem Pullover befand sich ein Paket mit vielen Packungen Kaugummis. Er stapelte sie vor Rainer auf dem Nachttisch. Das Treffen mit dem Oberst hatte demnach nicht nur familiäre Gründe gehabt, doch diese Erkenntnis behielt Rainer für sich.

»Ich dachte, man soll LSD im Kühlschrank aufbewahren?«, lenkte er Michalkes Aufmerksamkeit auf die begrenzte Haltbarkeit der Droge.

»Deswegen habe ich im Schlafzimmer keine Heizung an«, belehrte Michalke seinen Untergebenen. »Weil wir hier verderbliche Waren lagern. Aber wir haben ein ganz anderes Problem: Lutz sitzt im Knast. Und er war voll high. Wenn dieser Anfänger ausplaudert, dass wir hier diesen Sprengstoff bunkern, dann geht es uns an den Kragen.«

Michalke musterte Rainer und wartete auf eine Reaktion. Rainer nickte ihm zu. »Heißt: wir müssen es woanders verstecken. Der kälteste Ort im Haus ist der Keller.«

»Wenn die Herrschaften uns hier ausheben, dann nehmen die auch die Kellerräume auseinander. Wir brauchen einen klügeren Plan.«

Der Politkommissar wanderte durchs Zimmer, während Rainer auf die Matratze starrte, auf der er sich mit Barbara vergnügt hatte. Er wehrte sich kurz gegen den Gedanken, doch irgendwann würde er ihr sowieso reinen Wein einschenken müssen.

»Wie wäre es mit unserer Nachbarin aus dem zweiten Stock?«, schlug er vor.

»Das ist ein Hippie-Mädchen! Und wir können keine Mitwisser gebrauchen.«

»Sie ist politisch auf unserer Seite.« Wenn die Ware in Barbaras Wohnung lagerte, hatte *er* sie unter Kontrolle und nicht Michalke. Rainer gefiel diese Überlegung. Schließlich hatte LSD hatte einen erheblichen Marktwert. Es war wie bares Geld.

»Da oben geht es doch zu wie in einem Taubenschlag. Da weiß man nie, wer da übernachtet oder an den Kühlschrank geht.« Der Politkommissar schätzte die Lage realistisch ein.

»Das ist ganz einfach: Ich schlafe in Zukunft nur noch bei ihr. Dann kann ich drauf aufpassen.« Jetzt ließ Rainer die Hosen runter.

»Was bedeutet das? Haben Sie etwa ein Techtelmechtel mit dem Klassenfeind?«

»Ja.«

»Inklusive Geschlechtsverkehr?«

»Jawoll, Herr Genosse!«, salutierte Rainer militärisch. Sein Vorgesetzter winkte ab, doch dann schwenkte er plötzlich um. »Andererseits, vielleicht ist die Idee gar nicht so dumm. Und noch viel besser wäre, wenn sie nicht wüsste, dass wir was bei ihr lagern.« Nun grinste er siegesgewiss. »Besorg mir ihren Kellerschlüssel.«

Rainer war nicht nach Lachen zumute. Denn er wusste, dass er Barbara dafür hintergehen musste.

Die Polizeiwache in Westberlin sah nicht wesentlich anders aus als die im Ostteil der Stadt. Ein wuchtiges Amtsgebäude aus alten Zeiten, massiv gebaut, mit großen Steinquadern und hohen Decken. Lange Flure, von denen links und rechts Büros abgingen. Viel Hektik gab es hier selten, aber heute kam richtiger Lärm aus der Sammelzelle, die extra dicht am Haupteingang eingerichtet worden war, um kurze Dienstwege zu den Insassen zu haben.

Lutz presste sein verzerrtes Gesicht gegen den stabilen Drahtzaun, hinter dem er eingesperrt war. Um die Polizisten zu provozieren, streckte er seine Zunge durch die Drahtmaschen heraus. Auf LSD war er wie ein kleiner Junge im Trotzalter. Auch die anderen Freaks in ihren Clownsmasken führten sich auf wie antiautoritär erzogene Kinder. Sie kreischten und krakeelten, rüttelten an den Gittern oder hopsten auf den Sitzbänken herum.

»Scheiß USA! Für den Profit von Dollarsäcken muss ein ganzes Volk verrecken!«, wiederholte einer monoton eine Parole.

»Geh doch nach Vietnam und verteidige den Kommunismus!«, hielt ihm einer der geschädigten Fahrgäste lauthals entgegen.

»Ruhe!«, brüllte der Revierleiter. »Verdammt und zugenäht!«

Doch das stachelte die Studenten nur noch mehr an. »Ho-Ho-Ho-Chi-Minh!«, skandierten sie wie auf Kommando. Und sie reckten im Rhythmus ihre Fäuste.

Einer der Beamten knallte dreimal mit seinem Schlagstock gegen das Zellengitter, um für Ordnung zu sorgen.

»Wer von euch hat den Bus gefahren?«, rief er in die Sammelzelle.

»Ho-Ho-Ho-Chi-Minh!«, lautete die Antwort.

»Das war so ein Spinner mit gelber Perücke«, erinnerte sich einer der Zeugen. Worauf der Revierleiter die Gruppe in Augenschein nahm, ob er das Corpus Delicti fand. Tatsächlich entdeckte er es, doch der künstliche Haarschopf lag auf dem Boden. Jeder der LSD-Freaks konnte der Perückenträger gewesen sein.

»Lasst uns bumsen!«, schallte es plötzlich von den Gefangenen.

»Ja! Bumsen!«, gab es spontane Zustimmung. Und schon zogen sich die Ersten aus.

Die Polizisten sahen sich irritiert an. Die Bürger, die eigentlich nur zur Klärung des Sachverhalts beitragen wollten, mussten ebenfalls mit Schrecken ansehen, wie sich zwei Mädchen ihrer Büstenhalter entledigten, um schamlos ihre nackten Busen zur Schau zu stellen.

»Herr Wachtmeister! Unternehmen Sie was!«, beschwerte sich eine alte Dame, die im Wartebereich saß.

»Wir brauchen einen Gartenschlauch«, ordnete der Revierleiter an.

Lutz wusste nicht genau, wie er sich verhalten sollte. Er begriff zwar halbwegs, dass er hier gleich mit kaltem Wasser abgespritzt werden würde, hatte jedoch noch keine endgültige Entscheidung getroffen, ob er sich dafür lieber nackt ausziehen oder in seinen Klamotten bleiben sollte. Außerdem kreischten alle um ihn herum.

»Wir bumsen für den Frieden«, sagte er, um dem Happening noch einen politischen Sinn zu verleihen.

»Ich will hier weg!« Die alte Dame trat die Flucht an.

»Wasser marsch!«, befahl ein Beamter, worauf ein Kollege den Strahl durch die Gitter auf die tobenden Demonstranten richtete. Lutz schloss die Augen und ließ sich eiskalt abduschen.

Die vierzehn Stufen hoch zu Barbaras Wohnung fühlten sich für Rainer an, als wäre er zu Fuß in den zehnten Stock gegangen. Er musste irgendeinen lausigen Vorwand finden, um in Barbaras Keller zu gelangen. Er hasste es, sie beklauen zu müssen. Nicht als Volkspolizist, der sich möglichst treu an die Gesetze der DDR hielt, hasste er es, sondern als verliebter Mann.

Er klingelte und klopfte zusätzlich an die Tür. Schon hörte er ihre Schritte nahen. Sein Herz schlug schneller – er sträubte sich dagegen, seine Angebetete in all das mit hineinzuziehen. Sie zu einer unwissenden Komplizin zu machen. Niemals durfte sie herausfinden, wie schamlos er ihr Vertrauen ausnutzte.

Die Wohnungstür wurde einen Spaltbreit geöffnet. Von Manfred! Mit nacktem Oberkörper und nur mit einem Handtuch um die Hüften bekleidet. Rainer stockte der Atem. Hinter Manfred tauchte Barbara auf, erleichtert, dass nicht ihre Eltern, die sich zu einem ihrer Überraschungsbesuche entschlossen hatten, vor der Tür standen. Sie trug nur einen Slip und eine halboffene Bluse.

»Rainer! Du hast mich vielleicht erschreckt«, sagte sie. »Fast hätte ich meinen Joint in die Toilette geworfen und weggespült.«

»Entschuldige. Ich wollte nicht stören.«

»Ach was, wir sind schon fertig. Komm ruhig rein.«

Manfred trat zur Seite und machte eine hochherrschaftliche Geste mit anschließendem Diener, wie ein Hotelportier. Rainer zögerte, dann folgte er der Einladung.

Im Wohnzimmer war es stickig und es roch nach Marihuana. Ein unangenehmer Geruch, wie Rainer fand. Ein paar Skizzen lagen auf dem Boden herum. Rainer warf einen Blick darauf. Manfred bemerkte es und raffte die Blätter zusammen. Wenigstens waren es keine Aktzeichnungen von Barbara, so viel hatte Rainer noch erspähen können.

»Vergiss besser, dass du das hier gesehen hast.« Manfred deutete auf das halbe Dutzend Blätter. Das Gekritzel hatte nicht den Anschein erweckt, als wollte er Banknoten nachmachen. Allerdings wusste Rainer nicht, wie die Geldscheine in Afghanistan aussahen. Manfred trat nahe an ihn heran.

»Hör zu. Ich verdiene mir etwas Kohle nebenbei, okay?«

»Nun stell dich nicht so an, Manfred«, sagte Barbara und drehte Richtung Badezimmer ab.

Ihr Ton gefiel dem Haschdealer nicht, aber er nahm es locker. Schließlich hatte er bis vor einer Viertelstunde mit Barbara gebumst. Allerdings erst das dritte Mal, seit sie sich kannten.

»In Ordnung«, lenkte er ein und zeigte Rainer sein Werk.

Rainer betrachtete die mit Bleistift angefertigten Entwürfe. Sie sagten ihm nichts. Irgendwelche grafischen Motive, die alles oder nichts bedeuten konnten.

»Ich male Logos für revolutionäre Garden, verstehst du?«

»Nein.«

»Na, diese ganzen militanten Organisationen im Untergrund, die sich gerade überall gründen. Noch nie davon gehört?«

»Nein.«

»Puh. Mannomann. Bei dir muss man ja bei Adolf und Eva anfangen.« Manfred hatte den Eindruck, dass Rainer echt hinterm Mond lebte. »Also, pass auf: es geht um die antiimperialistische Stadtguerilla. Kapiert?«

»Äh? Nein.«

»Jessesmaria, bei dir braucht man wirklich Geduld. Es wird nicht bei friedlichen Demonstrationen bleiben. Alle möglichen Leute planen den bewaffneten Widerstand. Aber einer allein hat keine Chance. Deswegen bilden sie Banden. Für den Umsturz.«

Rainer schluckte. Er, Lutz und Michalke waren also nicht die Einzigen hier mit subversiven Staatsstreich-Fantasien. Gut zu wissen. »Sag das doch gleich! Es existieren konspirative Zellen, die auf eigene Faust versuchen, Westberlin endgültig in die Knie zu zwingen.«

»Nein«, schüttelte Manfred den Kopf.

»Sondern?«, war Geheimagent Kramer von der SED verdutzt.

»Es geht nicht allein um Westberlin. Die wollen Deutschland und den Kapitalismus kaputt machen. Keine Grenzen. Keine Nationen. Keinen Reichtum. Das volle Programm!«

»Und daran arbeitest du aktiv mit?«

»Na ja, die verschiedenen Gruppierungen sind sich teilweise schon spinnefeind, deshalb wollen die alle ein eigenes Logo haben. Um wiedererkannt zu werden. Wie ein Etikett. Jede Biersorte hat eines. Warum also nicht auch jede Guerilla-Organisation?«

Rainer wurde hellhörig, denn Informationen über Rotgardisten konnten nützlich sein, falls er in den Westen überlaufen würde.

»Und du malst denen diese Reklame?«

»Klar. Die zahlen gut. Revolution machen ist nicht billig.«

Barbara kam frisch geduscht im Bademantel dazu. Rainer warf nur kurz einen Blick zu ihr. Dann konzentrierte er sich wieder auf den halbnackten Drogenhändler.

»Angenommen, der Freiheitskampf gelingt! Was ist dann dein Ziel? Der Fidel Castro oder Che Guevara von Deutschland zu sein?«

Manfred griente einen Moment angesichts dieses Gedankens. Bis er eine saure Miene zog. »Ach, dieser ganze linke Wahnsinn. Ehrlich, ich möchte nicht in Kuba leben. Obwohl da oft tolles Wetter ist und überall Palmen rumstehen. Nein, ich will einfach auf angenehme Art mein Geld verdienen. Und wenn das hier nicht mehr geht, dann ziehe ich nach Paris. Oder ins Swinging London.«

Dass sich sein Widersacher ins nichtsozialistische Ausland absetzen wollte, gefiel Rainer schon besser.

»Sag mal, was wolltest du eigentlich von mir?«, fragte Barbara.

»Ach, das hat auch bis morgen Zeit«, druckste Rainer rum.

»Gut. Ist mir sogar lieber. Wie wäre es denn, wenn ihr beide jetzt verschwindet?«, bat sie. »Ich muss für eine Klausur üben.«

Lutz hatte auf Anweisung des Revierleiters die Arme durch die Gitterstäbe nach draußen gesteckt, damit ihm Handschellen angelegt werden konnten. Nicht, dass von ihm eine akute Gefahr ausging, aber die Beamten wollten ihn fixieren, um ihn vernehmen zu können. Die Protokollantin stand einsatzbereit daneben, um die Aussage in einen Schreibblock zu stenografieren.

»Gemäß Straßenverkehrsordnung der Deutschen Demokratischen Republik verhafte ich Sie hiermit wegen

Trunkenheit am Steuer«, lallte Lutz. »Ihr Fahrzeug wird konfisziert.«

Die Protokollantin blickte fragend zu ihrem Vorgesetzten, ob sie dieses wirre Zeug schriftlich festhalten sollte. Der Revierleiter zuckte mit den Schultern. »Der Spinner ist noch gar nicht vernehmungsfähig.«

»Kollege, dafür lege ich ein gutes Wort bei der Partei für dich ein.« Lutz sorgte sich schon um die Karriere des Revierleiters nach der Machtergreifung durch die SED.

Die Protokollantin, eine rundliche Mittvierzigerin mit strengem Zopf und Hornbrille, sah Lutz mitleidig an.

»Wussten Sie, dass LSD Heilkräfte hat?«, wandte sich Lutz fragend an sie. Die Protokollantin räusperte sich. »Vor allem bei Frigidität gilt es als Wunderwaffe«, fügte er hinzu. »Aber erst ab hundertfünfzig Mikrogramm.«

Sie notierte die Details. Der Revierleiter rieb sich die Augen. Er wusste, es würde eine lange Nacht werden. Bis er von diesen Gammlern irgendwelche juristisch verwertbaren Aussagen erhielt, das konnte dauern.

Rainer fand das Publikum im *Purple Haze* seltsam. Statt der Hippies liefen heute Abend fast nur hochanständig gekleidete Leute herum. Die Frauen in edlen Röcken, die bis zu den Knien reichten, die Typen größtenteils in Anzügen oder zumindest mit Sakko, Hemd und Krawatte. Dabei war die Musik identisch mit der, zu der sonst nur die Blumenkinder ausflippten. Auch die Spießer tanzten zu den Beat-Songs, von denen er mittlerweile einige echt stark fand.

Aber Rainer hatte auch bereits drei Longdrinks gegen seinen Frust gekippt. Weil das mit Barbara alles nicht so lief, wie er es sich erhofft hatte. Ein Gefühl wie Eifersucht kannte er kaum. Zwar hatten die Mädchen im Osten es teilweise auch faustdick hinter den Ohren, aber spätestens mit fünfundzwanzig suchten sie nach einem Bund fürs Leben. Strebten nach einer eigenen Familie und wollten Kinder. Wenn die sich einen Mann geangelt hatten, dann ließen sie ihn so schnell nicht wieder los.

Barbara hingegen war für Rainer ein kapitalistischer Kulturschock, denn sie benahm sich genau wie er. Sie konsumierte ihre Sexualpartner so, wie eine dekadente Westlerin jede Woche neue Nylons kaufte, bloß weil die alten eine Laufmasche hatten. Mit dem Unterschied, dass man es hier nicht »wüst in der Gegend rumbumsen« nannte, sondern »freie Liebe«. Was nicht dumm war: ein Etikett auf dieses Treiben draufzukleben, das nach einem erweiterten Horizont klang und nicht nach verdorbenen Moralvorstellungen.

»Na, wie laufen die Geschäfte?« Rainer blickte erschrocken nach rechts, von wem er da angesprochen worden war. Es war Manfred. Mit Cowboyhut.

»Na, immer noch nicht in Afghanistan?«, fragte Rainer zurück.

»Es fliegt nur eine Maschine pro Woche nach Kabul. Und die geht morgen früh. Ich muss die unbedingt kriegen, sonst verfällt mein Ticket.«

»Und du fliegst da hin, kaufst diese Drogen und kommst einfach wieder nachhause wie von einem Schulausflug?« Der Agent aus der Zone war doch ein Stückchen beeindruckt von der Freiheit des Westens.

Manfred rückte dicht an ihn heran. »Auch wenn der Sound hier laut und psychedelisch ist, würde ich dich bitten, etwas leiser zu reden, okay?«

Rainer sah es ein und nickte entschuldigend.

»Die Behörden kontrollieren Containerschiffe und Lastkraftwagen. Alles, was umfangreiche Ladung an Bord hat. Aber Flugreisende können ja schlecht tonnenweise unverzollte Güter einführen.« Offenkundig sprach Rainer aus der Erfahrung des Drogenschmugglers.

»Gibt es denn keinerlei Einfuhrkontrollen an den Flughäfen?«, fragte Rainer, verwundert über die laschen Grenzsicherungsmaßnahmen der Bundesrepublik.

»Selten. Wenn man mit Übersee-Koffern einreist, wollen die schon manchmal einen Blick reinwerfen. Ob da Schmuggelware versteckt ist. Aber ich latsche entspannt nur mit einer Sporttasche über das Rollfeld. Dass da kiloweise Marihuana drin ist, dafür sind die zu betriebsblind.«

»Dazu hätte ich wahrscheinlich nicht die Nerven.«

»Ich kiffe vorher auch immer. Aber, sag mal, hättest du nicht Bock drauf, dass wir hier abhauen und zu mir gehen?«

»Wie? Zu dir? Was wollen wir denn da?«

Manfred merkte, dass Rainer verunsichert war, und das amüsierte ihn. »Lass dich überraschen«, zwinkerte er ihm geheimnisvoll zu.

Rainer war mulmig, als Manfred hinter ihm die Wohnungstür abschloss. Er fühlte sich wie ein Teenager, der mit einem fremden älteren Mann in dessen Unterkunft mitgegangen war. Und der einzige Fluchtweg war nun versperrt.

»Hau dich gerne aufs Sofa«, sagte Manfred, aber Rainer blieb lieber stehen. Er bekam Gänsehaut und wurde das Gefühl nicht los, dass dieser langhaarige Hippie etwas Unsittliches mit ihm im Schilde führte. Als Volkspolizist hatte er mal einen Familienvater verhaftet, der auf einem Kinderspielplatz kleine Jungs angesprochen hatte, denen er eine Märchenhütte im Wald zeigen wollte. Bevor Schlimmeres passierte, war die Dienststelle von aufmerksamen Nachbarn informiert worden, woraufhin sie den Päderasten aus dem Verkehr ziehen konnten.

Manfred mixte zwei Drinks und bot seinem Gast ein Glas an. Rainer schlotterten die Knie. Er fragte sich, ob Manfred ein Schlafmittel oder eine gefährliche Substanz in den Gin Tonic gerührt hatte. Deswegen nippte er nur vorsichtig daran. Er sah ein Buch auf dem Boden liegen. *Die offene Gesellschaft und ihre Feinde*, lautete der Titel.

»Karl Popper statt Karl Marx«, sagte Manfred.

Rainer registrierte, dass der Autor Karl Popper hieß. »Ist das eine Pflichtlektüre an der Freien Universität?«

»Nein, aber es sollte Pflichtlektüre für alle Bürger werden. Popper plädiert für Versuch und Irrtum statt für Heilsversprechen wie den Kommunismus.«

»Aber Drogenkonsum ist doch auch ein Heilsversprechen, oder?«

Dieses einleuchtende Argument ließ der Hausherr gelten und nahm einen Schluck von seinem selbstgemischten Getränk.

»Hast du deinen Pass dabei?«, wollte Manfred wissen.

»Na, klar.«

»Was willst du für den haben?«

»Wie meinst du das?«

»Na, nenn mir einen Preis. Hundert Mark?«

»Dann habe ich zwar hundert Mark, aber keinen Ausweis mehr.«

»Quatsch! Du kriegst natürlich meinen.« Manfred tat so, als würden sie während einer Gruppensex-Orgie nur mal eben die Partnerinnen tauschen.

»Und was würdest du mit meinen Papieren anstellen?«

»Na, nach Afghanistan reisen, du Schlauberger!«

Rainer stellte sein fast volles Glas auf dem Sideboard ab.

»Fälschung von Reisedokumenten, Einfuhr von illegalen Gütern. Darauf stehen lange Gefängnisstrafen«, belehrte er Manfred.

»Hör mal, du schwafelst oft ganz schön konformes Zeugs. Bist du sicher, dass du nicht besser Polizist werden solltest, statt Lehrer?«

»Oh, das hast du falsch verstanden! Ich wollte eigentlich Anwalt werden, Strafrecht, aber dafür hat es bei mir nicht gereicht. Wie dein Karl schon sagte: Versuch und Irrtum.«

»Okay. Geschenkt. Lass uns zur Sache kommen.«

Manfred zog seinen Reisepass aus der Arschtasche der Lederhose und legte ihn auf die heruntergeklappte Ablage eines Sekretärs. Rainer betrachtete die dunkelgrüne Pappe mit dem aufgedruckten goldenen Bundesadler.

Manfred hielt ihm die offene Hand hin. »Ich bin Kunststudent. Deswegen ist das Fälschen eines Ausweises für mich eine gute Fingerübung.«

»Und der Cowboyhut gehört dann zum Klischee eines Künstlers?«

»Das ist kein Cowboyhut, sondern der eines Rangers. Die passen in Afrika auf die Elefanten auf und schützen sie vor Wilderern.«

»Meinetwegen.«

»Also, ist ein Hunderter in Ordnung für dich?«

Rainer war aus dem Mangelalltag im Osten eher Tauschgeschäfte mit Waren gewohnt. Wer Holz und Nägel benötigte, um etwas in der Wohnung auszubessern, der hatte vielleicht Kontakt zu einem Händler mit Südfrüchten, die er als Gegenwert anbieten konnte.

»Ich mach dir einen Vorschlag.« Rainer holte seinen Pass raus. »Während du weg bist, kann ich mich hier einnisten. Das wäre deine Gegenleistung für meinen Ausweis.«

Das fand Manfred irgendwie total strange. Wieso nahm der Typ nicht einfach die Knete wie jeder normale Mensch?

»Ich bin bekanntermaßen ein unbescholtener Bürger. Du wirst mit meinen Papieren doch keinen Unsinn anstellen, oder?«

»Nein, aber mit deinem Kühlschrank vielleicht.«

»Aha. Was hast du denn vor?«

»Na, irgendwo muss ich in der Zeit doch meine Lebensmittel lagern.«

Endlich hatte Rainer das passende Versteck für die LSD-Kaugummis gefunden. Hier war die Ware in Sicherheit vor dem Politkommissar und dem Oberst. Eine solide finanzielle Basis für eine Existenzgründung im Kapitalismus. Und Barbara brauchte er auch nicht tiefer in die Angelegenheit mit reinzuziehen. Darauf erhob er sein Glas und trank es aus.

16

In allen Einkaufsstraßen bildeten sich vor den Rundfunkgeschäften Menschentrauben, die gebannt auf die TV-Bildschirme in den Schaufenstern starrten. Ein Reporter stand an der Kreuzung beim Kurfürstendamm, von der aus gestern ein Linienbus seine wilde Fahrt durch die Innenstadt begonnen hatte.

»Eine Bande geistesgestörter Radaubrüder brachte am Nachmittag einen BVG-Doppeldecker in ihre Gewalt«, sprach der Reporter mit leicht dramatisierender Stimme in sein voluminöses Mikrofon.

Es folgten etwas wackelige Aufnahmen vom Ende der Amokfahrt, als der Bus auf die massive Polizeisperre zufuhr und anschließend von einer Einsatztruppe gestürmt wurde.

»Is ja wie in eenen Wildwest-Film«, war die Meinung der erschrockenen Anwohner und Passanten auf den Bürgersteigen.

Die unhandliche Kamera des Lokalsenders konnte keine Bilder aus dem Inneren des Busses liefern, aber man sah, wie die Polizei sämtliche an der Tat beteiligten Studenten dingfest gemacht und an die frische Luft verfrachtet hatte. Die Krawallmacher mussten sich mit ausgestreckten Armen flach auf den Asphalt legen, alle mit dem Gesicht nach unten.

»Dank des beherzten Eingreifens der Sicherheitskräfte hat man diesen Clowns das Handwerk legen können. Weitere Bilder dann in unserer Abendsendung«, versprach der adrette Reporter.

Rainer hatte einen dicken Schädel und die Glotze mittags noch nicht an, so dass die Ereignisse, die schnell zum Stadtgespräch geworden waren, noch gar nicht bis zu ihm vorgedrungen waren. Er war vielmehr damit beschäftigt, ein Geschirrhandtuch in möglichst eiskaltes Wasser zu tunken, um es sich gegen die Kopfschmerzen auf die Stirn zu packen. Das Läuten des Telefonapparats hieb wie ein Presslufthammer auf seinen Schädel ein. Er wollte die Schnur rausreißen, aber es konnte ja Lutz sein, der da anrief. Rainer hielt sich den Hörer fest ans Ohr.

»Das mit dem Omnibus war hervorragende Arbeit, Kramer!« Es war Oberst Dombrowsky, der ihn da am anderen Ende der Leitung lautstark lobte.

Rainer wusste mit der guten Laune seines Gesprächspartners nicht viel anzufangen. Und von einem Bus wusste er auch nichts.

»Danke. Ich gebe das Kompliment an die Kameraden weiter.«

»Da habt ihr Brüder den Laden ja ordentlich aufgemischt! Mensch, das ist mal ein Reisekader, der grenzenlos Freude macht!«

»Wir bemühen uns nur nach Kräften, den Auftrag zu erfüllen.«

»Na, mein junger Genosse, nicht so bescheiden! Wenn ihr weiter solche Unruhe stiftet, dann wird euch die Partei auf der Feier zum 150. Geburtstag von Karl Marx viel Konfetti ans Revers heften.«

»Heißt das, wir müssen rüber in den Osten?«

»Das ist ja wohl eine Ehre!«, bellte Dombrowsky zurück.

Für Berliner Verhältnisse war es reichlich neblig, die Sichtweite betrug maximal fünfundzwanzig Meter. Eine fette Dunstglocke hing über der Stadt, aber Michalke war froh über das Wetter, denn Offizier 9-11 hatte ein stillgelegtes Bahngelände als Treffpunkt vorgeschlagen. Und die milchige Suppe verhinderte zumindest, dass man die beiden aus der Entfernung beobachten konnte.

Die gespenstische Atmosphäre erinnerte ihn an den Staatsbesuch von Bundespräsident Lübke in der japanischen Hafenstadt Osaka. Er war nicht vor Ort gewesen, kannte aber das Bildmaterial, weil die Stasi den höchsten Staatsmann der Bundesrepublik natürlich bespitzelte. Lübke bedankte sich damals bei den Gastgebern mit den Worten: »Ich freue mich, in Okasa zu sein!«

Während die Japaner den kleinen Versprecher beim Ortsnamen Osaka höflich ignorierten, brach bei der mitgereisten deutschen Delegation peinliches Fremdschämen aus. Denn »Okasa« war ein bekanntes Potenzmittel für Männer mit Erektionsstörungen. Für Männer im Alter des Bundespräsidenten. Das Aphrodisiakum war deutschlandweit in Apotheken erhältlich. Nicht nur die westliche Presse berichtete amüsiert über diesen diplomatischen Fehltritt, auch im Ministerium für Staatssicherheit in Ostberlin war man hellauf erfreut. Denn Lübke hatte bei einer Neujahrsansprache im Fernsehen der BRD gezielt die Führung der DDR kritisiert. Er sprach von »totalitärer Herrschaft«, von der »Misswirtschaft« im Sozialismus, der »Unfähigkeit« der Funktionäre und der Unmöglichkeit, in Freiheit zu leben. Seitdem galt der CDU-Politiker als Staatsfeind.

Michalke war involviert, als die Stasi eine Rufmord-Kampagne gegen den Bundespräsidenten plante. Meldungen wurden lanciert, in denen behauptet wurde, Lübke sei im Dritten Reich am Bau von Baracken für Konzentrationslager beteiligt gewesen. Das Streuen von Nazi-Gerüchten sollte seine Karriere zerstören, doch Lübke überstand das Komplott. Man hätte es beim MfS wissen können, denn die Westdeutschen hatten den amtierenden Kanzler Kiesinger gewählt, obwohl er ein ehemaliges Mitglied der NSDAP war.

»Mit einer Nazi-Vergangenheit ist man im Kapitalismus nicht automatisch politisch erledigt«, sagte Agent 9-11 zu Michalke.

»Sie haben die Akte also gelesen«, ahnte der Politkommissar.

»Natürlich. Ich bin beim Bundesnachrichtendienst. Was haben Sie erwartet?«

»Haben Sie die Unterlagen dabei?«

»Das ist mir zu riskant. Ich verwahre sie an einem sicheren Ort.«

Michalke zog einen Revolver. Er hielt die Mündung in Richtung des BND-Offiziers. »Hände hoch!«

»Nein«, entgegnete Offizier 9-11. »Meine rechte Hand im Trenchcoat hält meine Pistole fest umklammert und auf Sie gerichtet.«

Michalke blickte zur Seitentasche des Mantels und bemerkte eine rundliche Wölbung unter dem Stoff.

»Was haben wir davon, uns hier gegenseitig abzuknallen?« Der routinierte BND-Agent bemühte sich, die Lage zu entspannen.

Michalke hielt seine Kanone weiter auf den Gegner gerichtet. Er spielte mit dem Gedanken, abzudrücken, in der Hoffnung, Offizier 9-11 tödlich zu treffen, bevor der seinerseits schießen konnte. Es war hochriskant, aber nicht unmöglich. Und es war unter Umständen die beste Lösung, denn die Akte befand sich im Besitz seines Gegenübers und nicht mehr im BND-Archiv. Und er hatte den Namen in den belastenden Dokumenten gelesen. Ein Formblatt über die Mitgliedschaft in Adolf Hitlers Partei. Aus dem Jahr 1940. Als der Krieg für die Wehrmacht glänzend lief. Dieses Papier musste vernichtet werden, jedoch gab es nun einen Mitwisser.

»Wir gehen jetzt jeder langsam ein paar Schritte zurück«, schlug der West-Agent vor.

Michalke schluckte. Er konnte den Kontrahenten eigentlich nicht gehen lassen. Andererseits durfte er auch nicht riskieren, dass die Akte in die Hände der Polizei oder des Nachrichtendienstes fiel. Er konnte seinen Gegner erst umlegen, wenn er das gesamte Material besaß.

»In Ordnung«, lenkte er ein.

Die Männer starrten sich in die Augen und machten vorsichtig mehrere Schritte rückwärts. Bis Michalke an der Wand des Lokschuppens anlangte und den Schutz des Gemäuers nutzte, um sich zu verdrücken. Der BND-Agent tauchte hinter ausrangierten Waggons ab. Beide waren froh, noch am Leben zu sein.

Rainer hatte seinen Kater mit einem starken Kaffee einigermaßen überwunden, aber sonderlich einladend sah es draußen nicht aus. Grauer Nebel verschleierte den Tag, und Rainer beschloss, die Wohnung heute nicht zu verlassen. Wahrscheinlich tat nach den hektischen Zeiten etwas Ruhe ganz gut. Zumal Rainer plante, die LSD-Kaugummis von Michalke gegen völlig harmlose aus dem Supermarkt auszutauschen. Damit er im alleinigen Besitz der drogengetränkten Ware wäre, mit der er ein dickes Geschäft machen konnte.

Mitten in diese subversiven Überlegungen hinein wurde die Tür aufgeschlossen. Rainer erwartete, Michalke zu sehen, den er über das Telefonat mit dem Oberst informieren würde. Aber plötzlich stand Lutz vor ihm! Rainer sprang vom Sofa hoch und musterte seinen Bruder wie einen Kriegsheimkehrer. Lutz sah mitgenommen aus, als hätte er mehrere Nächte in diesem Tanzschuppen durchgefeiert. Trotzdem hätte Rainer fast geweint vor Glück.

»Gott sei Dank!«, brachte er raus und umarmte Lutz.

Die Brüder hockten in der Küche und futterten aufgewärmte Ravioli aus der Konservendose. Rainer schmeckten die italienischen Nudelgerichte, die er hier in den letzten Wochen kennengelernt hatte. Noch war er in kein Restaurant gegangen, doch er wollte Barbara unbedingt mal schön zum Essen ausführen.

»Lutz, hast du was von einem Omnibus gehört?« Rainer hatte noch immer kein Radio angestellt.

»Ich weiß nicht, was wirklich passiert ist und was davon ich nur geträumt habe.«

»Aber unser Politkommissar wusste, dass du verhaftet wurdest. So viel steht schon mal fest.«

»Dann weiß es die Partei also auch bereits.«

»Ja, aber keine Sorge, der Oberst möchte uns nächstes Jahr zum Geburtstag von Karl Marx als Helden auszeichnen.«

»Aha. Ist Westberlin denn schon komplett irre geworden?«

»Keine Ahnung. Aber ich wäre durchgedreht, wenn dir was passiert wäre.«

Rainer war dankbar, dass sein jüngerer Bruder wieder bei ihm war und dass er wohlauf war. Lutz kaute auf den gefüllten Ravioli herum und nickte ihm mit vollem Mund zu.

Michalke wirkte gestresst, als er nachhause kam. Als er Lutz sah, löste sich seine Anspannung in einer für einen Politkommissar erstaunlich menschlichen Geste. Er packte Lutz an den Schultern und schüttelte ihn begeistert durch.

»Da ist ja unser Held!«

Rainer vermutete, dass Michalke bereits mit dem Oberst telefoniert hatte und die offizielle Parteimeinung zu den Brüdern Kramer kannte. Und an die hielt Michalke sich linientreu. Aber Rainer machte sich nichts vor. So schnell man die Gunst gewinnen konnte, so schnell war es auch möglich, sich den Unmut der SED-Funktionäre zuzuziehen und harte Konsequenzen zu erleiden.

»Wie machen wir nun weiter?«, wollte Lutz von Michalke wissen.

»Na, wir werden Westberlin komplett erobern«, antwortete der Politkommissar siegesgewiss.

»Wir wollen tatsächlich dieses Irrenhaus übernehmen, oder wie?«

»Jawoll. Eine Anstalt mit über zwei Millionen Insassen.«

»Die Mauer drum herum haben wir ja schon gebaut.« Lutz begriff nun die weltpolitischen Zusammenhänge.

»Hier kommt keiner raus«, bestätigte Michalke.

Rainer war das alles noch nicht so ganz klar. »Angenommen, wir schaffen es, sämtliche Einwohner auf LSD zu setzen. Was dann?«

»Na, dann kommen unsere Panzer«, sagte der Politkommissar.

Die Brüder Kramer brauchten einen Moment, um den letzten Satz sacken zu lassen. Rainer wurde klar, dass er sehr naiv an dieses Abenteuer herangegangen war. Er wollte den Auftrag der Partei, die Kaugummis unters Volk zu bringen, so gut wie möglich erfüllen. Sich dabei mal den Westen anschauen, um den Horizont zu erweitern. Dass er eine militärische Invasion vorbereitete, war ihm nie in den Sinn gekommen.

Auch Lutz begriff erst jetzt das Ausmaß der Aktion. Die SED wollte den Westen nicht friedlich mit LSD erobern, sondern mit Waffengewalt. Die Nationale Volksarmee würde einmarschieren und die drei Westsektoren besetzen. Zahlenmäßig waren die alliierten Truppen der NVA unterlegen, das wäre kein Problem hier vor Ort, doch die USA würden vielleicht einen Atomkrieg gegen die Sowjetunion und den Warschauer Pakt beginnen. Die ganze Welt würde in Flammen stehen, weil er und sein Bruder harmlos wirkende Kaugummis verteilten. Und dabei wollte Lutz doch nur eine größere Wohnung für die Familie zugeteilt bekommen. Aber nun fachte er unter Umständen den Dritten Weltkrieg an.

»Wie soll das denn vonstattengehen?«, fragte er, nun ängstlicher.

»Die Grenzübergänge werden abgeriegelt, der Schlagbaum geht dann nur noch für Militärfahrzeuge hoch. Zusätzlich werden unsere Streitkräfte von der sowjetischen Armee unterstützt. Dann rollen russische Panzer über den Kurfürstendamm.«

»Rechnen Sie denn mit Widerstand aus der Bevölkerung?« Rainer klopfte das Vorhaben auf eventuelle Schwächen ab.

»Nein. Es wird zu keinerlei Kampfhandlungen kommen. Alle sind unter Drogen gesetzt. Sie werden die Panzerverbände und Soldaten für eine Halluzination halten.«

»Aber dazu müssten sie doch erst mal wissen, dass sie auf LSD sind«, wandte Rainer ein.

»Wie meinen Sie das?«, entgegnete der Politkommissar irritiert.

»Na, um etwas als Halluzination bewerten zu können, müsste die Westberliner Bevölkerung ja wissen, dass sie voll high ist. Da die Leute jedoch meinen, ganz normale Kaugummis zu essen, wird wohl kaum jemand realisieren, dass ihre Wahrnehmungen unter Drogeneinfluss stattfinden. Sie werden die Panzer für echt halten.«

»Aber sie sind ja auch echt«, erwiderte Lutz.

»Wir kommen ja nicht mit Pappkameraden angerückt«, nickte Michalke und bestätigte so indirekt die geplante militärische Präsenz der Russen.

»Ob nun nüchtern oder auf LSD, die West-Bevölkerung wird die Einnahme ihrer Stadt nicht für einen Drogenrausch halten«, versuchte Rainer seinen beiden Mitstreitern klarzumachen. »Daher wird es zu Kampfhandlungen kommen. Es wird zurückgeschossen werden.«

»Dann brauchen wir sofort Maschinenpistolen und ausreichend Munition«, wandte sich Lutz aufgeregt an seinen Vorgesetzten.

Doch Michalke winkte ab. »Immer ruhig Blut. Bevor es zur Schlacht kommt, wird uns die Partei hier rausholen.« Er selber würde sich rechtzeitig aus dem Westteil der Stadt verdrücken, bevor scharf geschossen wurde.

»Genosse Kramer«, fuhr Michalke, zu Rainer gewandt, fort, »wie ist der Stand der Dinge mit der Nachbarin in Sachen Kellerschlüssel?«

»Meine Ermittlungen dauern noch an.«

»Wir hocken hier auf großen Mengen illegaler Substanzen. Dafür können die uns jahrelang einsperren. Morgen will ich eine Erfolgsmeldung hören!« Michalke machte nun Druck.

Pünktlich zum Abendbrot, wenn sich die Familie mit vollgepackten Tellern und ausreichend Bier rund um das einzige Fernsehgerät im Wohnzimmer versammelte, wurde die Nachrichtensendung im Lokalsender ausgestrahlt. Bei regionalen Großereignissen wollte keiner was verpassen, also verfolgten heute besonders viele Mitbürger die Berichterstattung über die Entführung des Busses samt anschließender Amokfahrt durch die vollbesetzten Straßen.

Auch Rainer, Lutz und Michalke waren gespannt auf die Bilder von der Aktion, die von den Studenten als Happening, von der normalen Bevölkerung als staatsgefährdend bewertet wurde. Dass die SED den spektakulären Streich sogar als »Planübererfüllung« einordnete, beruhigte die Brüder Kramer ein Stück weit.

Rainer spülte die zweite Kopfschmerztablette mit einem kühlen Pils runter, und der Politkommissar war angesichts der Resonanz aus der Parteizentrale fast schon kumpelhaft gelaunt. Lutz war nur froh, vom Rauschgift wieder genesen zu sein. Die Welt sah wieder aus wie Kartoffelsuppe und nicht wie LSD, sie schmeckte nach Rübeneintopf und nicht mehr nach Kaugummi. Dankbar trank er ein Glas Milch, als die ersten Aufnahmen über die kleine Mattscheibe flimmerten.

Die Reporter waren erst vor Ort, als der Bus bereits in gemäßigtem Tempo auf die Polizeibarrikaden zu schlingerte, von der rasanten Fahrt existierte nur ein unscharfer Schnappschuss, der einem Touristen aus Düsseldorf mit seinem Fotoapparat gelungen war. Daher konzentrierte sich der Fernsehbeitrag größtenteils auf den Zugriff der Einsatzkräfte und die Festnahme der militanten Studentengruppe.

»Ganz übles Pack ist das!«, erregten sich Schaulustige.

»Wenn ich einen von diesen Burschen in die Hände kriege, dann mache ich kurzen Prozess!«, versprach ein aufgebrachter Rentner.

»Lange Haare, kurzer Verstand«, urteilte eine Sekretärin.

Der Reporter im Studio des öffentlich-rechtlichen Fernsehsenders schlug einen seriöseren Ton an. »Das waren Schreckmomente, die gestern auf dem Kurfürstendamm alle in Atem hielten. Erst das beherzte Eingreifen der Polizei beendete die Geiselnahme in einem Linienbus durch eine wildgewordene Horde von Chaoten. Auf ihrer Flucht demolierten sie mehrere Autos und konnten nur durch Straßensperren aufgehalten werden.«

Lutz sah die Szenen, als wäre er soeben mit Gedächtnisverlust aufgewacht. An nichts davon erinnerte er sich, außer an einen Swimmingpool, in dem er untergetaucht war. Doch das zeigte diese Rundfunkstation hier nicht. Dafür jedoch, wie Lutz von mehreren Beamten in den

Schwitzkasten genommen und vor die Blitzlichter der Presse gezerrt wurde. Gierig machten die Fotografen Aufnahmen von dem Übeltäter, um ihn zu brandmarken.

Konsterniert starrten die drei Genossen auf den Bildschirm.

»Ist das unsere Jugend?«, sprach der TV-Moderator mit besorgtem Blick in die Führungskamera. Dann wurde umgeblendet auf eine Einstellung, in der er neben einem Bild von Lutz stand, das man in einem Fotolabor auf die Größe eines Kinoplakats hochentwickelt hatte. Es wirkte wie ein Passfoto eines Geisteskranken, das man auf eine Staffelei gestellt hatte. Der TV-Moderator deutete mit einem Zeigestock aus sicherer Entfernung darauf, als würde er diesem entrückten Antlitz lieber nicht zu nahe kommen.

»Nein, das ist nicht unsere Jugend. Aber ein Teil der jungen Generation, die in einem Drogenrausch völlig degeneriert. Und was kommt dabei heraus? Diese Fratze des Irrsinns! Deswegen rufe ich alle auf: Ihr Völker der Welt, schaut auf diese Fratze!«

Lutz' entstellter Gesichtsausdruck füllte nun den ganzen Bildschirm aus und wurde in hunderttausende Westberliner Haushalte als mahnendes Beispiel gesendet.

Es war mucksmäuschenstill im Wohnzimmer des Politkommissars. Keiner der drei Geheimagenten aus dem Osten war auf diesen Schock vorbereitet gewesen. Einer von ihnen war medienwirksam als Hassfigur für die politisch erregte Bevölkerung dargestellt worden. Jeder in der Stadt kannte ihn nun. Und morgen früh würde das Foto auf den Titelseiten aller Blätter prangen.

Als Erster fand Rainer zu einem klaren Gedanken zurück. »Hoffentlich gucken unsere Eltern heute kein Westfernsehen«, sagte er.

»Eure Eltern schauen Westfernsehen?«, konterte Michalke anklagend.

»Natürlich nur, solange wir hier im Einsatz sind.«

»Ich muss weg hier«, meinte Lutz voller Unbehagen.

Und er hatte recht. Er war im Westteil nicht mehr sicher. Dazu war die Stimmung generell zu aufgeheizt. Bereits beim Bäcker hätte sich ein Lynchmob formiert, um mit ihm abzurechnen.

»Du nimmst morgen früh gleich die erste S-Bahn«, entschied sein älterer Bruder.

»Da erkennt ihn doch jeder«, winkte Michalke ab. »Der kommt ja nicht mal bis zum Bahnsteig hoch.«

»Dann packen wir ihn in den Kofferraum und fahren ihn rüber. Die PKWs werden ja nur von Ost nach West kontrolliert. Es denkt ja keiner, dass sich jemand freiwillig in die DDR schmuggeln lässt.«

»Genosse! Was ist denn das für defätistisches und zersetzendes Gedankengut!«, plusterte sich Michalke erneut auf.

»Wir haben ja nicht mal ein Auto«, bemerkte Lutz fatalistisch.

»Und alle Fluchttunnel sind vermint.« Auch Michalke war ratlos.

»Das haben wir nun von der Mauer«, sagte Rainer. »Jetzt kommt man hier nicht mehr raus.«

17

Westberlins Zeitungskioske sahen an diesem sonnigen Morgen aus, als hätte Lutz sie zu Werbezwecken gebucht. Sämtliche Titelseiten zeigten seine Visage. Um den Vorfall medial auszuschlachten, wurden nur extrem unvorteilhafte Bilder von ihm genutzt. »Die Fratze des Irrsinns« war sogar noch eine der harmloseren Schlagzeilen. Und der Skandal sorgte für reißenden Absatz.

Michalke lief mit einer winzigen Agentenkamera herum und knipste Bilder zur Erinnerung an die denkwürdige Entführung und Amokfahrt des Linienbusses. Er hatte sechs Kioske abgelichtet, die wie eine Plakatwand mit Großaufnahmen von Lutz aussahen. Seit dem Besuch von US-Präsident John F. Kennedy 1963 hatte keine Einzelperson mehr eine solche Aufmerksamkeit der Lokalpresse erfahren.

Der Politkommissar brachte ein halbes Dutzend Tageszeitungen mit in die Küche, wo sich die drei Geheimagenten um den Tisch versammelten. Natürlich war der Tenor der Artikel, dass Hippies der Untergang des Abendlandes seien, dass diese Chaoten in die Zwangsjacke gehörten und dass Lutz Kramer die Verkörperung des durch Drogensucht bewirkten geistig-seelischen Verfalls sei.

»Diese hundsgemeinen Revolverblätter!«, ereiferte sich Lutz.

»Jetzt bist du so berühmt wie Elvis Presley«, sagte Rainer erstaunt.

»Nur nicht so hübsch«, meinte Michalke mit Blick auf die wenig schmeichelhaften Schnappschüsse des verzerrten Gesichts.

»Ich werde mir einen Bart wachsen lassen«, beschloss Lutz. »So wie Karl Marx.«

»Das dauert aber bestimmt ein Jahr«, erwiderte Michalke.

»Es würdigt Karl Marx zu seinem 150. Geburtstag im Mai 1968.« Lutz schwebte ein Halbjahresplan vor.

»Du kannst ja schlecht monatelang nicht aus der Bude gehen«, wandte Rainer kopfschüttelnd ein. »Das wäre ja wie Isolationshaft.«

»Dann arbeite ich nur noch nachts. Ich gehe in den Untergrund.« Lutz sprach, als würde er heimlich doch einen Fluchttunnel von West nach Ost graben wollen.

»Nix da!«, bestimmte der Politkommissar. »Wir müssen jetzt die Gunst der Stunde nutzen.«

Er trat zur Kommode und holte aus der Schublade eine Pistole, die er direkt vor Lutz hinlegte. »Hier. Knall jemanden ab!«

»Ja, aber wen denn?«

»Was ist denn mit diesem Haschisch-Dealer?«, schlug Rainer vor, wohl wissend, dass Manfred sich im fernen Afghanistan befand.

»Nein«, entgegnete Michalke nachdenklich. »Das ist ein zu kleiner Fisch. Wir brauchen Schlagzeilen. Was ist denn mit dem Studentenführer?«

»Dieser Rudi Dutschke?«

»Genau! Der ist doch ständig bei der Uni anzutreffen, oder?« Michalke klopfte Lutz aufmunternd auf die Schulter.

»Dann werden mich die Studenten lynchen«, gab Lutz zu bedenken.

»Ja, stimmt, das geht nicht«, pflichtete ihm sein Bruder bei.

»Blödsinn!«, widersprach der Politkommissar. »Es ist sogar zwingend notwendig. Diese Aktion mit dem Bus hat die Spießbürger aufgebracht. Jetzt müssen wir etwas tun, das die Studenten auf die Barrikaden treibt. Nur dann gibt es hier einen Bürgerkrieg.«

»Ich erschieße ihn, aber danach haue ich ab, nach Ostberlin.« Lutz griff nach der Waffe. Er betrachtete den Lauf und den Abzug.

»Genehmigt«, sagte Michalke prompt.

Rainer bestückte den Kühlschrank von Manfred Bartsch mit den Großhandelspackungen Kaugummi. Dann sah er sich in der Bude um. War gar nicht so eine schräge Bleibe, wie man sie von einem Drogenabhängigen vermuten würde. Klar, an den Wänden hingen Poster von amerikanischen Motorrädern, die vor glänzendem Chrom nur so strotzten. Dazu ein knallbuntes Plakat von einem Popstar namens Jimi Hendrix, das farblich an einen LSD-Trip erinnerte. Ansonsten war die Einrichtung eher konservativ. Alle Türen hingen in ihren Scharnieren, er hatte ein Bett mit Gestell und vor den Fenstern hingen Gardinen statt Bettlaken mit Batikmustern.

Rainer erwog, seinem Bruder Manfreds Ausweis zu geben, damit er mit dessen Papieren die westlichen Kontrollen unbehelligt passieren konnte. Andererseits wurde ihm blitzartig klar, dass ihre Eltern in Schwierigkeiten geraten würden. Sobald die SED kapierte, dass Lutz unter Drogeneinfluss stand, genügte ein Beschluss vom Zentralkomitee und man würde die Eltern ins Arbeitslager verschleppen. Da halfen auch die blumigen Hymnen des Obersts nicht, er war nicht der Ranghöchste bei der Nationalen Front.

Rainer wollte weder Lutz noch Mutter und Vater im Knast sehen. Zumal es nicht lange dauern würde, bis auch er zu einer Strafe verdonnert wurde. Am sichersten war er vor dem Zugriff der Stasi im Westteil der Stadt. Drüben wäre er der Willkür der staatlichen Organe völlig ausgeliefert. Zwar verfügte das DDR-Regime auch in Westberlin über zahlreiche Agenten, doch das Ausmaß der Bedrohung war für ihn und seine Familie hier bedeutend geringer.

Und hier in dieser konspirativen Unterkunft konnten sie alle für eine Weile untertauchen. Es war eine Zweiraumwohnung, genauso groß wie die in Pankow, in der sie zu viert lebten. Doch würden seine streng sozialistischen Eltern das überhaupt wollen?

Beim Klassenfeind leben? Im faschistischen Kapitalismus? Gegen den sich die DDR mit dem antifaschistischen Schutzwall wehrte, um weiter als Reservat der linken Weltrevolution existieren zu können. Und was, wenn Lutz tatsächlich Dutschke erschoss? Das wäre keine Notwehr mehr, mit der sie ihre Haut vor ein paar üblen Schlägern oder der Westberliner Polizei retteten. Es wäre ein kaltblütiger Mord. Sein sozialistischer Bruder sollte den Anführer des Sozialistischen Studentenbundes töten, was so absurd war, als würden die Russen mit ihrem Militär in einem der sozialistischen Bruderländer einmarschieren.

Rainer verließ das Haus durch den Hinterhof, weil er mögliche Verfolger abschütteln wollte. Er musste dieses Versteck nicht nur wegen der Kaugummis geheim halten, sondern auch, weil es möglicherweise seiner Familie als Unterschlupf dienen würde.

Die Frauengruppe war in Aufruhr. Irgendetwas war passiert, das spürte Rainer sofort. Statt im Schneidersitz auf dem Boden zu hocken, um Solidarität mit bedrohten Völkern zu bekunden, bildeten die Mädels einen Halbkreis um die Kaffeemaschine und schnatterten hektisch, ja sie kriegten sich kaum ein. Auf dem Tisch lag eine aufgeschlagene Tageszeitung, die offensichtlich den Anlass für die Aufregung darstellte. Lutz Kramer schien also auch hier das alles überragende Gesprächsthema zu sein. Rainer trat bedächtig an die Mädchen heran, die kaum anders wirkten, als befänden sie sich auf einem heftigen LSD-Trip.

»Und du bist dir ganz sicher?«, keuchte ein Mädchen geradezu ekstatisch.

»Die halbe Belegschaft spricht über nichts anderes mehr«, versicherte ihr eine Brünette.

»Und woher weißt du das?«, fragte eine Brillenträgerin skeptisch.

»Schätzchen, ich kaufe dort regelmäßig ein. In der Abteilung kenne ich fast jede Verkäuferin«, antwortete die Brünette hochnäsig wie eine Tochter aus besserem Hause.

»Dann kommst du an Einladungen oder Eintrittskarten heran?«, hoffte eine kurzhaarige Blonde.

»Da müssen wir dabei sein! Das wird das gesellschaftliche Ereignis des Jahres!«, rief eine andere.

»Hallo«, unterbrach Rainer vorsichtig die hibbelige Konversation.

Erst jetzt nahmen ihn die Mädchen wahr.

»Oh, hallo«, wurde er nüchtern begrüßt.

»Na, ihr seid ja aufgekratzt, als würden hier morgen die Beatles auf einen Kaffee vorbeischauen.«

»Stell dir vor«, rief die Blonde, »Mary Quandt macht eine Modenschau im Kaufhaus des Westens!« Ihre Stimme steigerte sich ins Hysterische.

»Mary wer?« Rainer hatte überhaupt keine Ahnung von Mode.

»Mary Quandt! Die Stilikone aus dem Swinging London!«, kreischte die Blonde, die aussehen wollte wie Twiggy.

»Die berühmteste Modeschöpferin überhaupt!«, juchzte die Brillenträgerin.

»Der wir den Minirock zu verdanken haben!«, wurde Rainer von einem anderen Mädchen aufgeklärt.

Ihm war das zu viel wirres Zeug. Er platzierte eine Packung seiner Kaugummis neben einer Kaffeetasse auf den Unterteller, als würde er ein Stück Gebäck reichen. Die aufgekratzten Mädchen legten zusammen und gaben ihm die zwanzig Mark in Münzen.

Die Vordertasche seiner Jeans war schwer von dem Klimpergeld.

Unterwegs kaufte er eine Cola und steckte, weil er zu faul zum Laufen war, einige der Münzen in den Fahrscheinautomaten einer U-Bahnstation. Und während er unter der Stadt dahinfuhr, wusste er, dass er morgen in die U-Bahn steigen würde, um rüber in den Osten zu reisen. Er musste die Eltern ins Vertrauen ziehen. Am Telefon war das zu riskant. Eine geplante Republikflucht war eine schwere Straftat, deretwegen die ganze Familie für lange Zeit im Zuchthaus verschwinden würde.

18

In einer Nebenstraße stand Michalke in einer Telefonzelle. Angeblich war der Apparat in der Wohnung nicht verwanzt, aber Michalke hatte lange für die Staatssicherheit gearbeitet und vertraute den Genossen lieber nicht. Ein öffentlicher Münzfernsprecher dagegen war relativ sicher. Er rief seinen Vater nicht in der Parteizentrale an, wo ebenfalls mitgehört wurde, sondern in einer Kneipe. Deren Inhaber war ein alter Kriegskamerad des Obersts. Er sperrte seine Gaststätte ohne Angabe von Gründen heute Nachmittag zu, damit Dombrowsky ungestört telefonieren konnte.

»Nun, mein Sohn, wie ist die Gefechtslage?« Der Oberst erwartete positive Nachrichten aus dem Feindesland.

»Die Akte befindet sich bereits in der Stadt«, berichtete der Politkommissar, »aber die 3000 Mark dafür habe ich noch nicht.«

»Besteht die Möglichkeit, einen Geldtransporter zu überfallen?«

»Nicht ohne eine Schießerei. Das Wachpersonal ist bewaffnet.«

»Dreitausend sind eine Menge Geld. Was machen wir denn jetzt?«

»Ich habe einen Plan. Statt Bargeld liefere ich der Gegenseite den Mörder von Studentenführer Dutschke aus.«

»Was? Der ist umgebracht worden! Warum wissen wir denn noch nichts davon?«

»Nein. Er lebt. Aber ich habe einen unserer zwei Brüder auf ihn angesetzt. Lutz Kramer will nach dem Attentat sofort untertauchen und auf schnellstem Wege zurück in die Hauptstadt unserer Republik.«

»Und ich nehme an, du wirst das verhindern und ihn stattdessen an den BND übergeben. Im Gegenzug für meine Akte.«

»Ja, Vater.«

»Du bist ein guter Sohn«, sagte der Oberst zufrieden.

Michalke hatte gar nichts gegen Lutz persönlich, aber hier ging es darum, sein eigenes Fleisch und Blut nicht ans Messer zu liefern. Die Kramers dagegen waren nur kleine Volkspolizisten. Und einer von ihnen war auf allen Titelseiten als fanatischer Irrer abgebildet. Das war perfekt. Denn keiner würde ihm glauben, falls er anfing auszupacken, dass ihn die SED hergeschickt hatte, um Westberlin mit LSD in den Wahnsinn zu treiben. Es dürfte wie das komplett verstörte Geschwätz eines Drogenabhängigen klingen. Die bundesdeutsche Staatsanwaltschaft und das zuständige Gericht würden ihn lebenslang hinter Gitter sperren, aber das waren eben die Opfer, die für den Endsieg des Sozialismus gebracht werden mussten.

Lutz hatte monatelang kein Schießtraining gehabt, aber auf kurze Distanz würde er keinen Mann verfehlen. Zwar erschien es ihm widersinnig, ausgerechnet den prominenten Vorkämpfer der linken Weltrevolution niederzustrecken, aber Lutz wollte unbedingt ein guter Sozialist und ein wertvolles Parteimitglied sein. Der Befehl kam von der SED, also war er auszuführen.

Ja, dieser Dutschke redete engagiert vom Widerstand und wollte eine andere Gesellschaft, aber gleichzeitig machten seine verschachtelten Worttiraden einen äußerst bourgeoisen Eindruck. Dieser Linke sprach nicht die Sprache der Werktätigen, sondern benutzte das Vokabular intellektueller Kaderschmieden.

Und das verachtete Lutz als zutiefst dekadent.

Rainer entschied sich, nicht mit der U-Bahn rüberzufahren, sondern zu Fuß den Grenzübergang Heinrich-Heine-Straße zu nehmen. Am Bahnhof Friedrichstraße würden ihn vielleicht Grenzbeamte erkennen, das wollte er unter allen Umständen vermeiden.

Doch vorher musste er Barbara eine Frage stellen. Seit Tagen drückte er sich davor. Sie saß ausgestreckt auf dem Sofa, so dass Rainer nicht neben ihr Platz nehmen konnte. Er hockte auf dem weißen Flokati-Teppich auf dem Fußboden.

»Läuft da eigentlich was Festes zwischen dir und Manfred?«

»Na, diese Woche wohl kaum. Er ist ja in Afghanistan.«

»Und was, wenn er wieder zurück ist?«

Rainer war angespannt. Er hegte eine vage Hoffnung und bereitete sich gleichzeitig innerlich auf eine Enttäuschung vor. Dass Barbara ihm erklären würde, dass sie nicht auf monogame Verhältnisse stand. Oder, was noch schlimmer gewesen wäre, dass er irgendwie doch nicht so ihr Typ sei. Die Aussicht auf eine solche Abfuhr dämpfte seine Stimmung.

»Ich weiß nicht.« Barbara fing an, am Daumen zu knabbern. Dabei starrte sie auf den Fußboden, als könnte sie durch den Beton hindurch in die Wohnung unter ihr schauen. Als verfügte sie über einen Röntgenblick.

Rainer wusste nicht, ob er bei der Einreise in die DDR verhaftet werden würde. Oder bei der erneuten Ausreise. Falls die Papiere als Fälschung erkannt wurden. Er nahm all seinen Mut zusammen, um die Sache mit Barbara vorher zu klären. »Ich weiß, dass ich dich will«, sagte er. »Nur dich.«

Barbara zog ihre Beine eng an den Oberkörper und umklammerte mit den Armen ihre Schienbeine. Dann legte sie ihren Kopf auf die Knie. Wie eine ängstliche Schildkröte, die sich in ihren Schutzpanzer verkroch.

»Ich bin halt hin- und hergerissen«, flüsterte sie. Als ob ihr ein Gedanke rausrutschte, der nicht für andere bestimmt war.

»Du meinst, du kannst dich nicht so richtig zwischen mir und ihm entscheiden?«

»Nein. Ich kann mich nicht entscheiden, ob ich die freie Liebe leben will oder ganz spießig eine feste Beziehung eingehen soll.«

Rainer war überrascht. Bisher hatte er Barbara so eingeschätzt, dass sie auf die gesellschaftlichen Konventionen pfiff und ein radikal modernes Dasein führte. Als junge Studentin, die sich mit sich selbst und ihrem unsteten Lebenswandel komplett im Einklang befand. Die eine individuelle Freiheit auslebte, von der Rainer fasziniert war. Und jetzt äußerte sie plötzlich Sehnsüchte, die ihren Eltern vor Glück die Freudentränen ins Gesicht getrieben hätten. Dass ihre Tochter ihre Zukunft mit Heim und Herd definierte.

»Ich glaube, das ist genau der Grund, weshalb ich Hasch rauche.« Mit einer schwungvollen Bewegung entblätterte sie sich aus der zusammengekauerten Haltung. Mit einem Mal saß sie offen vor Rainer und blickte ihm direkt in die Augen. »Es ist diese Zerrissenheit in mir. Dass ich eigentlich alle Fesseln vergangener Generationen abschütteln will, dass ich für die Gleichberechtigung der Frau bin, aber doch tief in mir drinnen der Wunsch nach Geborgenheit mit einem Ehemann existiert.«

Sie sprang auf und ging zum Fenster, um hinauszuschauen. Dabei wandte sie Rainer den Rücken zu, nicht weil sie unhöflich oder abweisend sein wollte, sondern weil sie soeben Fortschritte gemacht hatte. Sie befand sich »im Lichte der Erkenntnis«, wie es der Pfarrer in der einen oder anderen Sonntagspredigt nannte, zu der sie öfter mitgehen musste. Beim Gottesdienst hatte sie immer nur nebenher zugehört, aber diese Formulierung war ihr im Gedächtnis geblieben und entfaltete nun ihre Wirkung.

»Alles in Ordnung bei dir?«, fragte Rainer.

»So weit schon«, antwortete Barbara. Verträumt schaute sie durch die Gardinen und drehte sich dann langsam zu ihm um. Sie rang ersichtlich nach den passenden Worten. »Also, wenn ich verwirrt bin und überhaupt kein Hasch da ist, rettet mich nur noch hemmungsloser Sex«, beichtete sie.

»Aha. Und wie willst du jetzt auf die Schnelle so viele Leute für Gruppensex zusammentrommeln?«

Barbara griente ihren sozialistischen Liebhaber an. »Dummerchen! Das dauert zu lange. Und auch auf die Gefahr hin, dass es spießbürgerlich klingt, aber Bumsen kann auch zu zweit echt Spaß machen!«

In Kreuzberg ging Rainer auf die amerikanischen Grenzkontrollbeamten an der Heinrich-Heine-Straße zu, ganz wie ein normaler Tagestourist, der vormittags den Ostsektor betrat und am frühen Abend wieder zurückkehrte in den Westen. Um drüben Verwandte zu besuchen, was Rainer ja auch vorhatte.

Am kleinen Wartehäuschen klappte der US-Soldat in Uniform den Pass auf und blickte Rainer ins Gesicht. Er guckte noch einmal auf das Passbild, dann reichte er Rainer die Papiere zurück und ließ ihn passieren. Hinter dem amerikanischen Posten lag eine fünfundzwanzig Meter lange Strecke, die durch eine Art von Niemandsland zwischen beiden Stadtteilen führte. Rainer trat auf die NVA-Grenzposten zu. Schwer bewaffnetes Militär erwartete ihn, als er sein Dokument unter einer Scheibe hindurch dem DDR-Volksarmisten hinschob. Der betrachtete vor allem die Stempel auf den hinteren Ausweisseiten.

»Sie kommen ja viel in der Welt herum, Herr Bartsch.« Rainer erkannte den vertrauten und zackigen Kasernenhofton der Beamten.

»Ich bereise gerne die Länder der Dritten Welt«, entgegnete er. Sich mit den Unterdrückten solidarisch zu erklären, kam immer gut an.

»Wie können Sie sich das denn leisten als junger Mensch?«

»Indem ich mich materiell einschränke.«

»Waffen, Munition, Funkgeräte dabei?«

»Nein«, antwortete Rainer wahrheitsgemäß.

»Na, dann einen schönen Aufenthalt.« Er erhielt den Pass zurück.

Zum Alexanderplatz war es eine Viertelstunde zu Fuß, dort konnte er Geld umtauschen, um sich einen Busfahrschein zu den Eltern nach Pankow zu kaufen. Er wollte sie überraschen und wenigstens ein Geschenk mitbringen. Backwaren kriegte man im Zentrum der Hauptstadt relativ problemlos, ohne sich ewig anstellen zu müssen.

Er nahm die eingewickelten vier Stückchen Kuchen mit in den Bus und sah neugierig aus dem Fenster, als wäre es sein erster Besuch in der Sowjetischen Besatzungszone. Die vielen Fassaden mit den zahllosen Einschusslöchern aus dem Häuserkampf der letzten Tage des Zweiten Weltkriegs fielen ihm diesmal stark auf. Früher hatte er nie so sehr darauf geachtet, aber durch den Vergleich mit dem Westsektor sprang ihm die marode Bausubstanz ins Auge. Es gab selbst in Nebenstraßen des Kurfürstendamms einige Ruinen, aber man hatte auch vieles abgerissen und neu gebaut. Doch hier wirkte alles so, als hätten die Bombardements durch die Alliierten erst vor ein paar Wochen stattgefunden.

Das Haus, in dem die Familie Kramer in einer Wohnung zu viert lebte, strahlte für Rainer augenblicklich eine Tristesse aus, die ihn wie ein unerwarteter Faustschlag traf. Er fühlte sich wie auf einer Zeitreise, als wäre er aus den sechziger Jahren zurück an den Anfang des Jahrhunderts katapultiert worden. Er betrachtete den schlammigen Putz. Das sah aus, als hätten höhere Mächte von den Wolken herab die Vorderfront vollgekotzt.

Rainer bemühte sich, seine erlernten Fähigkeiten als Volkspolizist einzusetzen, denn er wollte das Gebäude nur betreten, falls es nicht observiert wurde. Dass er sich heimlich hier aufhielt, würde beim Oberst und der Stasi alle Alarmsirenen anschalten. Daher nahm er sämtliche geparkten Autos ins Visier, vor allem Lieferwagen, die häufig von der Staatssicherheit zur Beschattung genutzt wurden.

Vater Kramer hatte es sich im Wohnzimmer auf einem Sessel gemütlich gemacht und las das *Neue Deutschland*, stets in der Hoffnung, dass ein lobender Artikel über seine Söhne in der Parteizeitung erschien. Denn die quälende Ungewissheit, wie es um die beiden im kapitalistischen Ausland stand, nagte seit Monaten an ihm. Er hatte abgenommen, was ihm das Schleppen der massigen Kohlesäcke am Arbeitsplatz erschwerte.

Die Mutter hielt sich viel im Zimmer ihrer Kinder auf, seitdem die beiden im Auftrag der sozialistischen Revolution beim Klassenfeind agierten. Manchmal schlief sie dort in deren Bettzeug, um ihnen nah zu sein. Jetzt saß sie am Küchentisch und schnitt Gemüse, das es zum Mittagessen geben würde. Da klopfte es dezent an die Wohnungstür.

Sie vermutete eine Nachbarin, die irgendetwas für den Haushalt ausleihen wollte. Sie öffnete und erschrak für eine Sekunde, als sie Rainer erblickte. Doch der bedeutete ihr mit einem unmissverständlichen Fingerzeig, auf keinen Fall ein Wort zu sagen. Er presste seinen Zeigefinger auf die Lippen und hatte die Augen weit aufgerissen.

Die Mutter atmete aufgeregt und hielt die Hand auf den Mund. Sie nickte ihrem Sohn zu, der ihr in den Flur folgte. Er zog die Tür leise hinter sich zu und schickte seine Mutter zum Vater ins Wohnzimmer, um ihn in die Küche zu lotsen. Rainer wartete dort. Eine halbe Minute später nahmen ihn seine Eltern in die Arme.

Er schrieb auf einen Zettel, dass sie aus Sicherheitsgründen hier nicht reden sollten, für den Fall, dass die Wohnung abgehört wurde. Er schlug vor, sich in einer Viertelstunde mit ihnen im Park zu treffen. Die Eltern verstanden es und zogen sich für einen Spaziergang um, während Rainer vorausging und dabei erneut auf mögliche Mitarbeiter der Überwachungsbehörden achtete.

»Wir sollen in den Westen rüber? Bist du denn auf einmal völlig übergeschnappt?«, schimpfte sein Vater.

»Hattest du da drüben eine Hirnwäsche?«, sorgte sich die Mutter.

Rainer sah sich in der Grünanlage um. Die nächsten Leute waren außer Hörweite, trotzdem bat er seine Eltern, leiser zu meckern.

»Nein, aber Lutz hatte Kontakt mit Drogen. Er braucht eure Hilfe.«

»Oh, mein Gott!«, rief Frau Kramer. »Faselt er den ganzen Tag unzusammenhängendes Zeugs?«

»Ist er zu den US-amerikanischen Imperialisten übergelaufen?«, fragte der Vater misstrauisch. Das war es wohl, was mit einem geschah, wenn man Drogen nahm.

»Es geht ihm schon wieder besser«, beruhigte Rainer die Eltern. Und war froh, dass sie ihn nicht mehr für komplett high hielten.

»Wie stellst du dir das denn ganz praktisch vor?«, fragte der Vater.

»Genau! Wo sollen wir denn da wohnen? Etwa im Auffanglager?« Die Mutter entpuppte sich als Prinzessin auf der Erbse. Ihre Schminkkommode aus dem Schlafzimmer würde sie nicht ohne Weiteres in der DDR zurücklassen. Die war schließlich ein Erbstück.

»Ich habe vorerst eine Zweiraumwohnung für uns. In guter Lage«, warb Rainer für den Umzug hinter die feindlichen Linien.

»Gute Lage? Was heißt das? Muss ich in einer Bonzensiedlung wohnen?« Herr Kramer witterte einen Verrat an der Arbeiterklasse.

»Das wäre wirklich zu viel verlangt«, pflichtete ihm seine Frau bei.

Rainer wurde es allmählich zu bunt. »Meine Güte! Die Zeit drängt. Ich muss heute noch zurück und komme übermorgen schon wieder. Habt ihr Passfotos von euch?«

Herr und Frau Kramer guckten sich an. Dann nickten sie ihrem Sohn zu.

»Gut. Die holen wir jetzt. Und kein Wort zu irgendjemandem!« So schwor Rainer die sozialistischen Eltern auf seine Linie ein.

19

Oberst Dombrowsky aß eine Käsestulle aus der Scha-
tulle, in der ihm seine Frau jeden Morgen Verpflegung
mit ins Büro gab. Es waren noch drei weitere Brote mit
Wurstaufstrich übrig, als sein Dienstapparat klingelte.
Obwohl er den Mund voll hatte, nahm er den Hörer ab.

»Rainer Kramer ist spurlos verschwunden«, teilte ihm
sein Sohn mit.

»Junge! Hast du deine Truppen nicht unter Kontrolle?«

»Doch! Wir leiten ja hier gerade die vorrevolutionäre
Epoche ein.«

»Untergebene brauchen Zuckerbrot und Peitsche, das
habe ich dir ausdrücklich beigebracht!«

»Das ist leider noch nicht alles. Der Genosse Kramer
hatte von mir den Auftrag, unsere Ware heimlich auszu-

lagern. Wie es aussieht, ist er mit dem gesamten Bestand an Kaugummis untergetaucht.«

»Was!« Fast hätte Dombrowsky sich an seinem Brot verschluckt.

»Obendrein sind seine Ausweispapiere nicht auffindbar. Ich habe alle seine persönlichen Dinge durchsucht.«

»Mensch, Gerd!«, regte sich der Oberst auf. »Ich habe dir doch alle Türen zu einer Laufbahn in der Partei und bei der Staatssicherheit weit aufgestoßen. Jetzt mach dir nicht alles zunichte!«

»Es kann sein, dass er rübergemacht hat. In den Ostsektor!«

»Du meinst, er verteilt die gefährliche Substanz hier bei uns?«

»Nun ja, die Ostjugend ist versessen auf Westprodukte.«

»Das will ich überhört haben!«, polterte Dombrowsky. »Allerdings müssen wir auf Nummer sicher gehen. Bleibt mir nichts anderes übrig, als sämtliche Grenzposten zu informieren, dass jeder Rainer Kramer, sofort zu verhaften ist, der unser Staatsgebiet betritt.«

Rainer holte ordnungsgemäß seinen Reisepass hervor, als er auf den Kontrollposten der Nationalen Volksarmee zu schlenderte. Er hoffte, dass dieselben Beamten wie bei seiner Einreise arbeiteten, da sie sich gemeinhin Gesichter einprägten und so die Abfertigung hoffentlich reibungslos verlief. Schließlich waren auch sie froh, wenn die Touristen aus dem nichtsozialistischen Ausland den Arbeiter- und Bauernstaat wieder verließen.

An der ersten Absperrung interessierte die Soldaten vor allem, ob er Bargeld aus der DDR mit sich führte. Rainer bejahte es und überreichte den Grenzern den Rest an Münzen, den er nicht hatte ausgeben können. Sie wurden offiziell entgegengenommen und in eine Metallkassette gelegt. Dann wurde Rainer durchgelassen.

Dieselbe Frage nach dem Bargeld stellte auch der Postenführer am Grenzübergang. Rainer erklärte, dass die Kollegen bereits alles einkassiert hatten.

Ein Offizier unterbrach das Verhör und reichte aus der Kabine einen Telefonhörer heraus zu seinem Vorgesetzten, der näher an das Wachhäuschen trat, um das Kabel nicht überzustrapazieren.

»Oberst Dombrowsky! Ich grüße Sie.« Danach vernahm Rainer ein »Aha« und einen Namen, den der Postenführer an den Grenzoffizier zur Fahndung durchgab: Rainer Kramer!

Nachdem das Telefonat beendet war, wurde der Ausweis von Manfred Bartsch mit einem Stempel versehen, dann durfte Rainer in Richtung Kreuzberg passieren.

Obwohl er problemlos ausgereist war, schlug sein Puls auf dem Fußweg zu den Amerikanern wild. Er bekam schweißnasse Hände und einen trockenen Mund. Irgendwas war in den wenigen Stunden seiner Abwesenheit gründlich schiefgelaufen. Warum war er zur Fahndung ausgeschrieben? Hatte er Stasi-Leute beim Haus der Eltern übersehen? War der Drogenhändler mit seinen Papieren erwischt worden? Hatte Barbara ihn verraten?

An der ersten Kreuzung hinter dem alliierten Grenzübergang betrat Rainer eine Telefonzelle und rief bei Lutz an.

»Wo sind die Kaugummis?«, schnauzte ihn Michalke, der an den Apparat ging, an.

»Die habe ich versteckt«, reagierte Rainer geistesgegenwärtig. »Das sollte ich doch.«

»Dann bring sie sofort wieder her!«, befahl der Politkommissar.

Rainer ging in zwei Supermärkte und kaufte den gesamten Vorrat an Kaugummipackungen von genau der Marke auf, die sie verwendeten – in der Hoffnung, dass der Politkommissar nicht auf die absurde Idee kam, das Zeug persönlich auf seine Wirkung zu testen.

Er schlich sich an der Wohnung vorüber, hinauf zu Barbara, die ihm öffnete. Sie hatte geweint. Die schwarze Umrandung ihrer Augenlider war von den Tränen verlaufen.

»Was ist denn?«, fragte Rainer besorgt.

»Ich bin schwanger!«, blökte sie ihn vorwurfsvoll an.

»Wie? Vom Gruppensex?«

»Was weiß ich denn?« Sie war einem Nervenzusammenbruch nah.

»Kann es auch sein, dass ich der Vater bin?«

»Davon gehe ich sogar mal aus.«

Auf den Schock musste sich Rainer erst mal aufs Sofa setzen. »Aber wie kannst du die anderen alle ausschließen? Ich meine, da kommen ja eine ganze Menge Typen in Frage.«

»Ich habe Abitur und studiere. Deshalb.«

»Was hat das denn damit zu tun?« Als Absolvent der Mittleren Reife fühlte Rainer sich von dieser Antwort etwas überfordert.

»Weil ich nicht so dämlich bin, mit unterschiedlichen Kerlen zu bumsen, wenn ich meine fruchtbaren Tage habe.«

Rainer schluckte, denn so genau kannte er sich mit dem Thema nicht aus. Wann Frauen empfängnisbereit waren und wann nicht.

»Das heißt, diese Orgien gibt es nur zu bestimmten Zeiten?«, tastete er sich bedächtig an die Zyklen des weiblichen Körpers heran.

»Wie beim U-Bahn-Fahrplan. Da weißt du genau, wann welcher Zug in welche Station einfährt.«

Rainer atmete durch. Das hatte ihm alles gerade noch gefehlt. »Meine Eltern werden durchdrehen«, sagte Barbara.

»Warum sollten sie sich nicht darüber freuen?«

»Weil ich keinen Ehemann habe, mit dem ich zusammenlebe. Schon mal was von geordneten Verhältnissen gehört?«

Rainer wusste, dass es der sittlichen Norm entsprach. Für seine Eltern wäre es sogar ein weiterer Grund, in den Westen zu fliehen. Dass ihr Sohn sie zu Großeltern machte. Das hatten sie sich lange gewünscht. Wenn auch nicht mit einer westlichen Klassenfeindin.

»Ich wollte mit deinen Eltern sowieso reden. Lass uns morgen zu ihnen fahren und es ihnen sagen.« Er hoffte auf die Unterstützung von Barbaras Eltern bei den Fluchtvorbereitungen. Notfalls würde er den Müllers die Reisepässe klauen, um damit seine Eltern aus dem Machtbereich der SED rauszuholen.

Kaum hatte Rainer die konspirative Wohnung betreten, stürzte sich der Politkommissar auf ihn. Michalke entriss ihm eilig die Tüte mit den Kaugummipackungen und kontrollierte den Bestand haarklein. Er zählte mehrfach durch. Dann musterte er Rainer. »Irgendwas ist hier faul«, ahnte er.

»Ich habe den Befehl ausgeführt und die Ware soeben aus der Bude über uns geholt.«

»Der Befehl lautete, alles im Keller zu verstauen.«

»Nicht nötig. Barbara nimmt keine Drogen mehr.«

»Ach? Mit einem Mal? Warum denn nicht?«

Rainer konnte ihm schlecht die Wahrheit sagen. Dass Barbara ein Kind von ihm erwartete. Oder dass es zumindest aller Wahrscheinlichkeit nach von ihm war. Also zuckte er maulfaul mit den Schultern.

»Rainer! Darf ich dich an die Rangordnung hier erinnern?«, schaltete sich Lutz ein, der den Streit mitgekriegt hatte. Er maßregelte seinen älteren Bruder. Lutz hatte sich seit Tagen nicht rasiert und die Bartstoppeln gaben seinem Gesicht etwas Männliches. Das Studentische verschwand fürs Erste. Bis er einen Rauschebart wie Karl Marx hatte – dann würde er wieder wie ein Student aussehen.

»Ich habe auf seine Anweisung gehandelt«, verteidigte sich Rainer.

»Der Genosse Politkommissar hat recht«, stellte sich Lutz erneut gegen seinen Bruder. »Wir können den Kampf nur gewinnen, wenn wir alles bekämpfen, was nicht links ist. Wir müssen Schluss machen mit der Kapitalistenbande! Und das geht nur, wenn wir verinnerlichen, dass die Partei immer recht hat.«

Rainer war entsetzt über den radikalen Ton seines Bruders. Es war der Moment, in dem er entschied, Lutz nicht in die Fluchtpläne einzuweihen.

»Du machst heute Abend die Runde und sorgst dafür, dass wir Devisen einnehmen.« Michalke drückte dem verdutzten Rainer mehrere Kaugummipackungen in die Hand.

»Ich habe ihm gesagt, dass du frei konvertierbare Währungen veruntreut hast«, sagte Lutz, der offenkundig die Seiten gewechselt hatte. Rainer erkannte seinen Bruder kaum noch wieder. Innerhalb von ein, zwei Tagen war aus ihm ein Fanatiker geworden. Das konnten Nebenwirkungen oder Spätfolgen seines LSD-Konsums sein, aber nichtsdestotrotz hatte er Rainer bei ihrem Vorgesetzten angeschwärzt.

»Wir müssen mit den Dingern schnell Geld verdienen«, sagte Michalke entschlossen. »Möglichst dreitausend Mark.«

Die Partei braucht mal wieder Devisen, dachte Rainer, als er das Treppenhaus eines noblen Altbaus hinaufstieg bis ins Dachgeschoss. Statt eine finanzielle Grundlage für die überstürzte Familiengründung und das Auskommen der Eltern zu erwirtschaften, musste er für den Sozialismus anschaffen gehen. Weil die SED an allen Ecken und Enden pleite war.

Außer Atem betätigte er den Klingelknopf an der reich verzierten Wohnungstür. Ein Herr in Livree öffnete ihm. Offensichtlich ein Butler. Er hob die Augenbrauen angesichts der schlampigen Garderobe des Studenten, der da

Eintritt begehrte. Die weißbehandschuhte Rechte wies auf Räumlichkeiten im hinteren Teil der Etage.

Vier Männer und vier Frauen dinierten an einer langen Tafel, die mit mehreren Tischtüchern komplett bezogen war. Alles war mit Geschirr und Besteck bestückt, zwei Kerzenleuchter sorgten für schummriges Licht, als hätten die Hausbewohner nicht genug Geld, sich den Strom für elektrische Lampen zu leisten.

Rainer kniff die Augen zusammen, um sich an die Atmosphäre zu gewöhnen. Die meterlange Tafel war vollgestellt mit silbernen Schalen voller Hummer, und die meisten Gäste aßen die Tierchen, nicht sehr standesgemäß, mit den Fingern. Voluminöse Champagnerflaschen prangten auf dem Bankett, die Gläser waren gut gefüllt, zudem zerfleischte einer der Männer gerade rustikal eine Gänsekeule, als wäre er bei den drei Musketieren eingeladen. Dieses Gelage erinnerte Rainer an eine Fütterung, die er sich mit Marianne im Tierpark angesehen hatte. Dieser Park in Friedrichsfelde hatte immerhin das größte Raubtierhaus Europas, darauf war man in Ostberlin sehr stolz.

»Teile der herrschenden Schicht laufen zur Revolution über. So steht es bereits im Kommunistischen Manifest.« Mit diesen Worten begrüßte ihn der Gastgeber, gekleidet in feinen Zwirn und ein barockes Rüschenhemd.

Rainer fühlte sich hier fast so unwohl wie bei einem Stasi-Verhör. Aus seiner Hosentasche fischte er eine Packung LSD-Kaugummis, die er zuvor noch aus Manfreds Bude geholt hatte, um die Kundschaft nicht zu verprellen. Er übergab sie dem feinen Pinkel, der ein Einstecktuch im Sakko trug.

»Wir alle müssen unser abgestumpftes Bewusstsein vollkommen neu definieren«, fuhr der bourgeoise Edelkommunist fort, erhob sein Champagnerglas und trank es aus.

»Dann ist dieser bewusstseinserweiternde Kautschuk eine aktive Maßnahme«, zitierte Rainer einen Standardbegriff aus seiner Ausbildung zum DDR-Volkspolizisten.

»Genau«, pflichtete ihm sein Gegenüber bei. Er wühlte in der Sakkoinnentasche und förderte ein Bündel großer Scheine hervor.

»Ich schätze, ich benötige jeden Monat, sagen wir, für fünfhundert Mark LSD, um die Leere in meinem Dasein auszufüllen.« Er drückte Rainer mehrere Hunderter in die Hand und winkte dann den Butler heran. »Reichen Sie unserem Besucher ein paar Scampi, als kleinen Snack für den Weg zum Treppenhaus.«

Auf diese höfliche Art wurde Rainer hinauskomplimentiert.

Der Politkommissar kannte sich gut aus mit den zahlreichen Methoden, um andere einzuschüchtern, denn sie waren ihm in Parteischulungen und durch Stasi-Lehrfilme eingepaukt worden. Er musterte die Brüder Kramer mit nahezu regungsloser Mimik, weil er wusste, dass dies besonders viel Eindruck machte und das Gegenüber verunsicherte.

»Wisst ihr, was zurzeit das größte Bauvorhaben der Partei ist?« Mit solchen Fragen manifestierte er stets ein Lehrer-Schüler-Verhältnis.

Beide schüttelten den Kopf.

»Die Militärstrafvollzugsanstalt in Schwedt«, sagte Michalke trocken.

Und es wirkte. Lutz zuckte zusammen. Michalke registrierte es.

»Über zweihunderttausend Quadratmeter Disziplinartrakte und Rüstungsbetriebsanlagen. Ein Grand Hotel für all diejenigen, die wegen politischen Ungehorsams negativ auffallen. Und unter den Häftlingen werden sich Informanten der Staatssicherheit befinden, denen für ihre Dienste eine Strafmilderung in Aussicht gestellt wird. Um unsere Republik von revisionistischen Elementen von Grund auf zu säubern.«

Die Brüder Kramer verstanden die angedeuteten Drohungen, die typisch waren für die Art, wie sich die Funktionäre ausdrückten. Als vertrauensbildende Maßnahme händigte Rainer seinem Vorgesetzten hundert Mark aus, die ihm aus den Kaugummiverkäufen zugeflossen waren. Die restlichen vierhundert hatte er bei Manfred in der Bude versteckt.

»Sieh an, sieh an«, staunte Michalke, »das Geschäft läuft ja.« Er hoffte, auf diesem Weg zu der Summe zu gelangen, die der BND-Offizier für die NSDAP-Akte seines Vaters verlangte.

»Wir brechen das Monopol des Kapitals, damit sich die Proletarier aller Länder vereinigen können«, propagierte Lutz.

»Und notfalls wird geschossen!«, stimmte Rainer eifrig ein. Gerade war ihm die Idee gekommen, sich beim Kostümfundus der Volksbühne eine NVA-Uniform zu besorgen. Mit ihr wollte er sich beim Grenzposten einschleichen, um die Flucht der Eltern mit Waffengewalt zu ermöglichen. Damit sie nicht zu den Ersten gehörten, die das protzige Gefängnis der SED beziehen mussten.

20

In beiden Berliner Radiosendern machte schon am frühen Morgen eine Nachricht die Runde: Guerillaführer Che Guevara war tot! Er sei bereits vor Tagen in Bolivien verhaftet worden. Von den dortigen Militärs. Er hatte mit einer kleinen Gruppe von bewaffneten Mitstreitern versucht, den amtierenden Präsidenten aus dem Amt zu putschen. Es klang, als wäre die Ikone der kubanischen Freiheitsbewegung schlichtweg größenwahnsinnig geworden.

Lutz war entgeistert. »Wie kann er denn nur mit einer Handvoll Leuten versuchen, die Macht in einem Land zu übernehmen?«

Rainer reagierte distanziert. »Vielleicht hat er gedacht: Was die Brüder Kramer in Westberlin können, das schaffen wir hier auch?« Er hatte eine unruhige Nacht hinter sich, war viele Male wach geworden.

»Wir bauen hier gerade eine Gegengesellschaft auf!«, eiferte Lutz. Wir höhlen den Westen von innen aus.«

»Das wollte der Comandante auch. Jetzt hat man ihn einfach ohne Gerichtsverhandlung exekutiert. Ein Feldwebel hat ihn erschossen, und so kann es auch mit uns gehen«, fürchtete Rainer. Für ihn standen die beiden Geheimagenten mit dem Politkommissar hier ebenso auf verlorenem Posten wie die paar Revolutionäre aus Kuba bei ihrer Mission in Bolivien.

»Wir agieren subversiver«, meinte Lutz, »nicht mit offener militärischer Gewalt.«

»Wer garantiert uns«, entgegnete Rainer, »dass wir nicht vorm Erschießungskommando landen? Verurteilt in einem Schauprozess und zur Abschreckung für eventuelle Nachahmer hingerichtet.«

Lutz dachte nach, fand jedoch keine Antwort.

Rainer wollte Barbara noch abfangen, bevor sie zur Uni musste. Als er bei ihr klingelte, umarmte sie ihn ganz aufgeregt. »Am Samstag gibt es den *Beat-Club* als Farbfernsehen!« Sie wackelte mit beiden Händen und machte dazu moderne Tanzschritte.

Rainer wusste nicht, ob er Samstag noch ein freier Mann war oder bereits in Untersuchungshaft saß. »Du hast keinen Farbfernseher«, wandte er ein.

»Stimmt. So ein neuartiges Gerät ist viel zu teuer für mich. Aber im Radio- und TV-Geschäft an der Uhlandstraße stellen sie einen Apparat ins Schaufenster und lassen die Übertragung laufen. Als Reklame für Farbfernseher. Da kann ich die Sendung angucken.«

Er wollte ihre Vorfreude nicht dämpfen, andererseits musste er sie ins Vertrauen ziehen. Denn er brauchte ihre Hilfe.

»Sag mal, kannst du mir die Reisepässe deiner Eltern besorgen?« Er sprach bemüht beiläufig, um die Angelegenheit möglichst nichtig erscheinen zu lassen. Als würde er sich von den Müllers einen Kochtopf ausleihen wollen.

»Darf ich fragen, was du mit den Dokumenten bezweckst?«

»Damit du deine zukünftigen Schwiegereltern kennenlernen kannst. Sie leben drüben in Pankow.«

Barbara hatte sich ihre Stiefeletten angezogen und blickte leicht verwirrt aus der Wäsche. »Willst du versuchen, sie herzuholen?«

Rainer nickte.

»Oje. Ich will es mir ausgerechnet jetzt nicht mit meiner Familie verscherzen.« Offensichtlich war sie hin- und hergerissen.

»Machen wir es so: Ich stehe dir bei. Und dafür stehst du mir bei.« Er reichte ihr die Hand zu diesem Deal.

Barbara wusste, dass es gefährlich war. Nicht nur für ihre Eltern, wenn sie als Fluchthelfer galten, sondern auch für ihren Freund. Trotzdem schlug sie ein. »Wie lange bist du denn drüben?«

»Keine Ahnung. Ein paar Stunden oder die nächsten fünfzig Jahre?«

Rainer ließ sich von Michalke Kaugummis aushändigen. Der Politkommissar behielt die heiße Ware lieber selber unter Kontrolle, nicht ahnend, dass er eine völlig harmlose Substanz bewachte.

»Was können wir eigentlich von der Partei als Belohnung erwarten, wenn unser Auftrag erfüllt ist?«, wollte Rainer wissen.

Michalke reagierte gelangweilt. »Vielleicht eine Auszeichnungsreise mit der Interflug nach Sofia oder Bukarest?«

Wenn es im Ostblock irgendwo trostloser und ärmer war als in der DDR, dann in Bulgarien oder Rumänien. Dorthin wurde man in die Ferien geschickt, wenn man sich um das deutsche Vaterland verdient gemacht hatte.

Rainer zog sich auf die Toilette zurück und sinnierte im Sitzen darüber nach, dass ihn diese Armut in den sozialistischen Ländern allmählich zermürbte. Nicht, dass im Westen alle in Saus und Braus lebten, überhaupt nicht, doch es gab viele Oasen, in denen es nach einer akzeptablen Gegenwart und einer verheißungsvollen Zukunft aussah. Nichts davon fand er im Ostteil der Stadt. Natürlich ging es vereinzelt voran, die Partei warb mit mehreren Neubaugebieten, in denen sanitäre Anlagen in den Wohnungen zum Standard gehörten. Aber er zweifelte mittlerweile ernsthaft daran, ob er die Früchte der marxistisch-leninistischen Weltanschauung je ernten würde, oder erst seine Nachkommen. Und die würde er angesichts der real existierenden Verhältnisse lieber in Westberlin in die Welt setzen. Der Sozialismus war eine tolle Idee, um die Menschen vom Materialismus zu befreien, und das war angesichts der Mangelwirtschaft in der DDR ja bereits umfassend gelungen. Rainer hatte keine Lust, benutzte Windeln auskochen zu müssen, um sie mehrmals verwenden zu können. Er wollte seinen Kindern ungebrauchte kaufen. Und genau daran würde der Sozialismus scheitern: an vollgekackten Windeln.

Während Barbara in einer Vorlesung hockte, lief Rainer vor der Uni herum und vertickte zum Zeitvertreib einige seiner Kaugummis, denn die vom Politkommissar machten so high wie Hustenbonbons. Gerade waren mehrere Studenten, denen er definitiv kein LSD verabreicht hatte, sehr hitzig am Debattieren.

»Auf die Entwicklungen in der Gesellschaft reagieren als Erstes radikale Gruppierungen«, meinte ein Typ mit Brille und Cord-Sakko. »Sie greifen die Themen auf und färben sie mit ihrer Ideologie ein, um die Deutungshoheit zu gewinnen.«

»Du konservatives Arschloch!«, brüllte ihn einer an.

»Du hast den Professor überhaupt nicht verstanden«, wehrte sich der Brillenträger. »Es sind die fundamentalistischen Ränder, die den Zusammenhalt in unserer Gesellschaft bedrohen.«

»Im Gegenteil!«, drohte ein anderer, der ein Sakko trug und gar nicht wie ein sozialistischer Agitator wirkte, mit geballter Faust. »Es ist die fundamentalistische Linke, die unsere spießbürgerliche Gesellschaft auf den richtigen Weg bringt.«

Rainer kannte die Abläufe einer solchen Eskalation aus seinem Dienst bei der Volkspolizei. Manchmal gelang es den Beteiligten, sich runterzukühlen, dann gingen alle auseinander und warfen sich noch ein paar blöde Bemerkungen zu, aber letztendlich waren alle froh, dass es nicht zu Handgreiflichkeiten kam. Doch sobald einem die Hand ausrutschte, ging es sofort zur Sache.

Er hätte gerne noch etwas zugesehen, wie sich die Dinge hier entwickelten, aber Barbara kam die breite Treppe herunter und winkte ihm zu. Sie fiel ihm um den Hals wie eine frisch Verliebte. Seit sie schwanger war, häuften sich diese Zutraulichkeiten. Er kriegte sogar noch einen dicken Schmatzer auf den Mund.

»Na, dann bringen wir es mal hinter uns.« Sie ging voran, raus aus dem Unigebäude und zur Bushaltestelle.

Vater Müller hatte wohl nicht erwartet, dass seine Tochter den Rotarsch unangekündigt mit zu ihnen nachhause brachte. Er zögerte, diese zwielichtige Gestalt über die Türschwelle zu bitten und in seine Zweizimmerwohnung im Wedding hereinzulassen.

Die Mutter war da wesentlich gastfreundlicher, sie setzte sofort einen Kaffee auf. Rainer sah sich trotzdem schon nach einem geeigneten Fluchtweg um, falls das Familienoberhaupt anfing, seine Ärmel hochzukrempeln, um ihm eine satte Abreibung zu verpassen.

»Na, was verschafft uns denn die Ehre?«, fragte Müller schnippisch.

»Wir haben tolle Nachrichten.« Barbara setzte ein Lächeln auf, das so übertrieben war, dass die Eltern eigentlich ahnen mussten, was ihnen bevorstand.

»Hast du deine Prüfungen abgeschlossen?« Die Mutter stellte sich fast absichtlich ein bisschen begriffsstutzig.

Rainer vermied es, jemandem direkt in die Augen zu sehen.

Barbara nahm all ihren Mut zusammen. »Ich bin schwanger«, sagte sie.

Die Mutter kreischte und schlug entsetzt die Hände vors Gesicht.

Der Vater lief rot an. »Wer hat dir das angetan, mein Kind?«

Barbara verhaspelte sich. »Niemand«, brachte sie schließlich hervor.

»Wie? Eine unbefleckte Empfängnis?« Der gläubige Katholik schaute kurz zur Decke, als würde Gott ihm antworten.

»Rainer und ich werden eine Familie gründen«, verkündete Barbara nach einem tiefen Schnaufen ihren Eltern.

»Was? Mit diesem Poussierstängel?«

Der Vater griff spontan zum Teppichklopfer, um den Burschen, der seine Tochter entehrt hatte, windelweich zu prügeln.

Rainer zog die Fäuste und Unterarme zur Doppeldeckung hoch, um notfalls die Schläge abwehren zu können.

Doch Barbara stellte sich schützend vor ihren Freund, um das Schlimmste zu verhindern.

»Wir haben nicht die Blockade vor zwanzig Jahren überstanden, um uns jetzt einen Kommunisten in die Familie zu holen!«, rief der Vater vorwurfsvoll.

»Hans«, sagte seine Frau streng. »An diesem linksradikalen Taugenichts machst du dir nicht die Finger schmutzig.«

»Hallo!«, schrie Barbara. »Habt ihr sie noch alle?«

»Mein Kindchen«, fuhr Frau Müller fort, »wir haben den Krieg überlebt, die Hungersnot danach, die Blockade durch die Sowjets und den Mauerbau in unserer Stadt. Und wir werden auch diese Schande überstehen.«

Ihr Mann hingegen lief vor Zorn hochrot an. »Mach, dass du raus kommst mit diesem Lump, bevor ich mich vergesse!«, brüllte er und riss die Wohnungstür sperrangelweit auf.

Barbara heulte eine geschlagene halbe Stunde am Stück. Aber nicht nur das machte Rainer zu schaffen. Auch was die Fluchtpläne seiner Eltern anbelangte, hatte er gerade eine große Ernüchterung erfahren. Die dringend benötigten West-Reisepässe waren soeben zu Asche und Staub zerfallen, denn bei den Müllers brauchte er sich die nächsten hundert Jahre nicht mehr blicken zu lassen.

»Der Witz ist, meine Eltern haben damals nur geheiratet, weil ich bereits unterwegs war«, gestand Barbara ihm schniefend.

Die beiden saßen im Tiergarten auf einer Parkbank unweit des Reichstags und der Mauer. Rainer legte den Kopf in den Nacken.

»Meine Eltern haben sich im Krankenhaus ineinander verliebt. Sie war Krankenschwester im Krieg und wusste, dass er für immer ein kaputtes Bein haben würde. Geheiratet hat sie ihn trotzdem.«

»Das ist eine sehr schöne Geschichte«, sagte Barbara gerührt.

»Aber wohl ohne Happy End«, erwiderte er.

21

In Sichtweite des Grenzübergangs wartete Rainer darauf, dass eine größere Gruppe über die Heinrich-Heine-Straße in Richtung Osten ging. Er wollte sich unter die Leute mischen und so vermeiden, dass die DDR-Beamten sich sein Gesicht einprägten. Er steckte sich zwei Streifen der unbehandelten Kaugummis in den Mund und schob sie, mit den Zähnen mahlend, mit demonstrativem Schmatzen zwischen den Backen hin und her, ganz wie ein amerikanischer Cowboy.

Die Abfertigung der Transitreisenden vollzog sich hier in zwei durch hohe Zäune voneinander getrennten Abschnitten. Rechts wurden LKWs und PKWs im Zickzackkurs an Betonquadern vorbeigeleitet, damit sie nur im Schritttempo vorankamen. Auf diese Weise konnte ein Fluchtversuch notfalls mit Maschinengewehren ausgebremst werden. Der linke Bereich war Fußgängern vorbehalten, die auf ein großes Schild zuliefen, auf dem »Willkommen in der Hauptstadt der Deutschen Demokratischen Republik« stand. Und die Gastfreundschaft der DDR sah so aus, dass man durch eine Schleuse musste, an der Soldaten ihre Maschinenpistolen im Anschlag hielten und ein Passkontrolloffizier der Staatssicherheit sämtliche Dokumente überprüfte.

Rainer ließ eine mit LSD präparierte Packung Westware auf den Asphalt fallen, so dass sie innerhalb der nächsten Minuten von den Grenztruppen entdeckt würde. Er baute darauf, dass die fünf Volksarmisten sich die sechs Streifen brüderlich teilen würden, wie es gute sozialistische Tradition war. Denn eine andere Chance sah Rainer nicht, seine Eltern ohne gültige Papiere über die schwer bewachte innerdeutsche Grenze zu bringen.

Exakt dasselbe Manöver vollzog er am zweiten Kontrollpunkt. Umzingelt von Militär, stellte er sich vor dem überdachten Häuschen an, in dem ein Stasi-Offizier die Reisepässe bearbeitete. Während er in der Schlange stand, schnippte er dezent ein Päckchen Kaugummis vom VEB Chemie auf den Boden, dicht vor die Stiefel des strengen Oberstleutnants, als wäre es einem der Touristen zufällig aus der Tasche gefallen.

Die Mitarbeiterin im Kostümfundus der Volksbühne erinnerte sich noch an Rainer Kramer. So schöpfte sie auch keinen Verdacht, als er sich bei ihr nach weiteren Klamotten im Stil von westlichen Gammlern erkundigte.

Ganz im Gegenteil, sie war sogar neugierig, was er aus dem feindlichen System zu berichten hatte.

»Es ist widerwärtig dekadent«, blieb er der Parteidoktrin treu.

»Das habe ich mir gedacht«, lachte sie ihn an, in der Gewissheit, dass die Arbeiterklasse bald über ihr Schicksal aufgeklärt werden würde, um dem Kommunismus zum Sieg zu verhelfen.

»Entschuldigen Sie.« Rainer trat etwas näher an die Frau heran, kaugummikauend wie ein Poussierstängel. »Sie haben heute starken Mundgeruch«, sagte er mitfühlend. Dann zog er hilfsbereit einen Streifen LSD-Kaugummi hervor und reichte ihn ihr.

»Oh! Vielen Dank! Das ist mir aber unangenehm.« Sie ging sofort auf sein Angebot ein und legte sich den Kaugummistreifen auf die Zunge.

Rainer suchte in den langen Garderobenreihen nach einer passenden NVA-Uniform, während die Theatermitarbeiterin voll high auf einem Sessel kauerte. Er verstaute die Montur in einem Seesack, den er im Fundus fand, und stopfte der Frau einen weiteren Streifen in den Mund, um sie heute möglichst lange außer Gefecht zu setzen.

Barbara lag in der Badewanne und dachte an den Vater ihres noch ungeborenen Babys. Sie wusste von einer Kommilitonin, dass man für Verwandtenbesuche in der Ostzone extra einen Passierschein beantragen musste. Rainer war ohne ein solches Visum drüben. Ob er zurückkam, stand angesichts der instabilen politischen Verhältnisse in den Sternen, denn diesen verfluchten Kommunisten musste man ja alles zutrauen. Da war sie mit ihrem Vater einer Meinung.

Doch nicht nur die Elterngeneration, auch Professoren und viele Wissenschaftler waren hierzulande derart verklemmt, dass man zwar das Paarungsverhalten von Gorillas längst erforscht hatte, aber über das Sexualleben der Menschen lieber nichts erfahren wollte. Wer was und wie miteinander im Ehebett oder heimlich im Stundenhotel trieb, darüber wurde der Mantel des Schweigens gebreitet. Fast die ganze Gesellschaft traute sich nicht, darüber zu sprechen.

Die Einzigen, die wirklich Bescheid wussten, waren die Priester. Nicht wegen des Bibelstudiums oder der offiziellen Moral der Kirche zu dem heiklen Thema, sondern wegen der unzähligen Beichten der Sünder. Darum grenzte es an ein Wunder, dass bisher kein Kirchenvertreter mit den belastbaren Daten, die er in seinem Amt sammeln konnte, zum Wohle aller an die Öffentlichkeit getreten war. Aber wahrscheinlich waren die Pfaffen ein genauso radikal verklemmter Haufen wie der Rest ihrer Schäfchen.

Barbara wurde von ihren Eltern auch öfter genötigt, sonntags mit zu den Gottesdiensten zu gehen. Zu einer unchristlichen Uhrzeit, mittags um zwölf, wenn sie nach einer durchfeierten Nacht noch den ganzen Alkohol und den vielen Tabak ausdünstete. Deshalb nahm sie vorher immer eine kalte Dusche, zog frische Klamotten an und hatte Pfefferminzbonbons zum Lutschen dabei, damit ihr sündiger Lebenswandel nicht auffiel.

Im Schaumbad überlegte sie, ob ihre Mutter früher hinter dem Rücken ihres Vaters diskrete Affären gehabt hatte. Barbara hatte sich nie getraut, sie das zu fragen. Und nun war es vielleicht zu spät dafür. Sollte Rainer nicht zurückkehren, würde Barbara völlig allein mit dem Kind dastehen. Unversorgt und arm. Sie nahm sich vor, gleich morgen bei den Eltern anzurufen und sie um Vergebung zu bitten.

Rainer observierte das Elternhaus in Pankow professionell, aber er konnte keine Schnüffler von der Stasi entdecken. Allerdings war es auch möglich, dass sie auf dem Dachboden lauerten oder sogar in der Wohnung auf ihn warteten.

Er ging um das Gebäude herum, zum Hintereingang. Dorthin, wo die Mülltonnen standen. Er schloss die altersschwache Tür auf, schlich ins Treppenhaus und eilte nach oben. An der Wohnungstür horchte er. Über zwei Minuten lang. Dann klopfte er an.

Sein Vater und seine Mutter hatten sich rausgeputzt, als würden sie in die Oper gehen. Sie hockten jeweils mit einem gepackten Koffer auf dem Sofa im Wohnzimmer und starrten ihn erwartungsvoll an.

Offenkundig hatten sich die beiden auf ihre Umsiedlung hinter die feindlichen Linien vorbereitet. Sie hielten ihre Hände auf.

»Es tut mir leid«, sagte Rainer mit schwerer Stimme. »Wir haben keine Papiere.«

Für die Mutter war das zu viel, sie brach in Tränen aus. Der Vater legte ihr tröstend eine Hand auf den Unterarm. Rainer kannte diese Geste zwischen den beiden. Er kniete sich vor sie hin.

»Wir gehen einfach rüber. Uns wird keiner aufhalten«, versprach er seinen verdutzten Eltern. Bis vor wenigen Jahren hatten sie als Ostberliner noch unbehelligt den Westteil besuchen können, bis in einer Nacht- und Nebelaktion die Grenze dichtgemacht und mit dem Mauerbau begonnen worden war.

»Hast du für uns eine Ausreisegenehmigung organisiert?«, fragte der Vater, der sich im engen bürokratischen Rahmen legaler Fluchtmöglichkeiten bewegte.

»Nein.« Rainer schüttelte den Kopf. Das wäre ein jahrelanger Prozess gewesen, mit völlig ungewissem Ausgang und begleitet von zahllosen Drangsalierungen durch die staatlichen Organe.

»Ich habe die Grenzposten unter Drogen gesetzt«, sagte er.

Rainer fuhr den klapprigen Moskwitsch der Eltern, die ihn mit Fragen überhäuften. Das sowjetische Auto aus dem Baujahr 1947 war innen geräumig, doch Vater und Mutter hockten ihm eng auf der Pelle.

»Drogen? Was denn für Drogen? Wie kommst du in den Besitz von Drogen? Hast du ihnen etwa Haschisch gespritzt?«

»Können wir das nicht besprechen, wenn wir auf dem Ku'damm einen Kaffee trinken?«

»Ach, der Westkaffee«, schwelgte die Mutter in Erinnerungen.

»Wenn wir rennen müssen, dann lasst mich zurück«, sagte Herr Kramer.

»Auf gar keinen Fall«, entgegnete Rainer sofort.

Frau Kramer beugte sich vor. »Wenn wir verhaftet werden, nehme ich alle Schuld auf mich.«

Rainer schüttelte energisch den Kopf. »Hört zu! Tut einfach so, als würden wir nicht im Jahr 1967 leben, sondern noch im Jahr 1960. Wenn wir damals Freunde im Westteil besucht haben, konnten wir einfach rübergehen.«

»Da wurde man ja nur von den Russen kontrolliert, wenn man wieder zurückkam«, erinnerte sich der Vater. »Alle Einkaufstüten haben die durchwühlt und sich ordentlich bedient.«

»Die Russkis haben sich benommen wie Schweine.« Auch die Mutter war nicht gut auf die sozialistischen Brüder zu sprechen.

Rainer war nicht unglücklich darüber. So kamen die Eltern nicht auf den blöden Gedanken, doch noch in letzter Sekunde umzukehren.

Er parkte in einer Nebenstraße, von der aus sie zehn Minuten zu Fuß bis zur Grenzübergangsstelle in der Heinrich-Heine-Straße brauchten. Er nahm die NVA-Uniform aus dem Seesack und zog sich im Auto um. Die Eltern warteten draußen und rauchten eine Zigarette.

»Ihr redet möglichst kein Wort«, bläute Rainer ihnen ein. Sie sollten sich um Gottes willen nicht durch kommunistische Ausdrucksweisen verraten. Denn die DDR-Grenzer waren geschult, solche Leute zu identifizieren und auszusortieren.

»Ich dachte, du hast denen Rauschgift verabreicht?«, meinte der Vater skeptisch.

»Ja. Aber ich weiß nicht, ob alle es genommen haben.«

Die Kramers gingen auf die Grenzanlagen zu wie normale Westberliner, die ein Reisevisum hatten. Die Eltern trugen ihre Koffer. Rainer begleitete sie in NVA-Kleidung zu der hermetisch abgeriegelten Kontrollstelle. Allerdings benahmen sich die Soldaten merkwürdig. Einer von ihnen krallte sich am Zaun fest und versuchte den Draht durchzubeißen. Ein anderer saß im Schneidersitz auf dem Boden und streichelte sein Gewehr. Zwei Offiziere stützten sich gegenseitig, um aufrecht stehen zu können. Nur der Kommandant war in Alarmbereitschaft. Er hielt die Mündung seiner Maschinenpistole auf die Neuankömmlinge gerichtet.

»Halt! Stehenbleiben!«, rief er. Offenbar hatte er es abgelehnt, das westliche Konsumgut zu kauen, wahrscheinlich weil er einen streng parteitreuen Klassenstandpunkt vertrat.

»Was ist denn hier los?«, versuchte der uniformierte Rainer ihn abzulenken.

»Irgendwas stimmt nicht. Setzen Sie sich ans Telefon und machen Sie Meldung in der Zentrale! Wir brauchen Verstärkung.«

Rainer salutierte ordnungsgemäß und begab sich in das Wachhäuschen. Er hoffte, dass die Nerven seiner Eltern wenigstens für ein paar Minuten hielten, denn der Postenführer schien einen nervösen Zeigefinger am Abzug seiner MP zu haben.

Rainer wählte die Nummer, die auf einer Telefonliste stand, und hatte tatsächlich Oberst Dombrowsky direkt in der Leitung. Mit verstellter Stimme gab er sich als Grenzbeamten vom Checkpoint Charlie aus, um die

Aufmerksamkeit auf einen anderen Grenzübergang zu lenken.

Rainer reichte den Hörer unter der Scheibe durch und hielt ihn dem Postenführer hin. »Der Herr Oberst möchte Sie sprechen!«

Der Kommandant beugte sich hinunter zu dem Durchlass, durch den sonst die Papiere der Transitreisenden geschoben wurden. »Hallo! Ich melde gehorsamst, dass sich staatszersetzende Dinge hier an der Grenzanlage tun! Ich fordere unmittelbar Verstärkung an! Und Krankenwagen!«

Weiter kam er nicht.

Rainer war hinter ihn getreten und streckte ihn mit einem gezielten Handkantenschlag in den Nacken nieder. Der Postenführer sackte weg und ging zu Boden. Rainer legte den Telefonhörer auf die Gabel, um die Verbindung zu unterbrechen, schnappte sich die Maschinenpistole und geleitete seine Eltern zügig die gut zwanzig Meter zum finalen Kontrollpunkt.

Aus der Entfernung sah er, dass dort ein ähnliches Chaos herrschte. Wirklich dienstfähig schien keiner der Grenzsoldaten mehr zu sein. Mit dem LSD hatte der VEB Chemie ganze Arbeit geleistet. Allerdings waren einige Kollegen von der benachbarten Abfertigungsstelle für Fahrzeuge nun misstrauisch geworden. Auch ihnen war nicht verborgen geblieben, dass es keine bewachte Ein- und Ausreise mehr gab. Die Grenze war offen! Im Schutze der mannshohen Betonblöcke drängte Rainer seine Eltern voran.

Dadurch war den Scharfschützen die Sicht etwas versperrt, zudem stauten sich zahlreiche Lastkraftwagen entlang des Zaunes zum Fußgängerübergang. So gelangten die drei Republikflüchtlinge geduckt bis zur Schleuse, ohne dass ein einziger Schuss fiel. Erst als Rainer das letzte Gatter vor dem Westen passierte, rannte einer der bewaffneten Volksarmisten in seine Richtung. Aus zwanzig Metern Entfernung gab er mit der Pistole einen Warnschuss in die Luft ab. Rainer zögerte nicht und antwortete mit einer Salve aus der Maschinenpistole, die den Asphalt und die eisernen Panzersperren traf.

Der Grenzer hechtete in Deckung hinter ein Auto, in dem vier Personen hockten, die einen Tagesausflug nach Ostberlin machten. Obwohl keine der Kugeln auch nur in der Nähe einschlug, tauchten auch sie hinter die Sitze ab.

Die Eltern stolperten im Feuerschutz voran und hielten ihre Koffer wie schusssichere Westen vor der Brust. Rainer lief rückwärts auf die amerikanischen Kontrolleure zu, um die Armeeangehörigen der DDR nicht aus den Augen zu lassen. Bis er von hinten an der Schulter gepackt und von US-Militärs aus dem Schussfeld gezerrt wurde.

Auch die alliierten Grenzsoldaten waren hinter ihren Häuschen in Deckung gegangen, denn keiner wusste die Gefährlichkeit der Situation so recht einzuschätzen. Ein Sergeant telefonierte mit dem Headquarter und schilderte die Lage. Aus einem kleinen Vorfall mit mehreren Schusswechseln konnte ruck zuck ein ausgewachsener kriegerischer Konflikt werden, bei dem sich Panzerverbände gegenüberstanden und mit Bomben und Vernichtung gedroht wurde.

Rainer nutzte die Gunst des Augenblicks und bedeutete seinen Eltern mit einem Handzeichen, sich aus dem Staub zu machen. Bevor das hier hochoffiziell ausartete und vorm Militärgericht endete. Auch er schlich sich unauffällig davon.

22

Die Kramers nahmen sich in die Arme und drückten sich zu dritt minutenlang fest aneinander. Bei den Eltern flossen Tränen der Erleichterung. Auch Rainer war mitgenommen, da von ihm nun die Anspannung abfiel. Dann hatte er sich wieder im Griff.

»Los! Weg hier!«, entschied er.

Sie liefen durch eine Siedlung von fünfgeschossigen Sozialbauten, die seit Jahren in unmittelbarer Nähe der Mauer hochgezogen wurden, weil dort außer der Unterschicht keiner wohnen wollte. Dahinter lag eine Sandmulde von der Größe eines Fußballfeldes, in der Schutt aus dem Zweiten Weltkrieg lagerte. Die Brache endete an einer Häuserfront, die nur teilweise bewohnbar war.

»Das sieht ja hier aus wie bei uns«, stellte Vater Kramer nüchtern fest. Die heruntergekommene Bausubstanz in Kreuzberg ließ ihn unbeeindruckt.

»Ich will sofort Lutz sehen!«, rief die Mutter.

»In unsere Wohnung können wir nicht, da sitzt der Politkommissar rum. Der darf auf keinen Fall erfahren, dass ihr hier seid.«

»Dann treffen wir uns eben am Kurfürstendamm«, erwiderte Frau Kramer. »Ich wollte sowieso mal wieder ein anständiges Kännchen Kaffee trinken.«

Rainer wollte die überraschende Familienzusammenführung nicht in der Öffentlichkeit stattfinden lassen, sondern lieber in Manfreds Bude, aber je länger er darüber nachdachte, desto sicherer erschien es ihm, sich unter möglichst vielen Leuten zu befinden. Obendrein wollte er Lutz erst mal nichts von seiner geheimen Unterkunft erzählen. Je weniger Mitwisser, desto besser. Zur Freude seiner Eltern wedelte er jetzt mit einem Bündel Westgeld. »In Ordnung. Wir gehen ins schickste Haus am Platz.«

Natürlich musste Rainer sich anpöbeln lassen, weil er in einer NVA-Uniform durch Westberlin lief. Darüber konnten nicht alle Bürger der eingekesselten Stadt lachen. Und weil er seine Eltern kannte, wusste er, dass sie es nicht unkommentiert lassen würden, wenn ihr Sohn beleidigt wurde. Gerade seine Mutter war schnell mit ihrem Mundwerk, wenn es darum ging, ihre Kinder zu verteidigen. Und das Letzte, was er gebrauchen konnte, war ein Aufruhr, zu dem auch noch eine Polizeistreife gerufen würde. Die würden ihn in seinen DDR-Militärklamotten gleich in Gewahrsam nehmen.

Vater Kramer hatte eine simple, aber wirksame Idee. »Junge, ich hab einen Mantel im Koffer.« Rainer legte die NVA-Jacke ab und zog sich einfach den Wintermantel über sein Hemd.

»Frierst du auch nicht?«, fragte die Mutter fürsorglich.

»Alles bestens«, konnte Rainer sie beruhigen.

»Wie lange müssen wir noch laufen?«, klagte der gehbehinderte Herr Kramer. »Das ist mit dem Gepäck sehr mühsam.«

»Du hast recht. Dumm von mir«, bat sein Sohn um Entschuldigung. »Ich nehme eure Koffer. Es ist etwa einen Kilometer die Straße runter bis zur U-Bahn. Die fährt Richtung Bahnhof Zoo.«

Rainer versteckte sich in einem Hauseingang, von dem aus er die Umgebung gut im Blick hatte. Er wollte sicher sein, dass Lutz auch wirklich allein kam und nicht Michalke im Schlepptau hatte. Bis vor ein paar Tagen wäre er nie auf den Gedanken gekommen, seinem jüngeren Bruder zu misstrauen, aber seit dem Drogentrip war das anders. Weil Lutz sich verändert hatte. Das konnte an dem Teufelszeug liegen, mit dem er in Berührung gekommen war, aber Rainer wollte kein Risiko eingehen. Es belastete ihn, dass er nicht mehr wusste, auf welcher Seite sein Bruder stand. Ob er wie sonst immer Freund oder plötzlich Feind war.

Lutz hatte den Kragen hochgeschlagen, denn es war gerade mal gut 72 Stunden her, dass die Fotos von ihm auf den Titelseiten der Zeitungen prangten. Und die Fäuste saßen hier locker, wenn es um Krawallmacher ging. Er hatte keine Lust, von einer Horde von Kapitalistenschweinen, die von den westlichen Boulevardblättern aufgehetzt worden waren, zusammengeprügelt zu werden. Zwar wuchs ihm schon ein Bart, da er sich seit über einer Woche nicht mehr rasiert hatte, aber sein Gesicht war in allen Zeitungen zu sehen gewesen. Es reichte, wenn ihn einer erkannte, der andere dazu anstiftete, ihm eine Abreibung zu verpassen.

Lutz traf pünktlich am verabredeten Treffpunkt vor einem Salon für Damenmoden ein. Er sah im Schaufenster zwei Puppen, die keinen Oberkörper hatten, sondern nur Beine. Denn es waren Reklamegestelle für Frauenstrümpfe. Sie übten eine gewisse Anziehungskraft auf ihn aus, so dass er erst nach einer Weile seinen Bruder bemerkte, der sich zu ihm gesellt hatte.

»Wolltest du nicht für Marianne Strumpfhosen besorgen?« Vorwurfsvoll deutete Lutz auf die Ware in der Auslage.

»Man sagt heute ›Nylons‹«, klärte ihn Rainer auf. »Das klingt nicht so altmodisch.«

»Und wieso gehst du jetzt nicht in das Geschäft rein und kaufst ihr welche? Geld hast du ja wohl mittlerweile genug.«

»Ich brauche mein Geld für andere Dinge.«

»Dein Geld? Es gehört der Partei!«

»Die Dinge haben sich geändert. Ich werde Vater. Mit Barbara. Unserer Nachbarin.«

»Wirklich? Dann bist du ja doch ein wahrer Sozialist!« Nun war Lutz wieder voller revolutionärer Begeisterung. Nicht nur die Frauen im Osten würden linientreuen Nachwuchs bekommen, nein, auch Weststudentinnen würden zukünftige Klassenkämpfer großziehen.

Rainer war von der Sprunghaftigkeit überrascht, mit der Lutz auf die Nachricht reagierte. Eben galt er noch als Verräter, der sich an den Klassenfeind verkauft hatte, nun war er in Sekundenschnelle zum Helden der Arbeiterklasse mutiert. Das mussten Spätfolgen des LSD sein. Hoffentlich hielt Lutz das Wiedersehen mit den Eltern nicht für eine Halluzination. Aber ein Schock würde es für ihn auf alle Fälle werden.

»Wenn es ein Mädchen wird, musst du es Rosa nennen!«, schwärmte Lutz. »Wie Rosa Luxemburg, unsere große Heldin der sozialistischen Bewegung.«

»Ich habe meinen Samen nicht wegen der Partei gespendet.«

»Natürlich nicht. Auch für unser Vaterland. Dein Kind wird in einer Welt leben, in der sich das Proletariat befreit hat von den Zwängen der kapitalistischen Entfremdung.«

»Ich möchte meinem Kind diese ideologisch-propagandistische Sicht der Dinge nicht als Realität verkaufen.«

Lutz haute es fast aus den Socken. »Was? Bist du high?«

»Nein. Ich möchte einfach, dass mein Kind die Möglichkeit hat, sich von den bestehenden gesellschaftlichen Verhältnissen ein eigenes Bild zu machen. Ohne Indoktrination.«

»Moment mal!«, empörte sich Lutz. »Willensfreiheit existiert nicht. Der Geschichtsverlauf ist uns vorbestimmt. Daran wirst du nichts ändern!«

»Du etwa?«

»Ich habe mir vorgenommen, Historiker zu werden. Ich möchte die Geschichtsbücher für die kommenden Generationen schreiben. Und zwar aus der Perspektive der Linken. Damit alle die Wahrheit erfahren und sie gelehrt bekommen.« Lutz reckte entschlossen und kampfbereit eine Faust.

Auf dem Weg zum Café rang Rainer um die beste Lösung für das bevorstehende Problem: Sollte er Lutz vorwarnen oder ins offene Messer laufen lassen? Wie würde sein Bruder reagieren, wenn er erfuhr, dass auch die Eltern ausgewandert waren? Dass sich die ganze Familie nun hinter den feindlichen Linien, hier beim Klassenfeind befand und es sich am Kurfürstendamm dekadent gut gehen ließ?

»Hör mal«, fing Rainer vorsichtig an, »ich würde dir gerne zwei Menschen vorstellen, die du kennenlernen solltest.«

»Aha. Deine zukünftigen Schwiegereltern, oder wie?«

»Nein. Aber wusstest du, dass wir Verwandtschaft hier haben?«

»Was? Seit wann denn?«

»Erst seit kurzem.«

»Und wie hast du das herausgefunden? Haben wir etwa einen reichen Onkel aus Amerika?«

»Nein. So richtig viel Geld haben die nicht. Es sind ganz einfache Leute. Sie werden dir gefallen.«

»Wie sind sie politisch eingestellt?«

»Es sind Proletarier.«

»Das will ich hoffen. Sonst gebe ich denen nicht mal die Hand.«

Lutz verzog angewidert das Gesicht, als Rainer ihn in das barocke Kaffeehaus aus der Kaiserzeit führte. Überall Stuck an den Decken und Wandmalereien. Dazu verzierte Säulen und antike Statuen. Für ihn ein Alptraum voll altrömischer Pracht und bourgeoisem Verfall. Kein Aufenthaltsort für die Arbeiterklasse.

Als Lutz die Eltern sah, wusste er nicht, was ihn mehr erschrak: dass sie sich in Westberlin befanden oder wie es auf ihrem Tisch aussah. Reich gedeckt wie beim Hochadel. Mit Geschirr wie bei Hofe und Tortenstücken von den Ausmaßen der Auffahrrampen von Abschlepplastern der Volkspolizei.

»Habt ihr alle völlig den Verstand verloren?« Sofort vermutete er, dass sie aus Versehen von den LSD-Kaugummis genascht hatten. Vielleicht hatte Rainer sie unvorsichtigerweise herumliegen lassen und die Eltern hatten zufällig Appetit auf was Süßes gehabt?

»Setz dich einfach hin«, wies Rainer ihn dezent, aber bestimmt an.

»Komm mal her!« Die Mutter breitete ihre Arme aus.

Lutz zögerte, aber er sah, dass sie glücklich war, ihn zu sehen. Er drückte sie und bekam einen dicken Schmatzer auf die Wange. Dann herzte ihn der Vater. Lutz atmete schwer, nahm aber Platz.

»Wie kommt ihr denn hierher?«, stammelte er.

»Der Ausreiseantrag ist heute Vormittag bewilligt worden«, log Rainer.

»Was? Ihr habt einen Ausreiseantrag gestellt?« Fast wäre Lutz von dem reich ornamentierten Stuhl gefallen.

»Das kann man so nicht sagen«, berichtigte die Mutter, den Mund voller Schwarzwälder Kirschtorte.

»Man hat uns mehr oder weniger die Pistole auf die Brust gesetzt, die DDR zu verlassen«, sagte der Vater und leckte die Gabel ab, auf der sich noch Sahne befand.

Lutz blickte hilfesuchend zu seinem älteren Bruder. Er kannte das von Verkehrsunfällen. Keiner hatte Schuld, alle schoben sich die Verantwortung für die zerbeulten Autos gegenseitig zu. Und auch eventuelle Zeugen machten höchst widersprüchliche Angaben.

»Kann mir mal bitte einer einfach nur die reine Wahrheit sagen!«, forderte er seine Familie auf.

»Wir sind zu Fuß über den Grenzübergang Heinrich-Heine-Straße. Dort waren alle außerordentlich freundlich zu uns. Und jetzt sind wir hier«, fasste Rainer die Ereignisse für Lutz zusammen.

Lutz guckte in die Runde, um die Reaktionen der Eltern zu deuten.

»Das stinkt doch zum Himmel!«, rief er.

Rainer beschloss, seinen Bruder mit den Fakten zu konfrontieren. »Der Oberst und seine Frau machen zusammen mit unserem ach so linientreuen Herrn Politkommissar sogar Einkaufsbummel auf dem Kurfürstendamm.«

»Das ist aber eine ganz üble Nachrede von dir«, wiegelte Lutz misstrauisch ab.

»Nein. Es ist die reine Wahrheit. Und die wolltest du doch hören.«

»Das sind absolut hundertprozentige Sozialisten. Nie im Leben würden sie die Ideale unserer Partei verraten!«

»Das habe ich auch gedacht, aber dann habe ich es mit eigenen Augen gesehen. Sie kamen kaum die Treppen zum Bahnsteig hoch, so beladen waren sie mit Konsumgütern.«

»Das waren wahrscheinlich nur Vorbereitungen für die Feiern zum einhundertfünfzigsten Geburtstag von Karl Marx«, nahm Lutz an. »Nächstes Jahr wird die Partei ihn ehren. Da wollen sie nicht kleckern, sondern klotzen.«

»1968 wird ein großes Jahr«, nickte der Vater. Reflexartig käute er Parteipropaganda wieder, als würde die Stasi mit am Tisch sitzen.

»Da wird unser erster Enkel geboren«, fügte die Mutter hinzu.

»Genau das meine ich.« Lutz hob den Zeigefinger. »Du lässt deine Freundin Marianne sitzen, um dir ein Flittchen aus dem Westen zu angeln!«

»Wenn du die Mutter meines Kindes nochmal ein Flittchen nennst, kriegst du warme Ohren!«

»Ach! Und wer sagt, dass du überhaupt der Vater bist? Bei dem Durcheinander in ihrer Wohnung kommen doch auch zehn andere Männer genauso gut in Frage.«

»Guck dir einen dieser modernen Aufklärungsfilme im Kino an. Dann kannst du mitreden.«

»Wieso? Was zeigen die denn da?«

»Wie der weibliche Körper funktioniert. Aber ich will dir nicht zu viel verraten, um dir nicht die Spannung zu nehmen.«

»Was denn für ein Durcheinander?«, fragte Mutter Kramer verunsichert.

»Was soll das heißen? Du bist vielleicht nicht der Erzeuger?« Nun sah auch Vater Kramer das bevorstehende Familienidyll in Gefahr.

»Blödsinn!«, versuchte Rainer, mit einer Handbewegung möglichst alle Bedenken seiner Eltern beiseite zu wischen. »Wir hatten an einem Abend alle ein bisschen zu viel getrunken, und dann wurde da eben quer durch den Garten gefummelt. Kommt schon mal vor.«

»Gefummelt habt ihr?« Die Mutter hob ihre Augenbrauen.

»Davon kriegt man keine Kinder, da hat Rainer recht«, nickte der Vater, und damit war seine Welt wieder in Ordnung.

Lutz sah ein, dass es nichts brachte, die Eltern aufzuklären. Aber er wollte seinem Bruder trotzdem eins auswischen. »Wenn du jetzt offiziell mit dieser Barbara zusammen bist, hast du bestimmt nichts dagegen, wenn ich nun um die Gunst von Marianne werbe.«

»Marianne lebt im Osten«, erinnerte Rainer ihn.

»Ich auch«, erwiderte Lutz.

»Aber, Junge!« Die Mutter berührte seine Hand. »Wir sind jetzt hier. Deine ganze Familie ist im Westen. Und wir gehören alle zusammen.«

»Wir sind gekommen, um zu bleiben«, erklärte der Vater.

Lutz starrte in drei einst so vertraute Gesichter, die ihn ansahen, als hätten sie eine Gehirnwäsche der westlichen Geheimdienste hinter sich. Nun wollten sie ihn mit in diesen kapitalistischen Abgrund ziehen. Aber das würde er niemals mit sich machen lassen. Ja, die Kramers gehörten zusammen. Aber in Ostberlin. Dahin würde er alle zurück verfrachten. Ob sie wollten oder nicht.

23

Lutz und Michalke warteten auf den Rückruf des Obersts aus der Parteizentrale. Sie starrten auf den Telefonapparat, als würden ihre gebannten Blicke dafür sorgen, dass es läutete. Als es so weit war, nahm der Politkommissar blitzschnell den Hörer ab, als handelte es sich um eine sportliche Disziplin bei der Spartakiade.

»Der Postenführer hat den Täter eindeutig identifiziert«, teilte ihm Dombrowsky mit. »Er litt zwar noch unter Kopfschmerzen, weil er niedergeschlagen wurde, aber es handelt sich unzweifelhaft um den Genossen Rainer Kramer.«

Michalke nickte Lutz zu, der nun definitiv Bescheid wusste, dass es sein Bruder war, der das Delikt des Grenzdurchbruchs begangen hatte. Mit Waffengewalt gegen die Kameraden von der NVA. Wäre es nicht die eigene Familie gewesen, Lutz hätte für die Todesstrafe plädiert. So aber sollten sie zehn Jahre in der neuen Militärstrafvollzugsanstalt zur Besinnung kommen, um wieder anständige Sozialisten zu werden.

»Hat man die Wohnung der Kramers in Pankow durchsucht?«, fragte der Politkommissar seinen Vater.

»Ja. Die sind ausgeflogen. Haben wohl rübergemacht.«

»Eine gelungene Republikflucht. Schöne Scheiße!«

»Jetzt keine unkoordinierten Aktionen!«, befahl der SED-Oberst. »Wir wollen die drei hier vor Gericht stellen. Ausliefern wird sie der Westen nicht, daher müssen wir sie über die Grenze schleusen. Am besten im Kofferraum über den Checkpoint Charlie. Der ist nur für Armeeangehörige, da wird nicht so streng kontrolliert.«

Michalke verstand und sah Lutz an, während er telefonierte.

»Wir halten einen Trumpf in der Hand. Ihrem Sohn Lutz dürften die Eltern vertrauen. Er wird sie in die Falle locken.«

Beim Spaziergang nahm Barbara Rainers Hand und hielt sie fest. Wie ein verliebtes Paar schlenderten sie über den Bürgersteig. Es war das erste Mal, dass Barbara ihre Verbundenheit so offen zeigte. Rainer genoss es, obwohl es für ihn nicht ungefährlich war. Der Politkommissar sollte ihn so nicht sehen. Beim Gruppensex mit der schönen Nachbarin zu bumsen war wesentlich unverfänglicher, als mit ihr romantisch händchenhaltend in der Öffentlichkeit zu flanieren.

Sex war in der Hippie-Szene wie Kaffee miteinander trinken. Es bedeutete nichts. Aber wie zwei Verlobte, die eine gemeinsame Zukunft planen, ganz ungeniert vor allen Leuten aufzutreten, das untergrub den Geheimauftrag, mit dem die Brüder Kramer in den Westteil geschickt worden waren. Es war die Kapitulation vor ihrem Klassenfeind. Und Michalke war bewaffnet. Wenn der rotsah und die Knarre zog, würde er versuchen, Rainer hinzurichten.

»Letzten Monat haben sie den *Beat-Club* direkt aus Berlin von der Funkausstellung gezeigt«, sagte Barbara aufgeregt. »Es war die erste Ausstrahlung in Farbe. Die habe ich verpasst!«

»Ehrlich gesagt, bin ich auch gespannt, wie das aussieht.« Rainer begriff, dass ein neues Zeitalter anbrach. Bisher hatte er selbst im Kino nur Schwarzweißfilme gesehen.

Rainer und Barbara waren vor einem Radio- und TV-Geschäft stehen geblieben. Und sie waren nicht die Einzigen. Eine Gruppe Jugendlicher und auch ältere Menschen hatten sich vor dem breiten Schaufenster versammelt, um die Musiksendung zu verfolgen. Das studentische Publikum hatte sich modisch gekleidet, so auch Barbara, die ein pastellfarbenes Kleid mit breitem Ledergürtel um die Hüften trug.

Rainer warf einen Blick auf das Preisschild neben dem TV-Gerät. Eintausendfünfhundertsiebzig Mark! Er schüttelte den Kopf. Im Westen waren alle längst verrückt geworden.

Als die Sendung begann, war hier draußen kein Wort

zu hören. Aber die satten Farben des Fernsehbildes beeindruckten ihn schon.

»Das sind die *Equals*«, kiekste Barbara und bewegte sofort ihre Hüften, obwohl keinerlei Musik zu vernehmen war. Als hätte jemand absichtlich den Ton abgestellt.

Im *Purple Haze* dröhnte ein Orgelsound, den Lutz zum Verrücktwerden fand. Er war stocknüchtern, während alle anderen Gäste wirkten, als hätten sie sämtliche Rauschgifte intus, die in Westberlin verfügbar waren. Eigentlich hatte er sich hier nie wieder blicken lassen wollen, doch er musste Devisen beschaffen. Mit einem Umhängebeutel voller Kaugummis drängelte er sich durch die Menge der hysterischen Diskothekenbesucher.

Wenigstens bei den Hippies schien die innere Wehrkraft der Stadt ihrem Ende zuzueilen. Einen Teil seiner Mission hatte Lutz bereits erfüllt. Inmitten eines Pulks kreischender Drogenabhängiger malte er sich aus, wie die SED ihn in einem Festakt mit Orden dekorieren würde. Eine Gänsehaut lief ihm über die Arme, als er daran dachte, wie sich das Zentralkomitee und die geladenen Gäste von ihren Sitzplätzen erheben würden, um ihm zu applaudieren. Von wegen Fratze des Irrsinns! Ein Held der Republik würde er sein.

Zwar war Lutz froh, dem Stroboskoplicht im Umkreis der Tanzfläche entkommen zu sein, doch in dem Hinterzimmer voller Kissen stank es nach Marihuana.

Die Ölscheibenprojektionen auf den Wänden gaben ihm das Gefühl, einen fremden Planeten zu betreten. Das war alles so verflucht psychedelisch, dass er zunehmend von der Furcht befallen wurde, schon vom Geruch der Drogen high zu werden. Beziehungsweise *stoned*.

Da sah er ein paar Kunden, die ihn bereits kannten. Sie winkten ihm zu. Er verkaufte ihnen zwei Packungen Kaugummis und kassierte dafür immerhin vierzig Mark.

Rainer küsste Barbara zum Abschied. Sie machte sich los, da es spät geworden war und ihre Eltern schon das Licht ausgeschaltet hatten, wie sie an deren Schlafzimmerfenstern sehen konnte. Nun musste sie die beiden aus dem Bett klingeln. Das würde die Laune ihres Vaters nicht heben. Wenn er etwas noch mehr hasste als langhaarige Studenten und kommunistische Umtriebe, dann, wenn jemand seine Nachtruhe störte.

»Mein alter Herr hätte mich windelweich geprügelt, wenn ich nicht pünktlich nachhause gekommen wäre.« So erinnerte er seine Tochter an die Sitten der Vergangenheit.

»Soll ich mich jetzt bei dir bedanken, dass es keine Ohrfeigen gibt?«, fragte Barbara schnippisch. Wie ihr Vater da im gestreiften Pyjama vor ihr stand, sah er aus wie ein Sträfling.

»Na, wenigstens hast du deinen Gammler nicht mitgebracht. Da hätte es tatsächlich was gesetzt.«

»Rainer studiert hier. Ich weiß nicht, was du hast.«

»Und was steht in seinem Pass? Bürger der SBZ?«

»Meine Güte. Er stammt halt aus der DDR.«

»Die DDR ist ja gar kein richtiger Staat!«, wetterte der Vater.

»Soviel ich weiß, ist sie sogar vor der BRD gegründet worden.«

»Papperlapapp!« Herr Müller kam allmählich auf Touren. »Das haben die 1949 ganz auf die Schnelle durchgezogen. Alles auf Befehl vom Genossen Stalin aus Moskau. Quasi von einem Tag auf den anderen. Da haben ja nicht mal Wahlen stattgefunden.«

»Apropos. Wen hat denn die westdeutsche Bevölkerung gewählt? Unser gegenwärtiger Bundeskanzler war früher in der NSDAP!«, rief Barbara, bevor sie die Tür zu ihrem alten Kinderzimmer zuzog, in dem alles noch aussah wie vor zehn Jahren.

»Meine Stimme hat der nicht bekommen!«, schnauzte ihr Vater durch die verschlossene Tür. »Sondern Willy Brandt!«

»Das muss ein sonderbarer Geselle sein, der hier wohnt.« Rainers Vater deutete auf das grellbunte Poster an der Wand: von der *Jimi Hendrix Experience*. Für ihn sahen die Hintergrundfarben aus wie ein Unfall im Chemielabor, als hätten Assistenten dort Substanzen von verschiedenstem Kolorit unsachgemäß miteinander vermischt.

»Das ist zeitgenössische Kultur«, klärte ihn sein Sohn auf.

»Da wird einem ja schon beim Draufgucken schwindelig«, fand die Mutter. »Kann man das nicht abhängen?«

Rainer hatte zu nachtschlafender Zeit keine Lust auf eine Grundsatzdebatte, also löste er die Reißzwecken ab, mit denen Manfred das Plakat befestigt hatte, in der Hoffnung, dass seine Eltern nun schlafen gehen würden. Schließlich überließ er ihnen das Bett, während er das Sofa nehmen musste.

Im Liegen dachte er an Barbara, die es so lange bei ihrer Familie aushalten musste, bis sich die brenzlige Lage beruhigte. Und das konnte dauern, denn weder der Oberst noch die SED würden es kampflos hinnehmen, dass einer ihrer Geheimagenten zum Feind übergelaufen war.

Rainer wusste, dass die Stasi über Zersetzungspläne verfügte, wie man unliebsame Personen kaputtmachte. Es wurde eine Gruppe von informellen Mitarbeitern auf eine Zielperson angesetzt, die mit vorgeschriebenen Maßnahmen rund um die Uhr terrorisiert wurde, bis eine offizielle Anklage vor Gericht möglich war. Dann würde Rainer dort hocken und von der obersten DDR-Richterin Renate Michalke zu jahrelanger Zwangsarbeit verurteilt werden. Von der Mutter des Politkommissars und der Ehefrau Dombrowskys. Daher war es von entscheidender Bedeutung, dass dieses Versteck hier geheim blieb. Allerdings würde Manfred in zwei Tagen schon von dem Einkaufsbummel aus Afghanistan zurückkehren. Wohin Rainer dann mit den Eltern sollte, wusste er nicht.

Lutz kühlte sich in der Küche sein Gesicht mit Eiswürfeln. Er rieb über die Stellen, an denen ihn die Faustschläge getroffen hatten. Michalke kam rein und bemerkte Lutz' geschwollene Oberlippe.

»Ist was schiefgelaufen?«, fragte er, obwohl er die Antwort ahnte.

»So gut wie alles«, räumte Lutz ernüchtert ein.

»Haben dich die Rocker in der Diskothek verdroschen?«

»Nein.«

»Spießbürger auf dem Nachhauseweg?«

»Nein. Meine Kunden.«

Der Politkommissar war nun doch verwirrt. Lutz knallte die Ware auf den Tisch. Stapelweise Kaugummis. Fast der gesamte Vorrat.

»Da ist niemals LSD drin!«, rief er vorwurfsvoll.

Michalke griff sich die Kaugummis, die er für Fabrikate vom VEB Chemie hielt, und roch daran. Er wickelte einen Streifen aus.

»Das testen wir gleich«, sagte er und reichte Lutz die Kostprobe.

Der Volkspolizist zuckte zurück. »Was soll das?«

»Du hast doch eben gesagt, dass die Dinger harmlos sind. Also, rein damit!«, befahl der Politkommissar seinem Untergebenen.

Lutz schluckte, knabberte ganz vorsichtig an einer Ecke und wartete auf die Wirkung, bevor er mit jedem Stückchen mutiger wurde, bis er den Streifen komplett durchgekaut hatte. Er schmatzte und sah dem Politkommissar in die Augen, damit dieser eingreifen konnte, falls er dramatische Veränderungen an Lutz feststellte. Doch die traten nicht ein. Lutz genehmigte sich sogar freiwillig noch zwei weitere Streifen und kaute angeberisch darauf herum.

»Wir handeln mit Platzpatronen!«, schrie Michalke. »Die hat uns dein Bruder untergejubelt. Jede Wette!«

»Und ich habe dafür die Dresche bekommen.« Lutz war wütend.

»Dafür wird er in einem sibirischen Lager versauern!« Das schwor Michalke bei allem, was dem Sohn eines ZK-Mitglieds heilig war.

24

Im Dienst hatte Rainer gelernt, Personen unauffällig zu beschatten. Selbst in Vopo-Uniform war er in der Lage, Verdächtige zu observieren, ohne dass er ihnen auffiel. Und die Kriminellen im Osten waren oft recht gewieft, denn sie wussten, dass eine Verurteilung kein Zuckerschlecken bedeutete. Die Gefängnisse der Republik waren berüchtigt: Es waren eher Zuchthäuser, deren Insassen mit Härte und Gewalt wieder auf den richtigen sozialistischen Weg gebracht werden sollten.

Rainer folgte dem Politkommissar, als dieser das Haus verließ und auf der anderen Straßenseite um die Ecke bog. Keine hundert Meter weiter war Michalkes Ausflug schon wieder beendet. Er stieg in ein Auto, zu einem Mann, den Rainer nur von hinten sah. Rainer entschloss sich, geduckt zur nächsten Kreuzung zu eilen, um dort von vorne einen Blick auf die Person hinterm Steuer werfen zu können.

Es dauerte, bis sich der Wagen in Bewegung setzte, aber Rainer hatte richtig spekuliert. Der NSU rollte in Richtung der Ampel, wo er halten musste. Genug Zeit, um zwischen Passanten hindurch den Fahrer auszuspähen. Es war der Oberst. Und wenn der extra rüberkam, war Gefahr im Verzug. Fürs Land, die Partei und alle, die sich dem Sozialismus in den Weg stellten.

Rainer sah dem knallroten Kompaktwagen hinterher und wusste, was die Stunde geschlagen hatte, denn er kannte den präparierten Stasi-PKW. Man hatte das Kofferraumvolumen erweitert, um Leute aus dem Westen in den Osten schmuggeln zu können. Der Tank war halbiert, damit mehr Platz zum Transport des Opfers vorhanden war. Äußerlich ein harmloses Rentnerfahrzeug, mit dem die SED jedoch ihre Entführungen durchzog.

Oberst Dombrowsky lenkte den NSU durch die Innenstadt und deutete auf das Handschuhfach. Michalke öffnete es und entnahm ihm einen Briefumschlag. Er enthielt dreitausend Westmark in Scheinen.

»Wo hast du die denn her?«

»Die Partei hat stets ein paar Reserven. Für Notfälle.«

Der Politkommissar steckte das Geld ein. Sein Vater moserte.

»Ich hab eigentlich keine Kapazitäten, um diesen ganzen Mist hier aufzuräumen. Das ZK braucht mich im Hauptquartier.«

»Wir versuchen, die Kramers innerhalb der nächsten vierundzwanzig Stunden unschädlich zu machen. Danach kannst du zurück an deinen Schreibtisch.«

»Wenn es mir nicht ein persönliches Bedürfnis wäre, diese Bande wieder heim ins Reich zu holen, hätte ich lieber an einer Sitzung heute Nachmittag teilgenommen. Es gibt schlechte Nachrichten aus der Sowjetunion. Die Konjunktur dort geht bergab.«

»Was bedeutet das für uns?«

»Wir müssen dringend an der Modernisierung des ökonomischen Systems arbeiten. Das soll in der neuen Verfassung verankert werden. Der Generalsekretär erwartet Resultate, deshalb muss das mit den Republikflüchtigen hier schnell gehen. Wenn das ZK davon Wind bekommt, geht es mir an den Kragen.«

»Keine Sorge. Spätestens morgen kriege ich die Akte. Und vorher erledigen wir das Problem mit den Eltern der beiden. Lutz trifft sich heute mit ihnen zum Kaffeetrinken. Da greifen wir zu.«

Rainer holte aus Barbaras Wohnung Unterlagen für die Uni, die sie vergessen hatte, aber für eine Prüfung benötigte. Nun stand er vor der Tür zu der konspirativen Unterkunft bei Michalke. Er klopfte an, in der Hoffnung, Lutz sei unterwegs, doch sein Bruder öffnete ihm. Die beiden starrten sich eine Weile regungslos an.

»Komm doch rein«, sagte Lutz mit einem Mal einladend.

Rainer folgte ihm durch den Flur.

»Willst du einen Kaffee?«, fragte Lutz in der Küche.

Rainer lehnte ab.

»Oder einen Kaugummi?« Lutz steckte sich einen Streifen in den Mund.

Rainer sah den Haufen – die Ware, die er im Supermarkt gekauft hatte. Sie hatten es also bereits bemerkt.

Das Ablenkungsmanöver funktionierte, denn Rainer war unkonzentriert und bekam nicht mit, dass Lutz sich die Pistole aus der Schublade griff. Er richtete den Lauf auf seinen Bruder.

Rainer wischte sich mit der freien Hand über den Mund und das Kinn. Im Einsatz hatte er mal eine ähnliche Situation erlebt, als ihn ein Verbrecher mit einer Knarre bedrohte, aber da war Rainer ebenfalls bewaffnet gewesen. Hier hatte er nur zusammengerollte Papiere von Barbara in der Hand, die mit einem Schnipsgummi in der Mitte befestigt waren. Allerdings waren es knapp dreißig Seiten. Er musste diese kleine Keule am äußersten Ende zu fassen kriegen, um Lutz mit einem Hieb gegen die Knarre zu überrumpeln.

»Meinst du, unsere Eltern werden jemals wieder einen glücklichen Tag haben, wenn du abdrückst?«, versuchte er, Lutz abzulenken.

»Ich werde dich nur vorübergehend einsperren. Auf der Toilette. Und wir haben dort eine Tür, die man abschließen kann.«

»Verstehe. Bis Michalke und Dombrowsky wieder da sind.«

»Genau. Dann erwartet dich ein ganz neutraler Schauprozess vor dem Obersten Gericht der DDR.«

»Weißt du, was Rudi Dutschke gesagt hat? Die nichtwissende Konterrevolution schlug Jesus Christus ans Kreuz.«

»Du kannst beim Prozess aussagen, dass du unsere armen Eltern mit LSD betäubt und zum illegalen Grenzübertritt gezwungen hast. Dann kommen sie glimpflich davon. Das wäre christlich von dir.«

Rainer zuckte mit den Schultern. »Mittlerweile glaube ich, dass die Westmedien doch recht hatten.«

»Inwiefern?«

»Als sie dich ›die Fratze des Irrsinns‹ nannten.«

Er wusste, dass Lutz auch im Dienst leicht zu provozieren war. Wenn er einer Situation nicht gewachsen war, fuchtelte er wütend mit seiner Schusswaffe herum. So auch diesmal. Er hielt sie nicht vorschriftsmäßig nahe am Körper, sondern streckte sie ein Stück weit vor, um dem Gegner Respekt einzuflößen.

»Halt bloß deine freche Schnauze, du!«

Rainer hatte die stramme Papierrolle in die linke Hand genommen, damit er an die rechte seines Bruders gelangte, in der dieser die Armeepistole hielt. Außerdem musste er die Schlaghand freimachen, um Lutz einen Aufwärtshaken verpassen zu können. Der Schlag musste von unten nach oben geführt werden; für einen kräftigen Schwinger hätte Rainer weit ausholen müssen, und dafür hatte er keine Zeit und kaum Platz.

»Meinst du, Marianne wird dich nehmen, wenn sie erfährt, dass du mich abgeknallt hast?« Rainer trat ein wenig zur Seite, um aus der unmittelbaren Schussbahn zu gelangen, falls Lutz doch abdrückte. Bei der Erwähnung Mariannes zuckte Lutz zusammen. Blitzschnell schlug ihm Rainer die Waffe aus der Hand. Und schon krachte ein rechter Haken gegen Lutz' Kinn und riss ihn von den Beinen. Lutz taumelte gegen einen Küchenstuhl, den er im Niederfallen mit umriss.

Rainer achtete darauf, dass sein Bruder nicht mit dem Hinterkopf auf dem harten Boden aufschlug. Er war rechtzeitig bei ihm, um es zu verhindern, denn der Zusammenprall mit dem Stuhl hatte den Sturz verzögert. Er legte Lutz in eine stabile Seitenlage und nahm die Pistole an sich. Dann musste er durchatmen. Lutz wäre zu allem fähig gewesen und hätte ihn an die Vorgesetzten ausgeliefert. Wie nach einer Gehirnwäsche.

Rainer beeilte sich, zu den Eltern zurückzukehren. Er wollte sie keinen Augenblick aus den Augen lassen. Dem Oberst und dem Politkommissar war alles zuzutrauen. Doch das Verhalten seines kleinen Bruders hatte ihn komplett geschockt. Wie Lutz vom Sozialismus abweichende politische Meinungen verdammte und Andersdenkende in der Hölle schmoren sehen wollte, das war totalitär. Selbst den eigenen Bruder hätte er ans Messer geliefert.

Rainer wusste, dass es die Familie zerreißen würde, wenn Lutz sich nach Ostberlin absetzte. Er war sich nicht sicher, ob seine Eltern unter diesen Umständen noch im Westen bleiben würden. Denn stets empfanden sie eine besondere Fürsorgepflicht gegenüber dem jüngeren Sohn, während sie Rainer als dem Erstgeborenen stets die Fähigkeit zusprachen, sich in der Fremde allein zu behaupten.

Rainer war froh, dass er seine Eltern unbeschadet vorfand, als er in der Wohnung von Manfred auftauchte. Dankbar nahm er beide in die Arme – aber irgendetwas stimmte hier nicht. Sein Instinkt warnte ihn, dass vielleicht doch die SED im Wohnzimmer auf ihn wartete, um alle drei gewaltsam zurück in die DDR zu bringen. Darum war er erleichtert, als ihm die Eltern nur eine Zeitung unter die Nase hielten. Sie hatten eine der Ausgaben gefunden, in denen Lutz auf der Titelseite zu sehen war. Das Blatt musste herumgelegen haben, ohne dass es Rainer aufgefallen war. Herr und Frau Kramer waren entsetzt über das, was sie da ansehen mussten.

»Mir fehlen die Worte«, sagte der Vater.

»Ich habe eine halbe Stunde geweint«, schniefte die Mutter und war erneut den Tränen nah.

»Ich hab euch erzählt, dass er mit Drogen in Berührung kam.«

»Aber nicht, dass die ganze Stadt davon weiß! Mein Gott, ist das alles peinlich! Der Junge kann ja nicht mehr auf die Straße gehen.«

Seine Eltern machten sich erstaunlich viel aus gesellschaftlichen Zwängen. Rainer hatte das schon in der DDR gestört. Dort war alles puritanisch, man musste nicht nur wegen der Stasi oder der Volkspolizei unheimlich viel im Verborgenen treiben. Auch die eigenen Eltern maßregelten einen ständig. Sosehr man sie liebte.

»Er lässt sich einen Bart stehen. In ein paar Wochen ist da Gras drüber gewachsen.«

»Das ist alles nur die Schuld des Kapitalismus.« Für den Vater war die Sache geklärt.

»So haben wir uns das nicht vorgestellt«, seufzte die Mutter, die bereits wenige Stunden nach ihrer geglückten Republikflucht zu schwächeln schien.

»Wenn jemand die Verantwortung für diese Fotos trägt, dann sind es der Oberst und die Partei«, sagte Rainer ernst und schob so den schwarzen Peter der SED zu. »Sie haben uns in den Westen geschickt und billigend in Kauf genommen, dass alles aus dem Ruder läuft.«

»In Ordnung, die haben ihre Aufsichtspflicht verletzt, das stimmt«, gestand ihm der Vater zu.

»Dieser großkotzige Funktionär hat mir gleich gestunken«, setzte die Mutter nach. Sie machte aus ihrem Herzen keine Mördergrube.

Rainer war ein wenig erleichtert, dass hier wieder mehr Vernunft einkehrte. Nun stellte er seinen Eltern die Gewissensfrage:

»Wollt ihr wieder zurück?«

Die Eltern kämpften mit sich. Innerlich. Aber man sah beiden an, wozu sie sich durchringen würden. Sie blickten sich gegenseitig an.

»Was wird uns drüben erwarten?«, überlegte der Vater laut. »Ein Orden? Oder doch ein Gerichtsverfahren? Das ist mir zu riskant.«

»Wir bleiben. Aber ich will meinen Sohn treffen. Um zu sehen, ob er sich erholt hat.« Die Mutter konnte es kaum erwarten.

»Tut mir leid«, schüttelte Rainer den Kopf. »Das geht nicht.« Er wusste nicht recht, wie er ihnen die nächste schlechte Nachricht beibringen sollte.

»Warum denn nicht?«, fragte Frau Kramer entrüstet.

»Weil er von der Staatssicherheit überwacht wird.«

Rainer lotste die Eltern zum Telefon. Er drückte seiner Mutter den Hörer in die Hand. »Ruf ihn an. Verabredet euch. Möglichst in der Öffentlichkeit. Aber nur ich werde hingehen.«

»Und wenn dich die Stasi schnappt?« Jetzt war sie zur Abwechslung mal um ihren älteren Sohn besorgt.

»Dann werde ich von meiner Dienstwaffe Gebrauch machen«, entgegnete Rainer, indem er die Armeepistole hervorholte, die er Lutz abgenommen hatte.

Michalke war außer sich, dass die Pistole weg war. »Hast du das absichtlich gemacht?«, schnauzte er Lutz an.

»Nein. Er stand plötzlich vor mir und schlug mich nieder. Danach hat er sich die Knarre genommen und ist abgehauen.«

Zum Beweis deutete Lutz auf seine ramponierte Nase.

Doch als Sohn einer hohen Richterin im Sozialismus war Michalke an Verteidigungsreden von Angeklagten nur bedingt interessiert, sein Urteil stand fest: Hier war eine Verschwörung im Gange.

»Wenn du ein doppeltes Spiel treibst, darf ich dich daran erinnern, dass wir eine Todesstrafe in unseren Gesetzesbüchern haben.«

In diesem Augenblick klingelte das Telefon. Der Politkommissar griff aus einem ersten Gewohnheitsimpuls heraus zum Hörer, doch dann hielt er mitten in der Bewegung inne und hob nicht ab. Stattdessen bedeutete er Lutz, den Anruf entgegenzunehmen. Der gehorchte und nahm den Hörer.

»Oh! Hallo Mutter! Wie geht es euch? Wo seid ihr?«

Michalke gestikulierte, die Beute nicht mehr vom

Haken zu lassen. Er zeigte Lutz die Visitenkarte eines Cafés. Lutz las den Namen und die Anschrift ab.

»Ja. In der Pension Wenzel in der Bundesallee ist eine Konditorei. In einer Stunde? Gut.« Damit beendete er das Telefonat. Michalke schien halbwegs versöhnt mit seinem Genossen.

Rainer nahm die Unterlagen für Barbara mit in den Tiergarten. Zu jener Parkbank, wo er ihr einst ganz zufällig begegnet war. In dem weitläufigen Park war diese Bank ihr Lieblingsplatz. Auch heute saß sie dort, doch sie heulte und putzte sich mit einem Taschentuch die triefende Nase.

»Was ist denn los? Ist was mit unserem Baby?«

»Nein«, schluchzte sie.

Rainer atmete tief durch und nahm neben ihr Platz.

»Hat dich dein Vater geschlagen?«

»Nein. Manfred ist verhaftet worden.«

»Oh nein! In Afghanistan?«

»Am Flughafen Tempelhof.«

»Was? Wie das denn?«

»Die machen seit Neuestem Stichproben und kontrollieren Leute, die aus der Region kommen, weil es da Flugzeugentführungen gegeben hat. Und dabei haben sie kiloweise Marihuana in seiner Reisetasche entdeckt.«

»Ach du Scheiße!«

»Das kannst du laut sagen! Woher soll ich denn jetzt mein Hasch kriegen?«, jammerte sie fahrig.

»Willst du nicht wenigstens während der Schwangerschaft damit aufhören?« Weiter kam Rainer nicht.

Ein zotteliger Student stoppte bei ihnen und drückte ihm ein Flugblatt in die Hand, das frisch aus der Presse kam, denn er hatte sofort Druckerschwärze an den Fingerkuppen. Es war kein politischer Aufruf, sondern die Einladung zu einem Happening. Er steckte den Wisch in die Jacke.

»Kiffen ist zwar harmlos, aber du hast recht«, sagte Barbara, immer noch ein wenig schniefend.

Rainer war erleichtert, dass sie sich einsichtig zeigte. Er schob ihr die Prüfungspapiere rüber. »Hier. Du wolltest ja Hausaufgaben machen. Ich muss wieder los.« Er drückte das Hippie-Mädchen fest an sich. Denn er wusste nicht, ob es ein Abschied für immer war.

25

Lutz hatte an einem der sechs Tische in der beschaulichen Konditorei Platz genommen. Die Speisekarte wurde ihm von einer älteren Kellnerin gebracht. Er blickte die graumelierte Dame mit dem Zopf einen Moment länger als nötig an. Der Politkommissar hatte ihn instruiert, nur bei dieser Bedienung zu bestellen. Er sollte sich ihr mit einer Losung als Geheimagent der SED zu erkennen geben.

»Was gibt es bei Ihnen noch außer Brot und Wohlstand?«, zitierte er einen Parteislogan.

»Heißgetränke mit Schuss«, antwortete sie korrekt.

»Dosieren Sie das Schlafmittel nicht zu stark«, ordnete er leise an.

Er wollte die Eltern betäuben, nicht gefährden. Die Mitarbeiterin der Staatssicherheit nickte. »Darf ich Ihnen etwas servieren?«

»Ich würde gerne warten, bis meine Verabredung da ist.« Vor den Gästen an den Nachbartischen gab sich Lutz betont höflich.

Das Café war gut besucht, denn man bekam hier leckere Süßspeisen zu erschwinglichen Preisen. Das war in der Gegend bekannt. Doch auch die Touristen brauchten nur das Treppenhaus hinab und an der Rezeption vorbei durch eine Glastür zu gehen, und schon standen sie vor der großen Vitrine mit den vielen Torten und Kuchen.

Michalke schob dem Hotelportier einen Zwanzigmarkschein über den Tresen. Der steckte ihn ein. Die Eltern Kramer würden in eines der Zimmer verfrachtet und abreisefertig gemacht werden. Ohne Zeugen. Michalke blickte sich um. Vom Vorraum aus hatte er die beste Sicht auf das Geschehen in der Konditorei.

»Ich gehe dann mal auf die Toilette«, sagte der Portier.

»Nehmen Sie sich eine Zeitung mit. Es kann eine halbe Stunde dauern«, entgegnete der Politkommissar.

Rainer observierte das Umfeld der Pension Wenzel, die inmitten einer verkehrsreichen Durchgangsstraße lag. Den roten NSU des Obersts entdeckte er nicht, auch sonst keine verdächtigen Autos oder Überwachungsfahrzeuge. Er hatte es nicht ganz pünktlich zur Verabredung mit seinem Bruder geschafft, deswegen musste er sich eilig umsehen und konnte den Parkplatz hinter dem Gebäude, auf dem Dombrowsky in dem NSU saß, nicht mehr kontrollieren.

»Was willst du denn hier?« Lutz war verärgert, Rainer zu sehen. Er winkte der Kellnerin. Rainer bestellte einen Schwarztee.

»Für mich das beste Stück Kuchen, das sie haben«, sagte Lutz, der nun Appetit auf eine gelungene Aktion hatte.

»Hoppla!« Rainer war überrascht. »Nobel geht die Welt zugrunde.«

»Wo sind die Eltern?«

»In Sicherheit.«

»Ihr habt euch alle strafbar gemacht.«

»Nur im Osten. Aber wir sind ja hier im Westen.«

»Du willst dein Kind ernsthaft diesen Verhältnissen ausliefern? Dieser Ellenbogengesellschaft voller Materialismus, Gier und Neid?«

»Im Sozialismus liefere ich es der Armut und der Unfreiheit aus.«

»Wir haben uns bereits vom Überfluss befreit. Und als Nächstes werden wir mit der Weltrevolution auch den Kapitalismus von diesem Konsumterror und dem ganzen Luxus befreien!«

»Deine Propaganda hat nichts mit der Lebenswirklichkeit zu tun. Sieh dir die Auswahl an Torten hier an. Die Leute lieben einen gewissen Luxus. Alles andere sind deine Hirngespinste!«

»Ach? Jetzt fängst du auch schon so an! Bloß, weil ich ein wenig LSD genommen habe.«

Die Kellnerin servierte die Tasse Tee und das Stück Erdbeertorte auf einem Tablett. Sie lächelte Rainer freundlich an, dann ging sie zurück zum Tresen, wo eine

Bestellung bereitstand, die sie zu einem anderen Tisch tragen musste.

Rainer schüttete sich Zucker und Milch in den Darjeeling.

»Sieh dir doch mal die Realität an! Was wir beide hier machen, ist kompletter Irrsinn! Mit ein paar Kaugummis die Weltrevolution auslösen? Wer denkt sich so was aus?«

»Na, das ZK der SED. Unser Auftrag kommt von ganz oben. Oder willst du etwa behaupten, dass die da alle wahnsinnig sind?«

»Nun ja. Zwei Geheimagenten gegen zwei Millionen Einwohner. Mit gesundem Menschenverstand hat das nicht viel zu tun.«

»Also, wenn der Oberst und die gesamte Parteiführung irre sind, was bist du dann? Reif für die Klapsmühle?«

»Was soll das heißen? Weil ich den Sozialismus nicht mehr will, gehöre ich in eine Zwangsjacke?«

Rainer setzte die Tasse an den Mund und trank vorsichtig von dem heißen Tee. Lutz sah es mit Genuss.

»Du stellst dich dem Fortschritt und der Gerechtigkeit in den Weg. Die ganze Welt wird ein Arbeiter- und Bauernstaat. Und wer das nicht begreift, der gehört in eine geschlossene Anstalt!«

Rainer nahm einen weiteren Schluck, bevor er die Tasse wieder abstellte. »Wer die Augen nicht vor unbequemen Wahrheiten verschließt, der muss ins Irrenhaus. Das ist doch völlig bekloppt.«

»Dass ich nicht lache!«, prustete Lutz übertrieben. »Hier machen sich doch alle mit den Drogen ihre eigene Realität! Deine Freundin zum Beispiel: Die merkt gar nicht, wie sie von dir betrogen wird.«

»Bisher habe ich sie noch nicht mit einer anderen betrogen.«

»Aber hast du ihr die nackte Wahrheit über dich gesagt? Warum du hier bist? Wer du wirklich bist? Dass du ein Agent der SED bist, der den Umsturz herbeizuführen mithilft? Und dass euer Kind nur Mittel zum Zweck ist, weil wir so viele Sozialisten in die Welt setzen werden, bis wir die absolute Mehrheit haben? Diese ganzen Lügen sind eure Art von Realität. So sieht es aus!«

Rainer rieb sich die Augen. Die Diskussion ermüdete ihn. »Du treibst mich echt noch in den Wahnsinn.«

»So lautet mein Auftrag.«

Rainer gähnte. »Mensch, Lutz. Wozu das alles? Mal ehrlich: aus purer Rechthaberei?«

»Nein! Weil wir unsere Heimat verteidigen! Gegen den Überfall der imperialistischen Invasoren.«

Rainer hatte schon keine Kraft mehr, dieser ewigen Indoktrination überhaupt noch Aufmerksamkeit entgegenzubringen. Er fühlte sich matt und ausgelaugt und hätte sich am liebsten hingelegt, um sich so richtig auszuschlafen. Es bereitete ihm Mühe, die Augen aufzuhalten.

»Ist alles in Butter bei dir?«

Rainer nahm die Frage kaum noch bei vollem Bewusstsein wahr.

Lutz stand auf und half seinem Bruder aus dem Stuhl. Er griff ihm unter die Arme, da eilte schon von der Rezeption ein weiterer Gast hilfsbereit herbei. »Wir bringen Sie an die frische Luft«, hörte Rainer eine Stimme, die ihm vertraut vorkam. Er überlegte, woher er sie kannte.

Vier energische Hände hatten ihn gepackt und beförderten ihn nach draußen. Auf eine Art war Rainer dankbar, denn seine Beine fühlten sich an, als wären sie ein ausgespuckter Kaugummi. Der kühle Wind weckte ihn auf wie eine kalte Dusche. Er warf einen Blick auf den netten Herrn, der ihn stützte. Es war der Politkommissar. Was für ein glücklicher Zufall, dass der sich auch gerade in der Konditorei aufhielt.

»Da hinten lang, zum Parkplatz auf dem Hof«, dirigierte Michalke.

Ein Parkplatz. Auf dem Hof. Langsam ergaben die Worte einen Sinn für Rainer. Und als die beiden Männer ihn zum Torbogen brachten, bemerkte er in der Entfernung das knallrote Auto wie ein Warnsignal. Wie eine rote Ampel.

Rainer sträubte sich und ließ sich nicht mehr widerstandslos abführen. Zumal ihnen in dem engen Durchgang ein Wagen entgegenfuhr, an dem sie nicht vorbeikamen.

Der Fahrer hupte, was Michalke und Lutz veranlasste, sich mitsamt dem in ihrer Mitte mitgeschleiften Rainer halb umzuwenden und die drei Meter zum Bürgersteig zurückzugehen.

Dort stemmten sie Rainer gegen die Hauswand und warteten, bis der Simca an ihnen vorbeirollte. Rainer nutzte die Gelegenheit, um Lutz gegen das Auto zu schubsen, so dass dieser gegen die Seitentür prallte. Der Fahrer bremste und stieg sofort aus, um den möglichen Sachschaden zu ermitteln.

»Sie Vollidiot!«, brüllte er Lutz an.

»Hilfe«, brachte Rainer mit schwerer Zunge hervor.

»Du besoffener Penner!«, krakeelte der Autobesitzer.

»Entschuldigen Sie, unser Kollege hat nach Feierabend ein paar Schnäpse getrunken«, versuchte der Politkommissar, die Situation unter Kontrolle zu kriegen. »Wir bringen ihn direkt nachhause.

»Dort kann er seinen Rausch ausschlafen«, fügte Lutz hinzu, klopfte seine Ärmel ab und war froh, dass er sich nichts gebrochen hatte.

»Da ist eine Beule drin!« Erregt deutete der Mann auf die Hintertür seines Wagens.

Lutz und Michalke starrten hin. Rainer nutzte den Augenblick, um dem Politkommissar das Knie in die Genitalien zu rammen. Wie er es im Nahkampftraining der Volkspolizei gelernt hatte. Mit einer schulmäßigen Wucht, die den Stasi-Mann zu Boden gehen ließ.

Michalke schrie auf und krümmte sich vor Schmerzen.

Rainer war noch nicht so reaktionsschnell, sofort zu verduften, doch er machte ein paar Schritte, die zwar noch nicht ganz an den Bewegungsablauf eines Erwachsenen erinnerten, ihm jedoch einen kleinen Vorsprung vor Lutz verschafften, der ihn festhalten wollte.

»Hiergeblieben!« Der Autofahrer packte Lutz am Schlafittchen.

»Lassen Sie mich los!«, wehrte Lutz sich gegen den aufgebrachten Mann. Vergebens.

Rainer stolperte eher voran, als dass er kontrolliert laufen konnte. Die Schweine mussten ihm irgendwie Drogen oder eine Medizin verpasst haben, so viel war ihm klar. Und dass das Schlafmittel wieder rausmusste aus seinem Körper. Er versuchte, sich den Zeigefinger in den Hals zu stecken, um schnell einen Brechreiz zu erzeugen. Doch es klappte nicht.

Dombrowsky beobachtete durch die Windschutzscheibe, wie Geheimagent Kramer sich vom Schauplatz verdrückte und seine beiden Leute außer Gefecht gesetzt wurden. Sein Sohn lag in der Einfahrt und hielt sich die Genitalien. Lutz Kramer konnte sich nicht von dem wütenden Westler losreißen, der ihn hartnäckig an der Flucht hindern wollte, bis die Polizei eintraf.

Mit wenigen Schritten war der Oberst zum Ort des Geschehens geeilt. Er näherte sich lautlos von hinten, zog eine Pistole aus der Manteltasche, packte sie am Lauf und schlug dem Autobesitzer den Griff über den Schädel. Der Mann trug zwar einen Hut, aber das schwere Metall erzielte die volle Wirkung und haute ihn um.

»Wir legen ihn in seinen Kofferraum, dann setzen wir den Wagen zurück.«

Lutz schnappte sich die Autoschlüssel, öffnete den Kofferraum und hob den Bewusstlosen hinein. Dann klappte er den Deckel zu, hockte sich ans Steuer und startete den Motor. Der Oberst zerrte seinen Sohn beiseite, damit Lutz losfahren konnte.

Vor einem Supermarkt sah Rainer Mülltonnen, neben denen sich mehrere Kisten Leergut stapelten. Sekundärrohstoffe aus Glas, in denen sich winzige Mengen Milch befanden, die die Kunden nicht restlos ausgetrunken hatten. Er begutachtete die Flaschen und fand drei, in denen gegorene Milch zähflüssig am Boden klebte. Rainer überwand seinen Ekel, schraubte die Verschlüsse ab und schüttete sich den klumpigen Brei in den Rachen. Es schmeckte widerlich. Einfach zum Kotzen. Aber genau das sollte es auch.

Mit dem säuerlichen Geschmack im Mund schleppte er sich um die Ecke zu ein paar Bäumen. Dort musste er nicht lange warten, bis sein Magen rebellierte. Die verdorbene Milch schoss seine Speiseröhre hoch. Er übergab sich mehrmals. Noch nie war er so froh gewesen wie jetzt, sein eigenes Erbrochenes vor sich liegen zu sehen.

»Er kann nicht weit sein«, sagte der Oberst, als er den roten NSU die Bundesallee entlang lenkte. Lutz und Michalke schauten angestrengt aus den Seitenfenstern, um den Flüchtigen zu erspähen. Die Dunkelheit erschwerte ihnen die Suche, doch in seinem Zustand musste Rainer sich immer noch ganz in der Nähe befinden.

»Guckt auch auf den Bürgersteig und zu den Hauseingängen, ob er dort irgendwo rumliegt und schläft.« Das Schlafmittel, das sie für den Tee verwendet hatten, war kampferprobt und hatte noch nie versagt. Es haute selbst einen Ochsen um.

»Da hinten!«, schrie Lutz.

Sein ausgestreckter linker Arm schoss am Kopf des Obersts vorbei. Er wies hektisch auf eine Nebenstraße.

»Volltreffer, Genosse Kramer!«

Dombrowsky parkte in der zweiten Reihe und ließ die beiden aussteigen, damit sie den Dreckskerl zu Fuß verfolgten. Er würde in Sichtweite hinterherfahren, bis sie ihn überwältigt hatten.

Rainer drehte sich ständig um wie ein Gehetzter, und dann erblickte er seine beiden Verfolger. Sie waren bestimmt achtzig Meter entfernt, doch sie hatten ihn im Visier. Und er war nicht in der körperlichen Verfassung, einfach so lange zu rennen, bis er sie abgehängt hatte. Er konnte sie höchstens noch eine Weile in die Irre führen, indem er sich in Seitengassen begab, immer wieder die Richtung wechselte oder sich hinter geparkten Autos versteckte.

Im Laufen dachte er daran, sich am Kurfürstendamm unter die Menschenmassen zu begeben. Da fand er in seiner Jackentasche dieses Flugblatt, das ihm der Freak im Park in die Hand gedrückt hatte. Es annoncierte für ein Gruppensex-Happening. Rainer las rasch die Eckdaten und prägte sich die Adresse ein. Ganz sicher war er nicht, weswegen er ein älteres Ehepaar keuchend ansprach.

»Südwestkorso? Ist das in der Nähe?«

»Da müssen Sie in die Richtung«, wies der Mann nach Osten. »Luftlinie ein paar hundert Meter.«

Rainer bedankte sich und eilte weiter.

Michalke und Lutz fragten das ältere Ehepaar, wonach sich der Flüchtende erkundigt hatte. Lutz hielt flink den Studentenausweis hoch und gab sich als Kriminalpolizist aus. Pflichtbewusst gaben die Rentner ihm Auskunft, wohin der Delinquent wollte.

Rainer ahnte nicht, wie lang der Südwestkorso war. Es führte als Verkehrstangente an schönen Altbauten entlang und verfügte über entsprechend viele Hausnummern, weit über die 100 hinaus. Auf seinem Zettel stand die Nummer 98, aber das war weit genug.

Zwar verloren der Politkommissar und Lutz durch die Befragung des alten Ehepaars nur wenig Zeit, jedoch war Rainers Vorsprung gewachsen. Zumal Michalke unter dem harten Tritt, den er in seinen Unterleib bekommen hatte, immer noch litt und nicht zu sprinten vermochte. Auch konnte der Oberst im Wagen hinter ihnen nicht die Ampelphasen ignorieren und hatte darum Mühe, den beiden im dichten Verkehr zu folgen.

In der Fabriketage lümmelten sich fast hundert nackte Leiber herum. Die meisten lagen bereits quer durcheinander, nur wenige standen außerhalb des Geschehens, um eine Zigarette zu rauchen oder aus den beschlagenen Fenstern zu schauen. Die Luft war stickig, die Atmosphäre hitzig und die Körper waren verschwitzt. Es wurde ungeniert gebumst und gestöhnt. Obwohl zahlreiche Jüngelchen mit ihren langen Haaren und Bärten äußerlich wie ein Abbild von Jesus wirkten, hätten Kirchenvertreter bei ihrem Anblick einen amtlichen Kulturschock erlitten. Ein Sündenbabel, in dem ekstatische Happenings gefeiert wurden! Wäre Pastor Albertz nicht gerade erst als Bürgermeister zurückgetreten, spätestens jetzt hätte er über Teufelsaustreibungen nachgedacht.

Rainer pumpte, nachdem er die Stufen zum obersten Stockwerk erklommen hatte. Es gab nicht mal einen Aufpasser, er musste nur durch eine schwere Industrietür, dann befand er sich mittendrin in dem bumsenden Kollektiv.

Sein erster Gedanke war, sich auf der Toilette zu verstecken, aber diese Hippies hatten natürlich die Klotür ausgehängt. Trotzdem zog er sich dorthin zurück. Er entledigte sich seiner Klamotten, die er zusammenrollte und wie einen Schlafsack unterm Arm trug. Dann spülte er sich den Mund mit warmem Leitungswasser aus, damit er nicht mehr nach dem verdorbenen Mageninhalt roch.

Als er wieder nach draußen trat, wäre er fast mit seinem Bruder zusammengestoßen, der soeben das weitläufige Dachgeschoss betrat, doch nach dem ersten Schreck rettete er sich mit einem Hechtsprung, fast wie vom Dreimeterbrett im Schwimmbad, in die wabernde Menge. Er hoffte, in der Anonymität des blanken Fleisches untertauchen zu können, und kraulte einige Meter voran durch das Gewirr unbekleideter Extremitäten. Als er sich kurz zum Eingang umwandte, sah er, wie sich Lutz und der Politkommissar ihrer Kleidung entledigten und dabei mit schweifenden Blicken den ganzen Pulk nach ihm absuchten.

»Siehst du das Arschloch irgendwo?«, zischte Michalke.

Lutz sah sogar reihenweise Ärsche. Mehr, als ihm lieb war.

»Wir kesseln ihn ein«, schlug er seinem Vorgesetzten vor.

»Gute Idee. Du kommst von links, ich von rechts.«

Die beiden gingen langsam los, ohne einander aus den Augen zu verlieren. Parallel mühten sie sich ab, in der Masse aus Haut, Rücken, Beinen, Armen, Köpfen, Füßen, Hintern, Gesichtern, Haaren und Busen einen Anhaltspunkt zu entdecken. Zumal die Geräuschkulisse hier drinnen mindestens so irritierend war wie in der Diskothek. Allerdings ohne Musik und Stereoanlage. Frauen bekamen Orgasmen, Männer rackerten sich lauthals ab wie beim Holzhacken oder Gewichtheben.

In einer spontanen Eingebung steckte Rainer seinen Kopf zwischen die weit geöffneten Schenkel einer Frau, die er gar nicht richtig anguckte. Dabei landete er mit dem Gesicht mitten in ihrer buschigen Schambehaarung. Hier konnte er sich zwar nicht die ganze Nacht verstecken, aber für den Moment war es perfekt.

Der Politkommissar bezog einen Posten an der Wand, wo er in die Knie ging, um sich einen besseren Überblick zu verschaffen. Er bedeutete Lutz heftig gestikulierend, sich ins Getümmel zu stürzen, um den Dissidenten ausfindig zu machen. Lutz salutierte, nahm all seinen Mut zusammen und trat unbeholfen in den engeren Kreis des Geschehens hinein. Vorbei an schwitzenden Körpern und obszönen Kopulationsstellungen, die hier hemmungslos erprobt wurden. Wie rammelnde Köter im Park, dachte er.

Michalke hatte schon an mehreren Gruppensex-Spektakeln in Westberlin teilgenommen und sie durchaus interessant gefunden. Doch heute fiel er aus. Nicht nur des Diensteinsatzes wegen, auch seine Hoden waren von dem Tritt malträtiert. Aber das würde er dem hinterlistigen Schwein heimzahlen.

Inzwischen hob Rainer kurz den Kopf zwischen den Beinen der Studentin hervor, um anständig Luft zu holen – da starrte Lutz ihn aus einem Meter Entfernung erschrocken an. Sofort suchte Lutz Blickkontakt zu Michalke und winkte ihm zu. Der Politkommissar wäre am liebsten hingelaufen, quer über die Liegenden rüber, um sich Rainer zu greifen, aber er musste sich Stück für Stück zu den Brüdern vorandrängen.

»Du bist umzingelt!«, triumphierte Lutz.

Rainer wischte sich den Mund ab. Er suchte nach einem Ausweg. Da warf Lutz einen Blick auf die Dunkelhaarige, zwischen deren Schenkeln sein Bruder vor ihm Unterschlupf gesucht hatte. Es war Lucy! Die wunderschöne Asiatin, an die er schemenhafte Erinnerungen hatte. Vor seinem inneren Auge erschienen Erinnerungsbilder, wie sie gemeinsam badeten. In einem himmelblauen Swimmingpool.

»Du siehst ja aus wie Che Guevara!«, kreischte Lucy entzückt, als sie Lutz und dessen Bartzotteln bemerkte. Ohne zu zögern, schlang sie ihm ihre Beine um die Hüften und klammerte sich an ihm fest. Wie eine olympische Ringerin beim Wettkampf.

Rainer nutzte die Gunst des Augenblicks und robbte an seinem Bruder vorbei. Lutz wollte Michalke umgehend darüber informieren, dass Rainer stiften ging, doch da begann Lucy ihn abzuknutschen. Mit ihrer Zunge beförderte sie eine Oblate in seinen Mund, die recht ungewöhnlich schmeckte. Lutz wusste nicht, was es war, aber der flache Papierschnipsel löste sich rasch auf seiner Zunge auf.

Mittlerweile befand sich Michalke kurz vorm Ziel. Er bewegte sich hastig auf Lutz zu und kontrollierte jeden Mann, über den er unterwegs kletterte.

»Man sollte den Sozialismus als Religion anerkennen!«, rief Lutz mit entrücktem Pathos. Der Politkommissar kam gerade nicht mehr mit. Er sah nur, wie diese sexy Asiatin auf seinem Agenten herumturnte und dass Lutz dabei glückselig grinste wie ein Schwachkopf.

Unterdessen schlich Rainer beiseite, dorthin, wo sein Bruder und Michalke ihre Kleidungsstücke abgelegt hatten. Er raffte sie auf, schnappte sich dazu seine eigenen zusammengerollten Klamotten und verdrückte sich eilig aufs Klo. Bei seiner zittrigen Anspannung brauchte er eine ganze Weile, um sich anzuziehen. Die Sachen seiner Widersacher warf er in die Dusche. Dabei entglitt dem Bündel ein Umschlag, der zu seiner Überraschung mit reichlich Westbanknoten gefüllt war. Er stopfte ihn vorne in seine Unterhose, bevor er heißes Wasser anstellte, um die Montur seiner Verfolger zu verbrühen. Damit sie das Kotzen kriegten.

Der Politkommissar erspähte Rainer, als der sich aus dem Staub machte. Es blieb ihm nichts anderes übrig, als splitterfasernackt die Verfolgung aufzunehmen. Dabei nahm er keinerlei Rücksicht auf die Leiber, über die er hinwegtrampelte. Obwohl er wegknickte und sich die Bänder im rechten Fuß dehnte, rannte er weiter. Als er endlich aus dem Gewühl raus war, hatte es Rainer schon bis zur Haustür im Erdgeschoss geschafft und hastete davon.

Dombrowsky stand am geöffneten Seitenfenster und rauchte eine Zigarette, als er »das Verräterschwein« aus dem Gebäude laufen sah. Er warf die Kippe weg und zückte seine Pistole. Als der erste Schuss durch die Nacht schallte, sprang Rainer mit einem Satz hinter einigen geparkten Autos in Deckung. Er musste sich orientieren, wo der rote NSU stand, von dem aus wahrscheinlich auf ihn geschossen wurde. Er hörte eine Autotür zukrachen und ahnte, wo in etwa der Oberst Stellung bezogen hatte.

Geduckt flitzte Rainer in die entgegengesetzte Richtung, um weiter hinten den Südwestkorso zu überqueren. Weg aus dem Licht der Laternen in die Dunkelheit der Nebenstraßen. Wenn er schon das Ziel eines geübten Schützen war, so musste er wenigstens ein bewegliches Ziel sein. So hatte er es in der Ausbildung gelernt.

Der Oberst traute seinen Augen kaum, als er seinen Sohn nackt auf den Bürgersteig treten sah. Michalke gestikulierte fragend, Dombrowsky deutete mit der Knarre in die Ecke, in der er Rainer zuletzt gesehen hatte. Michalke humpelte, so schnell es ging, dorthin. Er war öfter mit seinen Eltern am FKK-Strand gewesen, barfuß bis zum Hals zu sein war für ihn keine ungewöhnliche Situation. Zudem liefen hier nach Feierabend kaum Passanten herum.

Dombrowsky war füllig gebaut und mit seinen neunundfünfzig Jahren nicht mehr der Jüngste. Um an dem Republikflüchtling dranzubleiben, musste er den NSU starten. Den nackten Sohn im Blick zu behalten war kein Problem, doch präzise aus dem fahrenden Auto zu schießen, als Rechtshänder die Waffe aus dem linken Fenster abzufeuern und zu treffen, das war selbst für jemanden mit seiner Berufserfahrung kompliziert.

Die Funkstreife der Polizei hatte in der bürgerlichen Gegend wenig zu tun und tuckerte gemütlich durch das Viertel. Öfter mal einen Parksünder notieren, ältere Damen über den Zebrastreifen geleiten, zwischen ein paar Raufbolden nach dem Kneipenbesuch schlichten oder Jugendliche beim heimlichen Rauchen erwischen, das war das Alltagsgeschäft der beiden Beamten.

»Da! Ein Perverser!«, rief der Wachtmeister auf dem Beifahrersitz. Der Kollege am Steuer guckte sich um. »Wie? Ein Exhibitionist?«

»Nein! Viel schlimmer! Ein Flitzer!«

Und tatsächlich. Schräg gegenüber bewegte sich ein Nudist über den Bürgersteig. Das Blaulicht wurde eingeschaltet und über Funk eine Durchsage an die Zentrale gemacht. Der VW Käfer der Beamten bog bei der nächsten Möglichkeit auf die Gegenspur ab, um den Spinner einzufangen. Über Lautsprecher wurde der Nackte aufgefordert, sofort stehenzubleiben, doch er weigerte sich und marschierte weiter. Aber nicht genug damit, jetzt fiel auch noch ein Schuss! Die beiden Beamten forderten umgehend Verstärkung an.

Der Oberst hatte Rainer geschickt den Weg abgeschnitten. Er war in die übernächste Querstraße gefahren, hatte die Scheinwerfer ausgeschaltet und wartete, die Waffe im Anschlag, an der offenen Autotür, bis ihm die Beute vor die Flinte lief. Dann drückte er ab. Die Kugel pfiff Rainer um die Ohren und schlug in einen Baumstamm ein.

Gleichzeitig hupte ein PKW, weil er an dem NSU, der die kleine Seitengasse blockierte, nicht vorbeikam. Dombrowsky hatte zwar seine Knarre in der Hand, musste aber wieder in den Wagen einsteigen und zurücksetzen, um nicht einen Stau oder unnötige Aufmerksamkeit zu produzieren. Rainer nutzte die Gelegenheit, um sich aus der unmittelbaren Schusslinie zu bringen.

Der Oberst ließ die sperrige Familienkutsche passieren und parkte rückwärts auf dem Bürgersteig ein. Dann machte er sich, mit der Pistole in der Hand, auf die Suche nach Rainer Kramer, um ihn hinzurichten. Er hatte Abstand von dem Vorhaben genommen, ihn umständlich in den Osten zu schmuggeln. Hier vor Ort kurzen Prozess machen – damit war allen gedient.

Mit einer Taschenlampe leuchtete Dombrowsky unter die Autos, ob Rainer sich dort irgendwo versteckt hielt. Gerade hatte er einen Schatten bemerkt, bückte sich und leuchtete unter den Wagen, doch es war nur zusammengekehrtes Laub. Als er sich wieder aufrichtete, sah er aus den Augenwinkeln, dass hinter ihm jemand stand, aber es war zu spät. Der geschulte Handkantenschlag traf ihn im Nacken. Der Oberst sackte vornüber und verlor dabei seine Pistole.

Mit einem Taschentuch hob der BND-Offizier die Waffe auf. Er blickte sich um und packte Dombrowsky am Mantelkragen. Dann zerrte er den schweren Mann zurück zu dem NSU, dem er den ganzen Tag gefolgt war, um sich die 18.000 Mark Belohnung vom Innensenator nicht entgehen zu lassen. Rasch stieg er in den schwarzen Wagen und verschwand vom Tatort.

Die beiden Wachtmeister hatten ihre Dienstpistolen gezogen, um den offensichtlich krankhaft veranlagten Mann zu stoppen, der hier in aller Öffentlichkeit sein Geschlechtsteil zeigte. Dass es sich nicht in erigiertem Zustand befand, legten ihm die Polizisten strafmildernd aus.

»Ich bin einer von euch! Ich bin Westagent!«, rief der Mann.

Das machte die Beamten noch misstrauischer. Dieser Nudist hatte wohl doch nicht alle Tassen im Schrank. Sie legten ihm Handschellen an und verfrachteten ihn auf den Rücksitz.

Zwei weitere Streifenwagen mit Blaulicht und Sirene bremsten neben dem VW Käfer. Vier Schutzpolizisten stiegen aus und zogen gleich ihre Pistolen. Sie kriegten noch das blanke Hinterteil des Flitzers zu sehen, das dieser gegen die Seitenscheibe presste, um ihnen zu zeigen, was er von ihnen hielt.

»Der Schuss kam aus der Nebenstraße dort«, wurden sie von den Kollegen informiert.

Vorsichtig näherten sich die Beamten dem Schauplatz, an dem sie einen benommenen älteren Herrn mit einer Pistole in der Hand vorfanden. Er lehnte sitzend an einem roten PKW. Sie nahmen ihm die Waffe ab und durchsuchten seinen Mantel nach Papieren.

»Das ist ein DDR-Bürger«, sagte einer der Beamten nach einem kurzen Blick auf den Personalausweis.

»Als Erstes zum Alkoholtest mit ihm, dann sehen wir weiter.«

Rainer hockte auf dem Badewannenrand und blickte Barbaras Vater fest in die Augen. Herrn Müller stand der Mund offen, sein Gesichtsausdruck war verdutzt. »Agenten aus dem Ostsektor wollten dich entführen?«, fragte er ungläubig.

»Janz jenau«, bestätigte Rainer seinem zukünftigen Schwiegervater. Aber das mit der Verlobung würde er ihm später erklären, das wäre jetzt zu viel auf einmal gewesen.

»Und wie bist du in diesen Spionage-Krimi geraten?«

»Das darf ich eigentlich nicht sagen. Geheime Verschlusssache.«

»Ach? Na, dann würde ich vorschlagen, dass wir die Polizei verständigen. Vielleicht plauderst du ja lieber mit denen?«

»Ich bin von der Polizei«, sagte Rainer. Das war mindestens die halbe Wahrheit.

Barbara saß erschöpft am Küchentisch. Ihre Mutter hatte sich einen Bademantel übergezogen und nahm eine Kasserolle von der Herdplatte. Sie goss ihrer Tochter eine Tasse heiße Milch mit Honig ein, zur Beruhigung. Dann setzte sie sich zu ihr.

»Kindchen, wenn du wirklich schwanger bist: es soll jetzt eine Antibabypille geben. Die solltest du dir sofort verschreiben lassen.«

»Die Antibabypille muss man vorher nehmen«, winkte Barbara müde ab. »Das kommt alles ein paar Wochen zu spät«, konfrontierte sie ihre Mutter mit dem Stand der modernen Wissenschaft.

»Ach so. Na, ich kenne mich damit nicht so gut aus. Aber wenn du es sagst, dann will ich dir mal glauben.«

»Das kannst du, Mama.«

Barbara konnte das heiße Gefäß noch nicht anfassen, wollte aber unbedingt etwas trinken. Sie neigte den Kopf bis zum Tassenrand hinab, um etwas von der heißen Milch zu schlürfen, und spitzte dabei vorsichtig die Lippen, damit sie sich nicht verbrühte.

Von Barbaras Vater gedrängt, wie von einem Volkspolizisten, der einen Verdächtigen zum Tatort brachte, betrat nun Rainer die Küche. Es fehlte nur, dass er am Arm gepackt und auf einen Stuhl manövriert wurde. Herr Müller machte die Tür hinter sich zu, als wäre die Küche eine Gefängniszelle. Demonstrativ blieb er vor der geschlossenen Tür stehen. Jeder, der rauswollte, musste an ihm vorbei. Niemand sollte auf die Idee kommen, sich hier zu verdrücken.

»So, jetzt legen wir mal die Karten auf den Tisch!«, befahl er. »Da ist bei euch was im Anmarsch, und nun stellt sich eine Frage: Wie wollt ihr beiden über die Runden kommen?«

Barbara sah hilfesuchend zu Rainer, was nicht nur Verunsicherung war, sondern auch eine Aufforderung an ihn, als Vater des Kindes einen Plan parat zu haben, wie das alles zu finanzieren war.

Rainer begriff, dass Barbara zwar ein Hippie-Mädchen war, doch in Sachen Familienplanung offenkundig ein traditionelles Rollenmuster bevorzugte. Was bedeutete, dass er liefern musste. Ungelenk zog er den Briefumschlag aus seiner Unterhose hervor und ließ die vielen Geldscheine auf die Tischplatte fallen.

»Donnerwetter!«, rutschte es dem Vater raus.

»Meine Güte!« rief die Mutter, der dieser Segen nicht ganz geheuer war.

»Wow! Hast du eine Bank überfallen?« Barbara war hin und weg. Insgeheim hätte sie es sexy gefunden, mit einem Bankräuber liiert zu sein.

Rainer blieb cool. »Die Geschäfte laufen gerade ganz gut«, sagte er.

»Das ist ja schön, aber wenn es mal nicht so läuft, wie wollt ihr euer Kind dann ernähren?« Herr Müller hatte keine Lust, von seiner Tochter zur Kasse gebeten zu werden.

»Wir ernähren es durch Kaugummis«, erklärte Rainer.

Herr Müller aß stets, was auf den Tisch kam, also blickte er zu seiner Frau, die in diesen Dingen kompetenter war. Frau Müller fasste sich verwundert an den Kopf. »Na, davon wird es aber nicht satt werden.«

»Doch«, widersprach Rainer.

»Rainer handelt nämlich mit Kaugummis«, warf Barbara ein. »Er ist sehr erfolgreich damit.«

»Aha. Damit kann man genug Geld verdienen, um eine Familie zu gründen?« Ihr Vater war noch nicht überzeugt.

Barbara nickte ganz ernsthaft. »Die Kaugummis werden ihm praktisch aus der Hand gerissen.«

»Die Leute sind ganz verrückt danach«, bestätigte Rainer.

»Davon habe ich gehört«, sagte der Vater jetzt vorsichtig. »Gerade dieser neumodische amerikanische Kram geht ja weg wie warme Semmeln.«

Rainer und Barbara nickten ihm zu. Die Mutter war erleichtert, dass alles mit rechten Dingen zuging und ihre Tochter einen anständigen jungen Mann gefunden hatte. Sie erhob sich.

»Ach, Kindchen, auch wenn du uns einen ordentlichen Schreck eingejagt hast, wir freuen uns sehr auf unser erstes Enkelkind.«

Barbara war gerührt und lächelte ihrer Mutter zu.

»Aber nur unter einer Bedingung«, unterbrach der Vater in strengem Tonfall die Wohlfühlatmosphäre. »Als Schwiegervater kriege ich jeden Monat eine Packung von den Kaugummis geschenkt.«

Und er zwinkerte Barbara und Rainer zu. Die beiden lächelten einfach weiter.

Mit einer sanften Bewegung legte Lucy dem ihr gegenübersitzenden Lutz einen Papierstreifen LSD auf die Zunge, wie ein Priester dem Gläubigen die heilige Kommunion. Im Schneidersitz hatten es sich die beiden am Swimmingpool im Bungalow bequem gemacht. Noch waren sie vollständig bekleidet.

»Unsere Sekte will den monopolistischen Kapitalismus zerstören«, sagte die schöne Asiatin.

»Ja!« Lutz war Feuer und Flamme. »So wie die Kommunistische Partei 1949 die CSSR von dieser bürgerlichen Liberalität befreit hat.«

»Du kämpfst also an meiner Seite?«

»Natürlich! Für immer. Ich werde dich niemals verlassen.«

»Prima! Dann sind wir nun zu zweit. Gemeinsam werden wir die Weltrevolution auslösen!«

Der BND-Offizier hatte Amtsleiter Reuters informiert, dass er ihm einen hochrangigen Oberst vom ZK der SED und einen Agenten vom MfS übergeben würde. Beide DDR-Funktionäre waren in die Nervenheilanstalt gebracht worden. Laut den Polizeibeamten redeten sie derart wirres Zeug, dass daraus auf eine schwerwiegende psychische Erkrankung zu schließen war.

Der diensthabende Chefarzt brachte Reuters und den BND-Mann zu der Gummizelle, in der Vater und Sohn in Zwangsjacken steckten. Offizier 9-11 nahm durch eine Luke Augenkontakt mit Michalke auf, der ihn hatte rufen lassen, damit er, der BND-Mann, ihm in seiner Angelegenheit zu Hilfe eilen könne.

»Endlich sind Sie da«, freute sich der Politkommissar. »Sagen Sie den Herrschaften bitte, dass wir hier zu Unrecht eingesperrt sind.«

»Zur Klärung dieses Sachverhaltes bin ich ja hier.«

»Vor einem umfassenden Geständnis können wir da nichts tun«, mischte sich der Amtsleiter des Innensenators ein.

Michalke starrte den BND-Mann mit verschwitzter Stirn an. Er drehte sich zu seinem Vater um. Dombrowsky keuchte und dachte fieberhaft nach. Dann beorderte er seinen Sohn mit einer Kopfbewegung zu sich. Michalke ging in eine Ecke des Raumes, der komplett mit Leder ausgepolstert war. Dort hinten konnten die beiden in Ruhe einen Plan aushecken.

»Zeigen Sie mir mal die Akte«, bat Reuters den BND-Offizier, um seine knapp bemessene Zeit nicht zu vertrödeln. Er überflog die beiden Seiten. Dann überreichte er dem Agenten die Aktentasche, die er zwischen seinen Beinen abgestellt hatte. Der BND-Mann öffnete sie, warf einen Blick auf die Geldscheine, die mit Banderolen umwickelt waren. Er klappte den Deckel gleich wieder zu.

Der Oberst trat an die Luke, um die Verhandlungen mit dem Feind zu führen. Sein primäres Ziel war, den abtrünnigen Rainer Kramer in den Knast zu bringen. Mehr war nicht drin. Das wusste er.

»Wir sind an einer umfangreichen Operation des Ministeriums für Staatssicherheit beteiligt, dessen Absicht es ist, Westberlin binnen weniger Monate wehrunfähig zu machen, um den Einmarsch der Sowjetarmee vorzubereiten.« Er plauderte aus dem Nähkästchen, um Fahndungsdruck im Hinblick auf den Geheimagenten Kramer aufzubauen.

»Wie muss ich mir das im Einzelnen vorstellen?«, fragte Reuters mit professioneller Sachlichkeit.

Dombrowsky atmete tief ein. »Zur Zersetzung der Wehrkraft der Bevölkerung wurden vom VEB Chemie handelsübliche Kaugummis mit einer Droge namens LSD getränkt. Der Konsum dieser Produkte führt zur Schädigung des Gehirns und zu irreparablen Wahnvorstellungen.«

Der Chefarzt hörte interessiert zu und blickte zum Amtsleiter. »Er scheint die Dinger selber gekostet zu haben«, flüsterte er ihm zu.

»Das ist ja eine irre Geschichte«, bestätigte Reuters dem Oberst.

»Es ist die Wahrheit!«, rief Michalke.

»Kiloweise Kaugummis«, setzte der Oberst nach, »mit ganz gefährlichen Substanzen, damit hier alle durchdrehen in dem Affenstall.«

Der Amtsleiter nahm einen Schuhkarton von einer Ablage.

»Das haben wir bei einer Wohnungsdurchsuchung in der Küche von Herrn Michalke gefunden. Sind das die präparierten Objekte?«

»Jawoll!«, antwortete Dombrowsky preußisch-zackig.

»Nein!«, fiel ihm sein Sohn ins Wort.

»Na, was denn nun?« Reuters wurde ungeduldig.

»Stecken Sie mir einen von denen in den Mund«, forderte der Politkommissar ihn auf. Der Amtsleiter packte einen Streifen aus und sah zu, dass er nicht in die Finger gebissen wurde, als er den DDR-Spion in der Zwangsjacke fütterte.

Michalke kaute zum Entsetzen seines Vaters munter drauflos und grinste die westlichen Beamten und den Chefarzt dabei noch an.

»Sehen Sie! Die echten Kaugummis hat unser Geheimagent. Rainer Kramer. Er läuft noch frei herum. Er hat das Rauschgift.«

»Das stimmt«, fiel der Oberst ein. »Wir waren zu dritt hier.«

»Können Sie das eben über Ihre Kanäle prüfen?«, bat Reuters den BND-Offizier. Der ging zum Telefonapparat, der wenige Meter entfernt an der Wand angebracht war.

»Herr Dombrowsky«, wandte sich der Amtsleiter förmlich an den Oberst. »Sagt Ihnen dieses Dossier etwas?« Er zeigte ihm die Urkunde aus der Nazizeit.

Der Oberst atmete schwerer. Auch er schwitzte nun. Blinzelte mit den Lidern, weil ihm Schweiß in die Augen lief. »Nie gesehen«, stieß er schnaufend hervor.

»Es ist der eindeutige Beleg dafür, dass Sie vor Ihrer SED-Zeit schon einmal Mitglied in einer Partei waren: in der NSDAP!«

»Na und?«, schnauzte Dombrowsky zurück. »Das ist verjährt!«

»Er war kein Kriegsverbrecher!«, verteidigte Michalke seinen Vater.

»Keine Sorge, wir wollen das nicht vor Gericht verwenden, sondern nur in unseren Tageszeitungen genüsslich auswalzen: Das Zentralkomitee der SED ist unterwandert von alten NSDAP-Kadern!« Der Amtsleiter freute sich auf die zu erwartenden Schlagzeilen.

Dem Oberst schoss die Zornesröte ins Gesicht. Er glühte vor Wut.

Bis der BND-Offizier zurückkehrte. »Rainer Kramer ist verhaftet worden«, teilte er der Runde mit.

»Was?« Michalke hätte fast einen Freudensprung vollführt, doch die Zwangsjacke hinderte ihn an jeder heftigeren Bewegung. Auch sein Vater war plötzlich wieder bei Laune und kicherte los.

»Man hat ihn mit einer großen Menge Rauschgift festgenommen«, sagte Offizier 9-11. Am Flughafen Tempelhof. Vorgestern. Mit Marihuana. Aus Afghanistan. Diese entscheidenden Informationen erwähnte der

BND-Mann jedoch nicht, weil er sie für nebensächlich hielt.

Michalke und Dombrowsky sahen sich am Ende doch noch auf der Seite der Sieger. Beide brachen in lautes Lachen aus und frohlockten, dass man ihren Agenten geschnappt hatte. Mit einer erheblichen Menge Drogen. Nun konnte sich dieser Verräter keinen schönen Lenz mit seinem Hippie-Mädchen machen, sondern er würde hinter Gittern schmoren.

Vater und Sohn zogen irre Fratzen und streckten sich gegenseitig die Zunge raus. Wie kleine Kinder freuten sie sich darüber, auf der richtigen Seite der Geschichte zu stehen, die dem Sozialismus irgendwann zum Endsieg verhelfen würde.

Angesichts dieser Darbietungen schob der Chefarzt die Luke zu.

»Eindeutiger Fall«, diagnostizierte er. »Schwere Schizophrenie. Oder, wie man volkstümlich sagen würde: plemplem.«

»Kommen die jemals wieder hier raus?«, fragte der Amtsleiter.

Der Nervenarzt schüttelte den Kopf. »Absolut hoffnungslos. Nie mehr.«

Jan Wilhelm Buhrmann

DAS DATING DESASTER

Roman

Hanfri hat es nicht einfach: Von der langjährigen Freundin verlassen, sitzt er täglich im trostlosen Büro der Berliner Verkehrsbetriebe und beantwortet Fahrgast-Beschwerden. So darf das nicht weitergehen, beschließt sein bester Freund Jochen. Hanfri muss wieder an die Frau gebracht werden! Und an Auswahl darf es nicht mangeln. Die Dating-App FindHer verspricht schnelle und unkomplizierte Abhilfe. Doch Hanfris anfängliche Skepsis erweist sich mehr als berechtigt, denn das Dating Desaster nimmt einen ungeahnten Lauf...

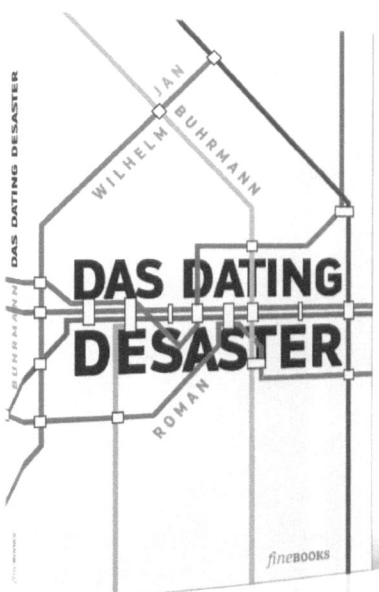

Eine brüllend komische, turbulente Geschichte über Sex und Liebe, wahre Männerfreundschaft und die Unberechenbarkeit des Internet-Datings. Jan Wilhelm Buhrmanns Debütroman ist das Buch der Tinder-Generationen, sowie für alle, die jene beschmunzeln.

Jochen Schliemann

P – TRAURIGES REISEN

Roman

Der Gegenentwurf zur Inszenierung des Reisens.
Wer wissen will, was unterwegs sein wirklich bedeu-
tet: dieser Roman zeigt es schonungslos – und erzählt
ganz nebenbei eine rührende Geschichte über den
Sinn des Lebens.
Manuel Möglich, »Wild Germany«, ZDF neo, Y-Kollektiv

Ein großer kleiner Reiseroman, der zeigt: egal, wohin
du flüchtest – dich selbst hast du immer dabei. Eine

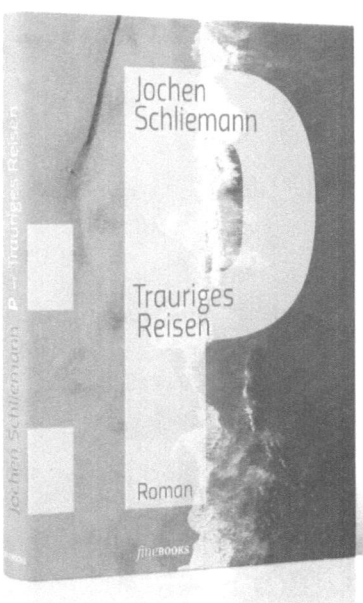

Reisegeschichte wie das
wahre Leben – traurig
und irritierend, schön
und sehr, sehr lustig.
*André Boße UniSPIEGEL,
Musikexpress*

www.ingramcontent.com/pod-product-compliance
Lightning Source LLC
Chambersburg PA
CBHW031155050726
47495CB00019B/1814